바보개와 아가씨

KB076566

앨리스노블

표지 조은아 **편집** 전미혜 **마케팅** 이승우 **주간** 박관형

차례

Illustration
Ciel

「…이상의 사례를 통해, 수호자들은 보통 인간에 비해 사회화 발달이 느리다는 사실을 확인할 수 있다. 다만 이는 수호자들이 미성숙하다는 의미가 아니며, 본질을 구성하는 정령의 영향으로 본능 단계에서 사회화를 거부한다고 해석하는 편이 옳다. 이 야생성은 능력 발현에 크게 관여하는 것으로 드러났으며, 수호자들에게 정령과의 교감 경로로서 구현되며 '오감'으로 통칭되기도 한다. 이 '오감'이라는 통로를 통해 수호자들은 정령과 같이 자연을 읽어낼 수 있으며….」

라니만 메이프린, 「수호자의 능력 발현과 오감의 관계성에 대하여(정령 학회 세미나 회지, 수경력 14년)」

1. 겨울의 시작

똑똑, 똑똑.

문을 두들기는 소리에 디하는 몸을 일으켰다. 아직도 도시 중심에서부터 들려오는 요란한 소리와는 무관계하게 집 안에서 혼자 몰려오는 일들에 휩싸여 쓰려져 있던 디하다.

대체 누가 문을 두들기는 걸까? 디하는 눈을 비비며 안경을 찾았다. 잠은 이제 막 깬 참이지만 생각하기에 그 노크 소리는 깨기 한참 전부터 들려오고 있었던 것 같았다.

"뭔 일이기에 대체…."

디하는 엉킨 머리를 손으로 훑고 뭉쳐 올라간 옷을 털어 내린 다음 조심스럽게 발걸음을 옮기기 시작했다. 분기별 결산 보고서의 제출이 멀지 않아 바쁜 요즈음, 디하의 방 안은 사람의 방이 아니라 종이 더미 보관소에 가까웠고 덕분에 바닥은 미지의 것들로 가득했다.

디하는 이 종이 더미들 밑에 깔려 있을지 모를 뾰족하고 단단한 것들을 주의하며 발끝으로 조심스럽게 앞을 더듬었다. 하지만,

"악!"

비명을 지르며 디하는 발을 움켜쥐었다. 뾰족한 것은 피했어도 양장본의 두꺼운 표지라는 트랩을 피하지 못한 게 문제였다. 디하

가 오만상을 찌푸리며 발을 움켜쥐는 와중에도, 그 규칙적인 노크 소리는 멈추지 않았다.

"알았어요, 나가요!"

소리쳤는데도 노크 소리는 계속 들렸다. 듣지 못한 걸까? 짜증을 삼키며 디하는 방문을 열고 문을 향해 엉거주춤한 발걸음을 옮겼다.

오늘은 마을의 축제일이었다. 누구나 마시고 떠들고 즐기는 날로, 마을 외곽에 위치한 디하의 집까지도 이따금 흥청거리는 소리가 들릴 정도였고 한창 무르익어 축제의 열기가 하늘을 찌를 만한 시간이기까지 했다. 즐기기도 바쁠 이 시간에 대체 누가, 그 축제에 참가하지도 못하고 종이 더미에서 곰팡내를 피우는 남의 집에 와서 끈질기게 노크나 하고 있는 거냔 말이다.

"누구세요?"

디하는 문 앞에 서서 발을 어루만지며 가시 돋친 목소리로 문 너머의 사람에게 물었다.

하지만 문밖에서는 아무런 대답도 들리지 않았다. 그저 똑똑, 똑똑 하고 계속 반복적으로 문 두들기는 소리만 날 뿐.

문을 열어 볼까 했지만 여자 혼자 있는 집이라 문을 벌컥 열기가 망설여졌다. 다시 한 번, 디하는 문밖을 향해 말을 걸었다.

"누구세요?"

"…아…"

남자 목소리였다.

디하는 움찔거리며 뒤로 한 걸음 물러섰다. 다 죽어 가는 목소리긴 했지만 남자 목소리라는 사실만으로도 디하는 바짝 긴장했다. 주먹을 꼭 움켜쥐며 디하는 문에서 한 발자국 뒤로 물러섰다.

"누, 누구세요? 똑바로 말하지 않으면 안 열어 줄 거예요."

"…야…, 디하…. 문 열어 줘…."

"그러니까 누구냐고요!"

"루진…."

조용히 들려온 이름에 디하는 흠칫하더니 조심스럽게 문을 향해 한 걸음을 옮겼다.

"누구…? 루진이라고?"

"응…. 루진…."

대답하면서도 루진은 똑똑, 똑똑 하고 문을 두들겼다. 확실히 루진의 목소리가 맞았다.

"디하…. 나 쫓아냈다…."

"아, 아니. 잠깐. 쫓아내긴 누가 쫓아냈다는 거야. 얘가…."

"쫓겨났다…. 서럽다…. 흐윽, 흐윽."

"루, 루진?"

갑자기 울먹울먹해진 루진의 목소리에 디하는 깜짝 놀라 문을 열었다. 그러자 문에 기대 있었는지 루진이 그대로 디하를 향해 앞으로 스르르 기울어졌다.

"윽!"

디하는 훅, 품 안에 다가오는 육중한 몸을 다리에 힘을 바짝 주어 받아 냈다. 다행히 쓰러지지는 않았지만 루진의 몸은 무거웠다. 디하로서는 버티기 힘들었다.

"끄읏, 읏, 무거워…."

"디하다…."

"윽, 무거우니까, 비켯…!! 아니, 이게 대체 무슨 냄새야?"

고쳐 잡아 품에 안은 루진에게서는 코가 저릴 정도로 시큼하고도 달콤한 알코올 냄새가 났다. 축제에서 발효주를 실컷 얻어 마신 걸까?

"아니, 취하지도 않는 애가…. 뭘 이리 많이 마셨, 훗, 무엇…."

"디하야…."

"무겁, 다, 고!"

자신을 강아지라도 되는 양 끌어안는 루진을 밀어내려고 애쓰며 디하는 이를 악물었다. 하지만 상대는 자신보다 머리 한 개는 큰 데다가 마을의 기사단장 못지않게 좋은 체구를 가진 남자였다. 쉽게 밀려날 리가 없었다.

오히려 루진의 무게에 디하가 주춤주춤 뒤로 밀려나기 시작했다. 루진이 몸의 힘을 풀고 완전히 디하에게 몸을 떠맡기고 있는 처지라 디하는 그저 밀려날 수밖에 없었다.

낑낑대며 겨우 버텨 한 걸음 두 걸음 물러나던 디하는 허리에 작은 식사 테이블이 닿는 걸 느끼고 거기에 기댔다. 살 것 같았다.

"정말, 왜 이렇게 많이 마신거야!"

"응…. 조금 취했다."

"조금이 아니라 많이!"

"아냐…. 많이 안 취했다. 딱 기분 좋을 정도로만 마셨다. 취한 것처럼 보이지만 취하지 않았다."

매우 힘겨워 보이는 목소리로, 혀 꼬인 소리를 내지 않으려는 듯 힘겹게 따박따박 말하는 루진의 목소리에 디하는 한숨을 내쉬었다.

"아, 그래. 됐어. 안 취했어. 그러니까 일단 앉아."

"응…."

순순히 떨어지는 루진을 밀어내고 테이블 옆의 의자를 빼 주자, 루진은 그 의자에 턱 앉았고 디하는 그런 루진을 위해 컵에 물을 가득 따라 주었다.

"마셔."

"고맙다…."

컵을 들어 벌컥벌컥벌컥벌컥 들이켜는 루진을 보고 디하는 가볍게 한숨을 내쉬었다. 심하게 취해서 기분 내키는 대로 집에 온 것 같은데 디하로서는 그저 골치 아플 뿐.

"마시고 집에 가. 왜 애먼 이 문을 두들기고 있는 건지…."

"후우우…."

들은 건지, 듣지 않은 건지 루진은 길게 한숨을 내뿜더니 그대로 축 늘어졌다.

"오늘 형 없다…."

"열쇠 없어? 문 열고 들어가서 자면 되잖아!"

"아무도 없다…. 하지만 여기 오면 디하 있다…."

그러고는 오른손으로 허공을 휘적휘적 젓더니 디하의 손을 턱 붙잡고 실실 웃었다.

"우리 예쁜 디하 있다. 헤헤."

"징그러워서. 취할 거면 곱게 취하든지."

술기운이 잔뜩 올라 뜨끈뜨끈한 손을 쳐내고 디하는 다시 물을 채운 잔을 루진의 앞에 내려놓았다.

"이거 마시고 집에 가, 바로 옆집이잖아!"

사실 옆집이라고 하기도 애매하다. 일단 두 집은 원래 한집인데 공간을 나누어 벽을 쳐 둔 것뿐이니까.

하나였던 집이 두 칸으로 나뉜 데에는 사연이 길었다. 그 사연을 어디까지 줄일 수 있을까. 돌림병으로 부모를 잃은 이웃 아이들이 피를 나눈 형제처럼 협력하여 겨우겨우 살아가며 만든 형태라고 말하면 설명이 될까?

형제처럼 살았다고 하나 진짜 피가 통한 건 아니다 보니, 외간 남녀가 한집에 사는 게 다른 이들이 보기에 좋은 건 아니었다. 구설수에 오르기도 쉬운 일이다 보니 루진의 형이자 이 집의 주인인 아민은 디하가 좋지 않은 소리를 들을까 염려해 집을 이렇게 나누었던 것이다.

아민이 이 집의 주인이라고 했지만, 단순히 디하가 얹혀살고 있는 건 아니었다. 적기는 하지만 이 집을 구하는 데에는 디하의 벌이도 크게 도움이 되었으니 말이다.

하지만 디하는 이 집의 소유권을 주장할 생각은 없었다. 그 돈은 자신이 17세에 서기 보조관 자리를 겨우 얻기 전까지 아민이 혈연도 없는 자신을 먹여 살린 노력과 비용에 비하면 턱없이 적은 것이다. 마음의 부채까지 합친다면 아마 평생 갚아도 그 금액을 갚지는 못하리라.

루진과 디하도 어려서부터 일을 했지만 어린아이들에게 주어지는 돈이란 정말로 푼돈 아닌가. 좀 더 시간이 지난 후에야, 루진은 도시의 자경단에, 그리고 디하는 운 좋게 서기 보조관의 자리를 얻을 수 있었다. 정말로 운이 좋았다.

각자 자리를 얻은 걸 축하하던 날을 기억한다. 밤샘 연구로 초

췌해진 아민까지 시간을 내 축하한 그날은, 좋은 버터가 있긴 했지만 거친 보리빵에 감자, 사과주가 전부인 별거 없는 식단이었다.

그래도 어떤 날보다 즐거운 저녁이었다.

셋이 피는 섞이지 않았을지 몰라도 이 관계는 분명 가족이지 않을까?

"루진. 루진."

"크으응…."

디하가 물 잔을 내려놓았지만 루진은 움직일 생각을 하지 않는다. 흔들자, 루진은 길게 코 고는 소리를 내면서 고개를 돌렸다. 술에 취해 남의 단잠을 깨우더니 기어이 늘어져 잠까지 자는 건가.

한숨을 깊게 내쉬며 디하는 방으로 발걸음을 옮겼다. 저 덩치를 옮길 순 없고, 저대로 두자면 체온이 뚝 떨어질 테니 걸칠 것이라도 주어야 했다.

오늘이 무슨 날인가. 곧 첫눈과 함께 도착할 겨울 요정이 사람들 춥지 않게 어여삐 봐주십사 바라며 환영하는 입동 축제, 인하람 아닌가.

겨울 요정은 겉보기엔 싸늘하지만 마음이 넓고 따스하며, 수줍음이 많아 어울리진 못해도 노는 사람들을 구경하는 걸 좋아한다고 한다. 그래서 자신을 환대하며 즐거워하면 내심 기뻐하며, 그해 인하람에 코가 비뚤어질 정도로 술을 마신 사람이 그 해 겨울 감기에 걸리지 않게 해 준다고 한다.

루진은 몸도 튼튼하고 코가 비뚤어질 정도로 술을 마셨으니 감기에 쉽게 걸리지 않겠지만, 그렇다고 아무것도 덮어 주지 않을 순

없었다. 무엇보다 아직 겨울 요정은 오지 않았으니까.

"적당히 좀 마실 것이지."

꽤 마셔도 취하지 않고, 아닌 것 같아도 제법 절제할 줄도 아는 루진이 저 꼴이 된 걸 보니 역시 축제라고 주변에서 바람을 잔뜩 넣은 게 분명하다. 특히 지금 루진이 일하는 산림 경비대라는 게, 주변의 말을 들어 보니 조직 자체가 유흥에 도가 터서 바다 사내들 못지않게 거칠다고 했다.

그 사실을 진작 알았으면 몇 푼 더 받겠답시고 산림 경비대로 옮기겠다고 할 때 그냥 도시 경비대에 눌러앉으라고 했을 텐데, 그저 루진의 특성상 산이 더 잘 맞을 것이라 생각하고 쉽게 허락한 게 이제야 후회된다. 애초에 나이가 몇 살인데 아직도 아이처럼 순진해서는 남의 말을 곧이곧대로 들으니, 대체 그런 이들 사이에서 무슨 나쁜 물이 들지.

"어휴."

한숨을 푹 내쉬며 디하는 자리에서 일어났다. 아무리 뒤져 보아도 여분의 모포가 보이지 않아, 아까 전까지 자신이 덮고 있던 이불을 덮어 줄 생각이었다. 자신이야 두꺼운 겉옷 하나 걸치고 자도 되니 상관없었다.

"디하아…."

뒤에서 부스럭거리며 들려오는 목소리에 디하는 이불을 쥔 채 뒤를 돌아보았다. 어둠 속에서 루진이 큰 몸을 흔들며 이쪽으로 천천히 다가오는 모습이 보였다.

"잠깐, 너 취해서는 어디 들어오는 거야! 잠깐! 너 부딪혀서 뭐 쓰러뜨리기만 해 봐!"

"우욱…."

"아앗, 안 돼! 안 돼! 토하려고?"

디하가 허둥대며 루진에게 다가가자, 루진은 디하를 밀어내더니 디하의 침대에 다가가 그대로 드러누워 버렸다. 펄썩 하는 소리와 함께 쓰러지는 루진을 보는 디하의 눈이 휘둥그레졌다.

"루, 루진?"

"으음…."

"자, 잠깐, 이거…."

"우웅…."

잠자리를 빼앗겼다.

황망해진 디하가 자신의 침대 위에 죽은 듯이 엎어져 있는 루진을 입을 쩍 벌린 채 쳐다보았지만 그런다고 해서 루진이 움직일 리 없었다.

"야, 잠깐…. 잠깐! 비켜, 나 자야 돼! 자고 나머지 써야 한단 말이야!"

"으응…."

디하가 침대 위에 올라가 루진의 몸을 흔들어 댔지만 루진은 별 반응이 없었다.

"정말, 루진! 루진!"

"…으응?"

부스스하게 눈을 뜬 루진을 향해 디하는 허리에 손을 얹고 소리쳤다.

"얼른 일어나, 여기 내 자리야!!"

"같이 자자…."

"그게 말이 된다고 생각해?"

자신을 향해 손을 뻗은 루진의 손을 짝 소리 나게 쳐내고 디하는 고개를 숙였다.

"네 나이 스물하나, 내 나이 스물하나. 우리 둘이 아무리 어려서부터 벌거벗고 목욕하고 놀았다고 해도 그러면 안 되는 나이라고! 얼른 피곤하니까 비켜… 우앗?!"

순간 턱이 아파 오고 눈앞이 저려 왔다. 균형을 잃고 쓰러진 순간, 턱이 제법 단단한 것에 부딪혔던 것이다. 눈을 뜨고 보니 그 단단한 것은 아무래도 루진의 가슴팍에 달린 금속 장신구였던 것 같다.

"으윽, 윽… 이, 이 녀석이… 야!"

루진이 갑작스레 잡아당긴 탓에 쓰러진 디하가 화를 냈지만, 루진은 눈을 뜨지 않은 채 디하의 손목을 잡아당기더니 허리에 손을 감고 그녀를 끌어안았다. 확 다가오는 술 냄새에 그만 디하의 얼굴이 찌푸려졌다.

"윽, 으윽… 고약해…."

"으음…."

디하가 베개라도 되는 줄 아는 건지, 루진은 꾸물거리며 디하의 다리 위에 자신의 다리를 올리고 디하의 몸을 으스러지도록 끌어안았다. 숨이 막힐 지경이었다. 코가 아프고 몸이 아프다.

"루진! 놔! 아파, 야! 아파! 아프다구!"

물론 아프기만 한 게 아니라 민망하기도 했다. 남자와 이렇게 딱 붙어 있다니.

딱히 루진에게 무엇을 느껴서 그런 건 아니다. 성인인 이상, 친아버지나 남동생이라고 해도 이렇게 딱 달라붙은 상태가 좋을 리가 없었다.

"좋은 냄새…."

버둥거리던 디하의 귓가에 루진이 속삭이더니 디하의 팔을 붙잡았던 손을 놓았다. 먼저 붙잡힌 손을 들어 살펴보니 루진이 붙잡은 손자국이 손목에 빨갛게 나 있었다.

"멍들 것 같아…."

"으응…."

시무룩한 표정을 짓는 디하의 목소리는 들리지도 않는지, 루진은 디하의 손목을 붙잡았던 손을 뒤로 뻗더니 디하의 긴 머리카락을 쓰다듬기 시작했다. 옅은 갈대 색깔의 머리카락이 루진의 손끝에서 모양 좋게 다듬어졌다.

"힉."

뒤통수를 훑는 거칠고 큼직한 루진의 손길에 디하는 몸을 움츠렸다.

어쩐지 등골이 오싹하다. 루진의 손이 머리카락 사이를 훑을 때마다 어쩐지 간질간질하고 소름끼치는 기분이 들어 디하는 입술을 우물거리며 주먹을 움켜쥐었다.

"루진, 머리 만지지 마. 그리고 놔줘."

"좋은 냄새 난다…."

루진은 중얼거리더니 디하의 이마에 코를 대고 킁킁거렸다. 부끄러워진 디하가 루진의 얼굴을 밀어냈지만, 루진은 이번에는 디하의 손 냄새를 맡기 시작했다.

순간 뜨끔하며 더 부끄러워졌다. 무언가 냄새가 나는 걸까? 아니, 하지만 손에서 날 냄새라 해 봤자 잉크 냄새밖에 없을 텐데. 개도 아니고, 물론 비슷한 것이긴 하지만 왜 저렇게 냄새를 맡아 대는 걸까? 취해서 제정신이 아닌 것 같긴 하지만 말이다.

"야, 너…"

뭐라고 말하려던 디하의 입이 순간 꽉 다물어졌다. 루진이 혀를 내밀어 디하의 손가락을 핥았기 때문이다.

"힉…"

이번엔 어쩐지 손가락이 찌르르 저려 온다. 간질거리는 것 같기도 하고, 잠시 민감해하던 디하는 손을 휘둘러 루진의 얼굴을 탁 쳤다.

"루진! 뭐하는 거야!"

"맛있는 냄새 나…"

"뭐? 맛있… 대체 뭔 냄새!"

"벌꿀 탄 따끈한 우유 냄새…"

사람을 먹을 것으로 보다니 늑대의 피가 깨어나는 건가, 바짝 긴장했던 디하는 몸에서 힘을 뺐다. 벌꿀을 탄 따끈한 우유는 어려서부터 루진에게 자주 먹였던 것이고 그가 지금도 좋아하는 것이었다.

늑대의 피가 섞인 탓인지 밤이면 말똥말똥해져서 잠들지 못하는 루진을 위해 디하는 귀하게 얻은 벌꿀을 조금씩 데운 우유에 타서 먹였다. 그러면 루진은 신기하게도 곧잘 잠에 빠져들었기 때문에 밤에 시끄럽고 귀찮게 굴면 곧잘 수면제 먹이듯이 먹였었다.

생각해 보니, 물이 아니라 벌꿀 탄 우유를 줄 걸 그랬나. 그럼 곧장 잠들었을 텐데.

뒤척거리며 신음하고 술 냄새를 풍기는 루진을 피하며 디하는 잔뜩 싫은 소리를 냈다. 하지만 루진은 따끈따끈해진 뺨을 디하의 이마나 목에 비비며 중얼거렸다.

"기분 좋다, 부드럽다…."

"야, 야, 어딜 만지는 거야…!!"

허리를 감싸 쥐었던 루진의 손이 등허리를 스윽 쓰다듬더니 엉덩이까지 내려간다. 디하는 기겁하며 루진의 팔을 쳐냈다. 얇은 옷 위로 스쳐 지나가는 루진의 손길이 이상하게 부끄러웠다.

"말랑말랑…."

"야!!"

루진의 손이 엉덩이를 쥐고 주무르자, 디하는 귓불까지 빨개져 루진의 팔을 쳤다. 루진의 손이 옆으로 떨어져 나가기는 했지만, 그는 다시 디하의 허벅지를 아무렇지도 않게 쓰다듬더니 떨어지려고 하는 디하의 몸을 꽉 끌어안았다.

"루진 너, 놔! 안 놔?! 이게 정말 어디를 만지작거려!"

"만지고 싶었다, 뭐…."

감길 듯 말 듯한 눈을 뜨며 루진은 버르적거리는 디하의 뺨에 키스했다.

"다 할 거다."

"뭐, 뭐, 뭐?"

갑작스레 뺨에 키스받은 디하가 버벅거리자, 루진은 가물가물한 눈에 힘을 주고 디하의 옷 속으로 손을 넣었다.

"하고 싶은 거 다 할 거다…. 만져 보고 싶었다."

"으아, 으아, 으아아아악!"

비명을 지르며 디하가 루진을 밀어내다, 치다가를 반복했지만 루진은 버둥거리는 디하를 꽉 붙들었다.

"이, 씨… 아파…."

"야, 야, 누, 누누누누가 이런 못된 버릇 가르쳤어! 누가! 누가 이러래!"

빨개지다 못해 놀라서 눈물까지 그렁그렁해진 채 디하가 루진을 두들겨 댔지만, 루진은 얼굴만 살짝 찌푸릴 뿐 디하에게서 물러서지 않았다. 대신 버둥대는 디하의 어깨를 꽉 쥐더니 눕혔다.

"어?"

그리고 루진은 몸을 일으켜 디하를 위에서 내려다보았다.

"어, 어…."

디하의 몸이 긴장으로 움츠러들었다. 누군가가 위에서 이렇게 내려다보는 자세는, 아무래도 본능적으로 움츠러들 수밖에 없었다. 그 존재가 자신보다 훨씬 건장하고 큰 남자라면 더더욱.

"루, 루진?"

"으응…."

바짝 긴장한 디하를 향해 루진이 쓰러지듯이 몸을 숙였다. 술 냄새가 다가온 순간 디하는 입술을 꽉 깨물고 몸에 힘을 주었지만, 곧 무거운 루진의 몸이 자신 위로 떨어지자 꿈쩍도 할 수 없게 되었다.

사실, 무거워서 숨이 막혀 죽을 것 같았다.

"루, 루지인… 윽…."

"맛있는 냄새…."

루진은 죽을 것 같은 소리를 내는 디하의 목소리는 들리지 않는지 쿵쿵대며 디하의 냄새를 맡더니 디하의 목 위에 입술을 올렸다. 반사적으로 디하의 몸이 요동쳤다. 곧 디하의 목 위를 부드럽고 축축한 것이 기어갔고, 순간 디하의 온몸이 바짝 긴장했다.

"앗!!"

입에서 터진 소리가 부끄러웠다. 대체 루진이 뭘 하는 건지 안절부절못하는 디하의 속마음과 관계없이 루진은 디하의 목을 할짝거렸고, 그때마다 디하는 속절없이 짧게 끊어지는 비명을 토해 냈다.

"앗, 아, 응, 앗?"

"으음…."

루진이 신음하며 디하의 턱 밑을 혀로 슥 쓰다듬은 순간, 디하는 입술을 꽉 깨물어 신음을 삼켰다. 눈앞이 하얘지는 것만 같았다.

"윽, 하아, 하아…."

"아무 맛…. 안 나…."

숨을 몰아쉬는 디하를 향해 루진이 멍한 표정으로 말한 순간, 디하는 이를 으득 갈더니 손으로 루진의 머리를 내리쳤다.

"당연한 거 아냐?! 내가 빵이라도 되는 줄 알았어?! 비켜, 비켜비켜비켜!"

"맛있는 냄새…. 났는데…."

루진은 끄응 하고 신음하더니 디하의 손을 치우고는 좀 더 아래, 가슴에 코를 들이대고 냄새를 맡았다. 마치 꽃향기를 맡듯이 디하의 가슴을 쥐고 얼굴을 들이대면서 말이다.

당연히 디하의 얼굴은 꽃보다도 더 붉게 달아올랐다.

"으, 아아아아!! 루루루루루진, 다, 다당장 손 떼!"

"응…."

기겁한 디하가 버럭 소리 지르며 가슴에 얹어진 손가락을 떼어 내려고 하자, 루진은 디하의 가슴 위에 얹어진 손을 보더니 가만히 손가락을 움직였다. 마디 굵고 거친 손가락의 움직임에 따라 디하의 가슴이 부드럽게 뭉그러졌다.

"아…. 말랑말랑…."

"야!!"

디하의 눈가에 눈물이 그렁그렁했다. 아무리 가족 같은 사이라고 하나, 아니, 그런 것과 관계없이 남이 가슴을 주물러 대는데 충격받지 않을 여자가 어디 있을까. 디하는 죽을힘을 다 해 발로 루진을 걷어찼다. 주먹으로는 루진의 어깨를 계속 내리쳤지만 알고 있다. 자신이 아무리 힘주어 때려 봤자 루진에게는 안마받는 수준밖에 안 된다는 사실을.

"여기서도 좋은 냄새 난다…."

"꺄악! 야, 하, 하지, 으아, 앗, 뭐하는 거야!!"

주물럭거리던 가슴에 얼굴을 파묻더니 옷 위로 빠는 시늉을 한다. 루진이 말랑거리는 가슴의 살점을 얇은 옷감과 함께 입술로 집었다가 놓을 때마다 고정되지 않은 가슴이 조금씩 흔들렸고, 루진의 입술은 흔들리는 둔덕 위로 조금씩, 조금씩 올라왔다.

"야, 아, 아, 안 돼!"

머리통을 깰 수도 없고.

디하가 비명을 지른 순간 기어이 루진의 입술이 곡선의 정점 위로 올라왔다. 조그마한 끝은 한 입에 물 수 있는 것이어서 루진은 그것을 입술로 가볍게 물었고, 순간 참을 수 없는 신음이 디하의 꼭 다문 입술 사이로 흘러나왔다.

"젖…?"

"으아, 흐아…."

그러더니 옷 위로 솟아올라 버린 젖꼭지를 혀끝으로 핥는다.

온몸이 확 달아올랐다. 대체 이 덩치도 크고 힘도 좋은, 자신의 가슴을 마음대로 지분대고 있는 면식 깊은 불한당을 어떻게 해치워야 한단 말인가. 수치심으로 머릿속까지 새빨개진 디하는 울먹거리며 기어이 루진의 머리통을 내리쳤다.

"루진, 루진! 하지 마! 누가 이러래!"

"끄응, 말랑말랑…. 좋은 냄새도 나고 좋다…. 디하 치사하다…. 좋은 거 안 주고…."

"뭐, 뭘 줘! 뭘 주란 말이야!"

머리를 얻어맞으니 그래도 아픈지, 루진은 머리를 감싸 쥐더니 이맛살을 잔뜩 찌푸리며 고개를 들었다. 루진의 험악한 표정과 마주한 디하가 순간 겁을 먹고 움직임을 멈춘 것도 당연했다. 디하는 루진의 그런 표정을 본 적이 별로 없었다.

"씨, 아프다."

하지만 다음 순간 루진의 입에서 나온 말은 평소와 다르지 않았다. 잠깐 팽팽하던 긴장을 떨쳐 낸 디하는 멎어 있던 숨을 들이쉬며 손을 들어 올렸다.

"마, 맞는 게 당연하지, 너 지금…!"

다시 때리려고 하자 루진은 날아오는 디하의 손을 붙잡았다. 거친 손가락이 매끄러운 손목을 밧줄처럼 비틀어 쥐었고, 순간 손목을 조여 오는 압박감에 디하가 낮게 비명을 질렀다.

"아파! 앗, 루진!"

"세게 안 쥐었다, 뭐. 그리고 디하 나 때렸고…"

중얼중얼대며 루진이 디하의 가슴에 다시 얼굴을 파묻는다. 그 부분이 맘에 든 건지, 고양이처럼 기분 좋게 그릉그릉 대며 비비고 물고 핥는다. 잠깐, 핥는다고?

"루, 루진, 루진! 하지 마!"

디하가 기겁하며 몸을 비틀었다. 늘어나는 목 부분 사이로 얼굴을 쑥 집어넣은 루진이 젖가슴을 쿵쿵대며 입술로 맛보고 있었다. 당황했다. 부끄러웠다. 무서웠다. 울고 싶었다. 결국 참지 못하고 눈가에 매달려 있던 눈물방울이 떨어졌다.

"너, 너, 너, 너, 너…!"

그리고 빽 소리 질렀다.

"너, 앞으로 아침밥 안 해 줄 거야!"

"헤?"

순간, 퍼뜩 고개를 든 루진의 표정은 취기가 가신 듯한 표정이었다. 하지만 여전히 술 취한 사람 특유의 멍청한 표정이기도 했다.

"에, 왜? 왜 아침밥 안 해 주냐? 나 디하가 해 주는 아침밥 없으면 기운 안 난다. 배고프다…"

"몰라, 저리 가! 저리가저리가저리가! 떨어지란 말야! 안 그러면 영원히 아침밥 안 해 줘!"

디하가 발버둥 치며 소리치자 루진은 사태의 심각성을 깨달았는지 군말하지 않고 후다닥 디하에게서 떨어졌다. 그 큰 눈을 데

룩데룩 굴려 디하의 모습을 살피는 모습에서는 이제 취기가 느껴지지 않았다.

디하는 거칠게 숨을 들이쉬며 자리에 일어나 앉았다. 앉자, 눈꼬리에 고여 있던 눈물이 후두둑 떨어져서 디하는 잽싸게 눈물을 닦았다.

"디, 디하 울었냐?"

그 모습을 보았는지, 묻는 루진의 목소리에 당혹감이 가득하다. 디하는 대답하지 않은 채 고개를 홱 돌려 코를 훌쩍였고, 그와 동시에 우당탕 하는 소리가 들렸다. 앞으로 헐레벌떡 기어 온 루진이 무릎에 얹어진 디하의 손을 붙잡고 끙끙대며 디하를 불렀고, 디하는 내키지 않는다는 표정으로 루진을 향해 고개를 돌렸다. 루진은 침대 밑에 무릎을 꿇고 디하의 손을 붙잡은 채 디하를 올려다보고 있었다.

"잘못했다."

디하의 시선이 닿자마자 루진이 양손을 싹싹 비비기 시작했다. 이만큼이나 덩치가 큰 남자가 강아지처럼 불쌍한 표정을 지으며 울망울망하게 쳐다보는 모습은 우스울 정도지만, 디하는 이 모습을 너무 많이 봐 온 탓에 더는 이 모습이 우습지가 않았다.

대신 여태까지 수없이 거쳐 왔던 이 모습이 이런 상황의 전후로 있었던 수많은 일들을 연상시켰다. 뒤죽박죽된 감정이 폭풍과 같은 분노를 불러일으켰다. 분노와 함께 디하가 소리쳤다.

"뭘 잘못했는지 알아?!"

"모른다."

즉답이었다.

"그러면서 뭐가 미안해!"

때문에 디하도 즉답했다. 발로 루진을 걷어찬 건 덤이다.

꼴도 보기 싫었다. 사내놈들은 다 짐승이라더니. 그래도 루진이 이런 짓을 할 애는 아니었는데 역시 산림 경비대에서 물이 잘못 든 걸까? 역시 그런 데 보내는 게 아니었는데.

"저리 가! 저리 가, 저리 가, 저리 가!"

"디하, 잘못했다."

"뭐 잘못했는지도 모른다면서! 나가!"

"알려 주면 되잖냐. 디하야아…"

"나가래도!"

디하가 다가오면서 손을 싹싹 비비는 루진을 발을 휘저어 쫓아 냈다. 그 와중에 발로 가슴팍을 퍽 소리 나게 찼는데, 디하는 자 기가 낸 소리에 놀라 루진의 안색을 살폈지만 루진은 크게 아프지 않은 것 같았다. 덕분에 디하는 마음 놓고 루진을 발로 다시 한 번 걷어찰 수 있었다. 다시 한 번 퍽 하는 소리와 함께 루진이 나 가떨어졌다.

"당장 나가!!"

디하가 손가락으로 문을 가리키며 말했다. 하지만 루진은 축객 령에 따르기는커녕 디하의 발을 꼭 끌어안고 그녀를 올려다보며 또 한 번 손을 싹싹 비볐다.

"잘못했다. 그러니까 왜 화내는지 알려 줘라."

"너라면 맘대로 몸을 만지면 좋겠어? 떨어져, 발 못 휘두르겠잖 아!"

"그러니까 붙어 있는 거다. 그럼 몸 맘대로 안 만지면 화 안 내는 거냐?"

이런 쓸데없는 데에만 약은 녀석. 디하는 루진의 무릎을 꽉 밟으며 말했다.

"이미 지나간 일이야."

"앞으로 잘할 거다."

"너 그 말 몇 번이나 했는지 기억해?"

"그래서 잘하지 않았냐?"

"똑같은 일 몇 번이나 반복한 게 몇 번 있었는데!"

"사람은 완벽할 수 없다고 한 건 디하 아니냐? 나 노력한다."

"네 노력이 결실을 보질 못하는데 그걸 내가 어떻게 믿어?"

티격태격하던 디하는 잠깐 말을 멈추고 이마를 짚었다. 경험상, 이랬다간 한도 끝도 없다.

"하여튼 그만하자. 밤도 깊었고 얼른 나가."

"용서해 줘라."

"나가래도! 나 피곤해!"

"용서해 줄 때까지 안 나간다."

발을 빼려고 했으나 루진이 대체 잡고 놓지를 않는다. 자신을 붙잡은 채 올려다보는 루진의 눈동자를 한참 쏘아보던 디하는 결국 어쩔 수 없다는 듯이 한숨을 내쉬었다. 일단은 당장의 잠이 더 소중했다.

"내일 이야기하자."

"안 된다! 내일 나 야간 순찰 배운다!"

"난 내일도 보고서 써야 해!"

디하가 물러서지 않을 기세를 내보이자 루진이 입을 다물었다.

그렇지만 그 순간, 디하는 경험적으로 루진이 여기서 끝내지 않으리라는 걸 깨달았다. 보이는 눈빛이 그랬다. 역시나 루진은 입을 열었다.

"디하가 나한테 화난 상태면 난 내일 야간 순찰 돌다가 디하가 신경 쓰여서 발을 헛디딜지도 모른다. 그러면 어두운 밤길에서 굴러 팔다리가 부러질지도 모른다! 아니면 가파른 경사에서 구르다가 돌부리에 머리를 찧히거나 나무에 부딪혀 갈비뼈가 부러져서 꽥 하고 죽을 수도 있다! 아니면 절벽으로 떨어질 수도 있다! 그래도 좋냐?"

루진의 언어 구사 형태를 보고 그의 머리가 나쁘다거나, 어휘력이 나쁘다고 생각하면 오산이다. 사실 그는 머리가 나쁘지 않다. 굳이 말하자면 좋은 쪽에 가깝다. 보다시피 말도 잘한다.

그가 그런 말투를 쓰는 건 단지 그의 특성 때문이다.

"비약하지 마!"

"디하가 몰라서 그렇지 마논 산은 험하다! 일주일에 몇 명을 구조하는지 아냐? 산은 원래 험하다! 등산로에서도 까딱하면 크게 다친다! 나도 크게 다칠지 모른다!"

"늑대 정령이 가호하는 주제에 무슨…."

"산에선 늑대들도 엄청나게 다친다! 마음이 딴 데 가 있으면 더 그렇다!"

역시 산림 경비대에 보내는 게 아니었다. 디하는 이를 악물며 조용히 심호흡했다.

"…알았어. 알았으니까."

기가 죽은 디하의 목소리에 루진의 눈이 반짝거렸다.

"용서해 주는 거냐?"

"…이번만 넘어갈 거야."

바로 루진의 얼굴이 헤벌쭉하게 변했다. 그 틈을 타 디하는 발을 빼고 휙 침대 위에 드러누웠다. 물론 루진에게서 등을 돌린 채였다.

"다음에 또 그러면 진짜 용서 안 해."

"응응, 명심할 거다. 다음엔 절대 그렇게 안 할 거다. 헤헤."

뒤에서 부스럭부스럭 다가오는 소리가 들렸다. 아마 뺨에 키스라도 하고 나갈 셈인가 보다. 디하는 언짢음을 가라앉히며 가만히 눈을 감고 있었다. 지금은 닿고 싶지 않지만 그것까지 안 된다고 했다간 역시 화가 풀리지 않았다며 징징댈 게 뻔했다. 잠깐만 참으면 될 일이다. 지금은 이렇게 화가 나지만 며칠 지나면 괜찮아질 거고.

"디하야, 디하야."

침대 뒤를 누르는 무게가 느껴진다. 그쪽으로 기우는 몸을 추스르며, 디하는 마지못해 앓는 듯한 소리를 내 대답했다.

"있잖아, 그럼."

"응."

그러고 보니 안경을 쓴 상태다. 얼른 루진이 나가야 이것도 벗어 놓고 잠잘 수 있을 텐데.

"디하의 가슴 계속 만져 봐도 되냐?"

안경을 벗으려고 하던 디하의 움직임이 멈췄다.

그녀는 잠시 아무 말이 없었다. 대신 저승과의 소통을 시도했다. 아버지, 어머니, 어떻게 해야 할까요? 이럴 때 어떻게 훈육하

셨나요. 하지만 디하가 무당도 아니고 그런 게 가능할 리가 없다. 대체 여태까지 자신이 한 말은 무엇으로 알아들었나.

"루진."

디하는 다시 몸을 일으키며 루진을 돌아보았다.

"너 내가 아까 전에 뭐라고 했어? 몸 만지지 말라고 했지."

"아냐! 허락 없이 만지지 말라고 했어!"

"그 소리를 왜 했겠어!"

"허락 없이 만지지 말라고 했잖아! 그래서 허락받는데 디하 왜 화내냐? 억울하다!"

숫제 억울하다는 표정 만만인 루진을 보고 있으니 이제 더는 대화를 하고 싶지가 않다. 디하는 이마를 짚고 깊게 한숨을 내 쉰 다음, 벗은 안경을 루진 뒤의 침대 책상 위에 놓고 다시 드러누 웠다.

"싫어. 안 돼."

"왜?"

"당연히 싫지! 그리고 자야 하는데 귀찮게…."

"디하는 가만히 있으면 된다. 귀찮은 거 없다."

"싫다고 했잖아."

뒤에서 디하야, 디하야 하고 부르는 목소리를 무시하고 그녀는 머리끝까지 이불을 뒤집어썼다. 뒤에 있는 인기척은 잠시 멈칫거렸 다. 그녀의 거절이 단호함을 깨달은 것이리라.

"끄으응…."

어딘가 아픈 강아지 같은 소리였다. 그 소리에 순간 디하의 어 깨가 움찔거렸다. 긴장감 가득한 목소리로 그녀가 다시 한 번 잘랐다.

"안 돼."

함부로 덤벼들진 않을 것이다. 하지만 절대 물러서지도 않을 것이다. 그런 때에 루진은 저런 소리를 냈으니까. 어떻게 할까? 자고 일어나야 내일 맑은 머리로 보고서를 쓸 수 있는데. 어떻게 해야 얼른 쳐낼 수 있을까?

"디하 나쁘다. 좋은 거 자기 혼자만 가지고."

"뭘 자기 혼자만 가져! 이 가슴은 원래 내 거라고, 남에게 나눠 줄 수 있는 것도 아니고!"

"만지게 해 줄 수 있잖냐! 디하 혼자만 만지고 나쁘다!"

"안 만져! 그리고 넌 네 가슴 함부로 남에게 만지게 해? 남에게 나눠 주고 다녀? 세상 사람들이 그러고 다녀? 상식적으로 생각 좀 해!"

디하의 말에 루진은 눈을 굴렸다. 할 말이 없는 모양이다.

그리고 그 눈 굴리는 모양을 보고 안 건데, 루진은 아직 술이 완전히 깨지 않은 것 같았다. 디하는 한숨을 내쉬며 루진을 밀어 냈다. 세상에서 제일 상대하기 힘든 게 취객이라더니.

"피곤해, 잘 거야. 가."

"알았다. 그럼 나도 디하에게는 내 가슴 나눠 준다. 자!"

밀어내자, 루진은 웃옷을 획 벗어던지더니 드러난 맨가슴에 디하의 손을 척 얹었다. 디하의 커다란 눈이 의미 없이 깜빡였다.

기억과 달랐다. 물론 루진은 겉보기에도 튼튼했고, 그래서 벗기지 않아도 어렸을 때의 기억과는 달리 몸이 굵직하리란 건 알고 있었다. 하지만 이건 생각보다 더 굵직했다. 한 아름은 차고 넘칠 것 같았다. 거기다가 울룩불룩하고 단단하다!

"자."

"헤?"

루진이 자신의 가슴 위에 얹어진 디하의 손을 위아래로 움직이며 눌렀다. 그 움직임에 따라 루진의 가슴에 놓인 돌출 부분이 위아래로 조금씩 움직이는 모습이 보였다. 진한 색이다…. 손바닥에 약간 땀이 찬 피부가 달라붙는다. 그 가슴에서 흐른 땀일까, 아니면 자신의 손바닥에서 흐른 땀일까?

완만하게 곡선을 그리는 가슴 아래로 또 작게 곡선이 그려졌다가 끝나는 것이 보였다. 그 끝에 또 곡선이 이어져 있다. 다시 그 끝을 찾고 또 찾았다. 몇 번인가 짧은 곡선이 또 시작되었다가 짧게 끝나기를 반복한다.

커다란 굴곡이 있는 자신의 몸과는 다르게, 그런 작고 자잘한 곡선들이 무덤덤하게 하나의 커다란 덩어리처럼 모여 있었다. 단단한 듯하지만 그 몸은 숨어 있는 곡선들처럼 부드러워서….

"앗."

잠깐. 이게 아니다.

남자의 몸이다. 소꿉친구, 옆집 세상 물정 모르는 바보 늑대 수호자의 몸이 아니라 남자의…!

"야, 자, 잠깐, 그만 문질러! 대, 대체 왜 벗고 난리야…!"

"덥다. 그리고 이제 됐지? 나도 만질 거다."

"야, 잠까, 꺄!!"

루진이 디하의 가슴에 얼굴을 파묻었고, 디하는 무게에 뒤로 넘어지며 비명을 질렀다. 곧 드러누운 디하의 몸 위로 루진이 덥석 타고 올라와 가슴을 양손으로 쥐더니 얼굴을 묻었다.

"여기 말랑말랑하고 부드럽고 기분 좋다…."

"아, 으, 너 정말…!"

디하는 루진 덕분에 허리까지 올라간 치마를 내리며 루진의 어깨를 밀어냈다.

"디하도 내 가슴 만졌으니 나도 디하 가슴 만질 수 있다."

"너, 그게 아니잖…."

따지려던 디하는 잠시 이맛살을 찌푸리며 말을 멈췄다. 어차피 이제 루진에게 말은 통하지 않는다. 어차피 이상한 의도로 만지고 싶어 하는 것 같지도 않고(이상한 의도가 있으면 무엇보다 눈치채지 못했을 리가 없으니까), 그저 가슴을 만지고 싶어 하는 것 정도라면 만지게 해 줘도 되지 않을까? 무엇보다 실랑이에 지쳤다.

"루진."

"응?"

"너 가, 가슴만 만질 거지?"

"응."

협상이 가능하다고 생각했는지, 취기 묻은 눈동자가 조금 또렷해졌다.

"금방 만지고 갈 거지?"

"알았다, 너무 만지지 않을게."

"너…. 이상한 짓 하면 안 돼."

알고는 있지만 노파심에 한 번 더 일렀다.

"응, 이상한 짓 안 한다."

"그, 그리고 이거 다른 사람들한테 말하면 안 돼."

"안 한다. 알았다. 나 착하고 디하 말 잘 듣는다."

이제 허락이 떨어졌다는 걸 깨달았는지, 루진은 헤헤 웃더니 신나게 디하의 가슴을 만져 댔다.

"아야! 세게 주무르지 마, 아파…!"

"앗, 미안하다. 미안하다. 디하 화내지 마라. 세게 안 주무른다."

이제 겨우 얻은 걸 빼앗길까 디하의 눈치를 슬슬 살피며 루진이 디하의 가슴을 살살 주물렀다. 그 촉감이 조금, 간지러웠다.

"안 아프지?"

디하가 대답하지 않고 작은 신음을 내자, 루진은 그걸 긍정으로 받아들인 모양이다. 그는 옷 위로 디하의 가슴을 물고 기분 좋다는 듯한 소리를 냈다.

디하도 루진의 입술이 닿을 때마다 작게 신음을 흘렸다. 그 입술이 가슴을 물고, 아무렇지도 않게 솟아오른 부분을 건드릴 때마다 몸에 작게, 예민한 감각이 퍼졌다.

"앗…."

"아프냐?"

"아, 아니."

무심코 신음을 낸 순간 바로 루진이 반응했다. 이런 작은 소리는 못 들은 척해도 될 텐데 귀는 좋아서. 얼굴이 달아오름을 느끼며 디하는 손으로 입을 가렸다.

"아프면 말해라. 나 아무래도 디하에게 아픈 것 같다. 안 참아도 된다."

"아, 아프진 않…."

말끝을 흐린 건, 자신의 숨이 가빠졌다는 사실을 깨달았기 때문이다.

흥분했다. 입을 가리고 있던 손에 힘을 주며 디하는 눈을 감았다. 눈을 꼭 감고, 자신의 가슴을 더듬는 손길에 달아오르지 않으려고 애썼다. 거부하려고 했다. 그저 가슴이 부드러워서 더듬고 있는 상대의 손길에 흥분하다니.

디하는 방울방울 솟아오르는 흥분을 느끼지 않으려고 애썼다. 하지만 그때, 아까 전과는 조금 다른 감촉이 예민하게 디하를 자극했다.

"루, 루진! 뭐 해, 뭐 하는 거야!"

눈을 뜨고 그 다른 감촉의 원인을 찾던 디하는 자신의 옷 속으로 들어온 루진의 손을 발견하곤 기겁했다. 커다란 손이 천 안에서 직접 자신의 가슴을 조심스럽게 더듬고 있었다.

"당장 손 빼! 이상한 짓 하지 말라고 했잖아!"

"나 이상한 짓 안 한다."

"누가 옷 속에 손 넣어서, 앗, 빼!"

옷 속에서 손이 예민해진 부분을 스쳤다. 단지 스친 것뿐인데도 디하는 신음을 참을 수가 없었다.

"뭐냐, 디하도 내 맨가슴 만졌는데."

"넌 오, 오래 만졌잖아! 이제 그만해!"

"그럼 디하도 더 만지면 된다, 뭐."

그러더니 루진은 고개를 숙이더니 디하의 옷 속으로 고개를 들이밀었다. 배 위로 루진의 턱과 머리카락이 닿는 게 느껴졌다. 집 안이라 속옷은 입고 있지 않아서, 따로 루진의 입술이 닿는 걸 막을 만한 게 없었다.

"꺅, 루진, 하지 마!"

"여기서 좋은 냄새 난다…."

"아무 맛도 안 난다고!"

"먹어 보면 안다."

"머, 먹어? 안 돼, 하, 응?!"

제지한 순간 가슴을 뭔가 미끌미끌하고 부드러운 것이 훑고 지나갔다. 루진의 혀다. 곧 그것이 자극받아 솟아오른 부분을 아무렇지도 않게 밀어 올렸다.

순간, 디하의 허리가 움찔거리며 입술 사이에서 새된 소리가 흘러나왔다.

"아, 하앗, 아…."

안 되는데, 이 이상은.

괜찮을 거라 생각하며 끝까지 버틴 지금에야 드는 그 생각은 사실 늦었다.

다시 한 번 루진이 아무 생각 없이 가슴을 맛본 순간 디하는 입술을 꾹 깨물었다. 새어 나오지 못한 신음이 몸에 파문을 일으켰다.

"디하, 여기서 벌꿀 탄 우유 냄새 난다…."

"으응!"

혀가 유두 끝을 부드럽게 감싸고 문지른다. 그러더니 주변을 한 바퀴 슥 미끄러지듯 긁고 유두를 힘주어 누른다. 간질거리며 핥는 느낌에 기어이 디하가 참지 못하고 큰 소리를 내며 신음했다. 깨달은 순간 얼굴이 익는 것만 같았다.

"젖 안 나와…. 왜 안 나오지? 디하야, 가슴에서는 젖 나오지 않냐…?"

"머, 멍청아! 어떻게 내가 젖이 나와! 애도 없는데 어떻게 젖이 나오냐고!"

"애 있어야지만 젖 나오는 거냐?"

루진은 멍청하지는 않았다. 다만 상식이 부족했다.

아마 그 상식을 익힐 시기에 부모님도 없었고, 또래도 없었고, 주로 산을 타고 다녔기 때문에 그럴 것이다. 그리고 지금 그의 상식 없음을 체험하는 중인 디하는 일단 루진의 등짝을 두들겼다.

"당연한 소리 좀 하지 마! 그럼…."

"그럼, 디하 어떻게 하면 애기 생기냐?"

앞이 당황스럽다면 이건 충격이다. 아이 만드는 법을 모른단 말인가. 두 번째로 루진의 상식 없음에 분노하며 디하는 루진의 등짝을 두들겼다.

"애 생기면 애가 젖을 먹지, 네가 먹을 거 같아?!"

"좋은 냄새 나는데…."

"네가 먹을 게…. 앗, 아…!"

다시 한 번 루진의 혀가 가슴 위를 기었다. 그 순간 다시 루진의 등을 내리치려던 손에서 힘이 빠졌고, 디하는 달콤한 신음을 내었다가 입을 가렸다.

"근데 디하, 여기 건드리면 목소리가 변한다."

"으응!"

"그리고 조금씩 디하한테서 좋은 냄새 난다…."

"씨, 씹지 마, 웃, 응…."

이로 씹은 건 아니다. 입술로 잘근잘근, 솟아오른 걸 누르듯이 자극하고는 혀끝으로 간질인다. 집요하게 자극당하자 스스로 확연히 깨달을 수 있을 정도로 아랫배와 허리에 힘이 들어갔다.

"디하 이렇게 해 주면 혹시, 기분 좋냐?"

"아, 아냐, 안 좋, 으응!"

드디어 루진이 알아차렸다. 귀까지 홧홧하게 달아오르는 열기에 디하가 부정했지만 루진이 다시 가슴을 더듬은 순간 높은 신음이 터졌다.

"하지만 이렇게 할 때마다 디하한테서 좋은 냄새 난다. 디하는 모르겠지만 냄새 난다. 가만 있어 봐라."

"아, 앗, 이제 그만, 그만!"

루진이 디하의 옷 속에서 얼굴을 빼더니 상의의 단추 고리를 전부 풀었다. 앞섶이 풀어헤쳐져 곧 뽀얀 과실 같은 디하의 가슴이 드러났고, 디하는 당황하며 드러난 앞섶을 가렸다. 그리고 자신의 가슴을 향해 다시 고개 숙이는 루진의 이마에 손바닥을 얹어 힘껏 밀어냈다.

"잠깐, 그만하라고 했잖아! 오늘은 여기까지!"

"아냐, 지금 하는 건 만지는 거 아니다. 디하 기분 좋게 해 주는 거다."

"야, 아, 웃, 응!"

루진이 디하의 손을 가볍게 걷어 내고 그 몸 위에 다시 얼굴을 파묻었다. 그리고 그 순간부터 거절하려고 했던 목소리가 신음으로 변했다.

부드러운 혀가 몸 위를 기었다. 디하가 흠칫거리자 루진이 잠시 멈춰 서서 그 부분을 물었고 디하의 입술에서 숨이 덩어리째 뱉어졌다.

곧 루진의 혀가 부드러운 복숭아 모양 언덕 아래의 그림자 진 길을 따라 길게 거닐었다. 디하가 하느작거리며 신음하자 루진은 그 자리에 멈춰 섰다. 그리고 다시 한 번 왔던 길을 되돌아갔다. 그 행보에 기어이 디하의 허리가 들썩거렸다.

"으응…. 아, 앗, 이런 거 안 해도, 되니까…."

"디하 몸에서 좋은 냄새 나는 거 좋다…."

"그, 그냥 네가 만지고 싶은 거잖아…!"

무슨 냄새가 난다는 걸까? 반대쪽 유두를 집요하게 괴롭히는 혀 놀림에 따라 디하가 신음하며 루진의 팔을 붙잡았다.

안 되는데.

하지만 그만두게 할 생각은 없었다. 그만두게 하고 싶지 않았다. 기분 좋아서, 좀 더 해 줬으면 했다.

위험해, 이거.

"여자들은 기분 좋으면 좋은 냄새가 난다고 했다. 디하는 핥아 주면 기분 좋아지는 거였다…."

"아, 읏…."

얼굴이 뜨거워졌다. 디하는 붉어진 얼굴을 가리며 입술을 씹었다. 그가 말하는 '좋은 냄새'가 뭔지 알 것 같았던 탓이다. 사실 그건 좋은 냄새는 아닐 텐데.

"아, 루진, 앗, 잠깐."

"점점 더 진하게 난다…. 디하 많이 기분 좋냐?"

더 진하게 날 수밖에 없다. 그 냄새가 나는 쪽으로 그가 얼굴을 옮기고 있으니까.

허리를 거친 손으로 쓰다듬고, 도톰하게 살집이 잡힌 디하의 하얀 배 위로 루진이 얼굴을 파묻었다. 배에 군데군데 키스하면서 내려온 혀는 그 끝, 작은 홈이 있는 부분에 발을 헛디딘 것처럼 미끄러져 파고들었다.

"아, 앗…."

디하가 신음했지만 멈춰 설 만큼의 반응은 아닌지, 곧 혀는 그 홈에서 빠져나와 좀 더 아래로 기어갔다.

느릿하게 흔적을 남기며 내려가던 혀는 곧 치마 윗자락을 만나 더 이상 갈 수 없게 되었다. 하지만 곧 루진은 디하의 치마를 들어 올려 허벅지 안쪽에 얼굴을 들이댔고, 혀는 다시 부드러운 살 위에 흔적을 남기며 기어가기 시작했다.

"잔뜩 난다…. 디하가 좋아하니까 나도 기분 좋다…."

"아, 하아, 응…!"

부끄럽다.

입술을 꾹 깨물어 신음을 삼키려고 했지만 루진의 손이, 머리카락이, 혀가 피부에 스칠 때마다 온몸이 간지러워진다. 서로 닿으며 생기는 간질간질한 무언가가 몸 안을 마구 떠돌아다니는 것 같은 기분이어서 도저히 참을 수가 없었다.

그것들은 몸을 한참 헤매고 돌아다니다가 예민한 부분들에 쌓여 더욱 몸을 간지럽게 했다. 조금이지만, 그건 괴로운 기분과 비슷하기도 했다.

"루진, 아, 으응…."

만져 줬으면.

간지러움이 잔뜩 쌓인 부분을, 루진이 만져 줬으면.

가득 차서 바짝 솟아오른 젖꼭지나, 빨갛게 달아오른 열매를 그 손으로 매만지거나 입에 넣어 줬으면 좋겠다. 지금 네가 핥고 있는 곳 옆으로 조금만 얼굴을 옮겨서, 네가 좋아하는 기분 좋은 냄새가 잔뜩 나는 곳에 있는 걸 혀로 굴려서….

"꺄…."

뺨이 뜨겁고 귀가 화끈거리고 목까지 빨갛게 변한다. 디하는 작은 비명과 함께 무심코 루진의 머리에 얹었던 손을 치웠다.

어떻게 그런 생각을 할 수 있담. 어떻게, 이 손으로 이 얼굴을 그런 쪽으로 끌어당겨서, 그렇게 할 생각을 할 수 있는 걸까. 죽을 듯이 부끄러워져서 디하는 자신의 얼굴을 양손으로 한껏 가리곤 눈을 질끈 감았다.

루진의 혀가 닿는 게 부끄러웠다. 입술이 닿아서 심장이 두근거리는 것도, 손이 닿아서 예민해지는 것도, 숨결이 닿아 몸이 뜨거워지는 것도 전부 부끄러워 죽을 것 같다. 참을 수가 없다. 이제 그만해야 했다.

"루진, 이제, 그만…."

디하가 기어들어 가는 목소리로 루진에게 요청했다. 스스로 생각해도 작은 소리였다. 하지만 그 소리에 루진은 고개를 들었다. 들은 걸까? 약간이지만 아쉬운 기분이 들었다.

"디하야아."

"응."

짧은 대답에도 비음이 섞여 있었다. 그 사실을 눈치챈 디하는 작은 신음과 함께 몸에 가득 찬 간지러움을 심호흡으로 빼냈다.

하지만 겨우 반쯤 열린 입에서 가쁘게 들락거리는 숨으로는, 도 저히 그 간지러움이 빠져나가지 않았다.

"킁킁."

"루진, 냄새 맡, 으흣!"

디하의 가슴에 다시 다가온 루진이 젖꼭지를 입술로 물었다. 물고, 입술로 잘근잘근 깨문다. 쌓여 있던 간지러움이 루진의 입술에 눌려 다시 온몸으로 퍼졌다. 아까 전보다 조금 더 간지러워진 것들이 온몸을 쿡쿡 찔러 허리가 들썩거렸다.

"루진, 아, 앗, 응!"

"여기, 아니다."

"아, 하아, 아, 잠깐, 그런 데 냄새 맡, 앗."

코를 실룩거리며 루진이 점점 얼굴을 아래로 내렸다. 곧 그가 아랫배에 이마를 대자 디하는 치마를 내리려고 했지만, 그것보다 먼저 루진이 디하의 다리 사이에 코를 들이댔다.

"디하, 여기서 진하게 냄새난다."

"꺅, 맡지 마!"

루진이 킁킁대자 디하는 부끄러워하며 루진의 머리를 밀어냈다. 하지만 루진은 굵직한 목에 힘을 주고 디하의 다리 사이로 다시 얼굴을 들이밀었다.

"여기서."

"꺅!"

루진이 손가락을 들어 축축하게 젖은 부분을 짚었다.

정확히는 젖은 부분보다 조금 윗부분. 볼록하게 튀어나와 있는 부분이었다. 젖꼭지만큼 도드라지게 모습을 드러낸 것을 그가 옷 위에서 손끝으로 조금씩 굴렸다.

"여기서 디하의 좋은 냄새 잔뜩 난다…"

"아, 응!! 루진, 앗! 그런 데, 만지면, 아, 안…"

안 된다고 차마 말할 수 없었다. 간지러움이 조금씩 해소된다. 만져 주기를 바랐다. 만져서, 기분 좋게 해 주기를 바랐다. 때문에 차마 거절하지 못하고 그의 손길에 몸을 맡겼다. 그보다는 조금 더 위쪽을 만져 주었으면 좋겠지만 차마 말로 할 수 없는 요구였다. 아랫도리가 저릿저릿해지는 느낌에 숨이 목까지 차올라서 그렇기도 했고, 부끄러워서 그렇기도 했다.

"디하의 여기 핥아 주면 기분 좀 더 좋아질 거다."

루진이 디하의 속옷에 손을 댔다. 바라던 바였다. 하지만 루진이 속옷의 아래쪽을 젖히고 그 손끝이 디하의 속살에 닿은 순간.

"아, 안 돼!"

디하는 루진을 밀어냈다. 루진의 거친 손, 그 손이 은밀한 곳에서 흘러내린 것에 젖어 속살을 건드린 순간 정신이 번쩍 들었다. 이대로 가면 돌이킬 수 없었다. 이대로 가면 분명히, 확실히, 피할 수 없이, 정확히.

"디하?"

"안 돼. 나, 아직 너랑 그런…. 그런 건 좀, 나 아직, 너를 그런 상대로 본 적이…"

디하가 당황해 횡설수설하자, 밀쳐진 루진은 끄응거리며 머리를 긁적였다. 아직 술이 깨지 않은 머리가 아픈 듯 보이기도 했다.

"디하 무슨 말 하는지 모르겠다. 디하만 벗으니까 싫은 거냐? 그럼 나도 벗는다."

그러더니 루진은 버클에 얽힌 끈을 풀어 내려놓았다. 지탱할 것 없는 바지가 홀렁 내려갔고, 그 아래 헐렁한 속옷을 본 디하는 붉어진 얼굴을 홱 돌렸다. 어두워서 잘 보이진 않았지만 분명 속옷 아래에서 두드러지게 모습을 드러내는 무언가가 있었다.

"자, 자, 잠깐! 그게 아니야! 아니라고! 벗지 마!"

"끙, 덥다."

"벗지 말래도!"

디하는 속옷 끈까지 풀어 벗으려고 하는 루진의 팔을 붙잡았다. 물론 고개는 돌린 채였다.

"그럼 그냥 핥아 주면 되냐?"

"아, 아니, 그만. 그만해도 돼."

"디하, 기분 좋지 않냐?"

"그, 그렇긴 한데…."

디하가 머뭇대자 루진이 속옷에 얹었던 손을 내리고 디하에게 다가왔다. 손을 침대 위에 얹고 아직 잘 가누지 못하는 몸을 조금씩 끌고 오는 루진을 곁눈질하며 디하는 조금씩 몸을 뒤로 젖혔다.

"그…. 충분히 기분 좋았으니까, 그만해도 괜찮아."

"나 디하한테 더 해 주고 싶다. 더 기분 좋게 해 주고 싶다."

"아니, 괜찮아. 충분히 기분 좋았어."

"으응…. 더 해 주고 싶다. 허락해 줘라."

다가온 루진이 디하의 목덜미에 뺨을 비볐다. 평소라면 간지러운 정도로 끝났겠지만, 달아오른 몸에 닿은 루진의 뺨은 무심코 농염한 신음을 흘리게 했다.

"아웃…. 왜 그렇게, 해 주고 싶은 건데?"

"디하 좋아하는 거 좋다."

디하는 감았던 눈을 뜨고 곁눈질로 루진을 살폈다. 루진은 디하의 뺨에 자신의 뺨을 비비고, 다시 목과 어깨에 비벼대며 애교를 부렸다. 그때마다 디하의 입에선 짧은 신음이 터졌고 숨이 가빠졌다.

"좋아하는 거 해 주고 싶은 거다."

"훗, 앗, 그러니까 해 줘야 할 이유가…."

"디하 내가 좋아하는 거 해 주잖냐? 아침밥 해 주고…."

"그, 그런 건 당연한 거잖아…."

"당연한 건 없다. 디하가 나에게 이것저것 해 줬으니까 나도 디하한테 해 주고 싶다. 디하가 좋아하는 거 보고 싶다."

루진이 디하의 식은 어깨를 커다란 손으로 감쌌다. 곧 그 손이 천천히 미끄러져 내리며 디하의 팔과 허리를 매만졌다.

그 손이 점점 내려간다. 허벅지까지 내려간 두터운 손길이 천천히 아랫도리를 감싼 천을 손끝으로 끌어당겼다.

"디하 별로 좋아하는 것도 없다. 이렇게 좋아하는 거 본 적 없다. 내가 좋게 해 준 적 없으니까 좋게 해 주고 싶다. 그러니까 얼른 벗어 봐라."

"아, 야!"

좋아하는 게 없다니, 네가 말 잘 들으면 언제든지 기뻐하지 않았냐고 쏘아붙이려던 말이 쏙 들어갔다. 디하는 루진이 끌어내리는 아래 속옷을 힘껏 끌어올리며 고개를 저었다.

"아, 안 된다니깐! 그만, 안 해도 돼. 충분히 좋았으니까…."

"더 좋게 해 주고 싶은 거라고 했다."

헤헤, 실없이 웃으며 루진이 디하의 뺨에 키스하더니 그 두터운 손으로 디하를 끌어안고 등을 쓸어내렸다.

뜨겁고 거친 손이 등을 쓸어내린 것만으로도 디하의 온몸이 반응했다. 신음하며 젖혀진 목 위에, 루진은 아무것도 모른다는 듯이 순진하게 웃으며 또 뜨거운 입술을 갖다 댔다.

"아, 하아."

기분 좋다. 그래서 머릿속이 이상해진 게 틀림없다.

떼어 내야 하는데, 좀 더 붙어 있고 싶다. 만지고 핥게 만들고 싶다. 역시, 그가 핥고 싶어 하는 곳을 잔뜩 핥게 만들고 싶다.

루진이 아무것도 모르고 조금씩, 조금씩 자극하는 열락에 이성이 있을 곳을 잃어 갔다.

"루진, 앗!"

다시 루진이 젖꼭지를 입에 물었을 때, 이젠 견딜 수가 없어졌다. 디하는 루진의 어깨를 밀어냈다.

핥기만 하는 거라면.

정말로 다른 것 없이 핥기만 하고 기분 좋게 해 주기만 하는 거라면 괜찮지 않을까?

"루진, 잠깐, 잠깐만…"

루진은 디하가 자신을 거절하려고 한다고 생각했는지 달라붙으려고 했지만, 디하가 고개를 저으며 부드럽게 밀어내자 순순히 간격을 벌렸다. 떨어진 건 아니지만 그 정도 간격이면 충분했다. 디하는 아래로 손을 뻗었다.

긴 손가락이 속옷을 붙잡았고, 손은 천천히 아래로 내려갔다.

"킁."

냄새를 맡는 듯한 소리에 디하는 잠깐 움직임을 멈췄다.

냄새가 나는 걸까? 부끄러운 기분이 들었지만 보통 사람일 자신도 속옷을 내린 순간 시큼한 것 같기도 한 단내를 느꼈다. 루진이라면 아마 더 짙은 냄새를 느꼈을지도 모른다.

디하가 곁눈질로 살피자 루진은 멍한 표정으로 코를 몇 번 실룩대고 있었다. 취한 것 같은 표정이었다. 물론 원래 취해 있었지만 그것과는 다른 의미로 취한 것 같은 느낌이었다.

"…자."

그 앞에서 디하는 속옷을 다리 아래까지 내렸다. 곧 발끝을 벗어난 속옷은 디하의 옆에 놓았고, 그녀는 자세를 어떻게 잡아야 할지 망설이다가 다리를 오므린 채 루진의 팔을 잡아당겼다.

"그, 마음대로, 해도, 돼."

이런 말을 할 수 있으리라고는 생각하지 않았다.

그것도 루진에게, 기어 다니는 걸 싸리 빗자루로 매질하던 상대에게 이런 말을 하게 되는 날이 올 줄이야. 새빨개진 얼굴로 디하는 '으응?'하며 자신을 쳐다보는 루진을 흘겨보았다.

"저기, 저, 정말 마음대로 하라는 소리 아니야! 이상한 짓 하면, 아, 응?"

"킁."

반쯤 입을 벌리고 있던 루진이 갑자기 디하에게 얼굴을 쓱 들이밀더니 냄새를 맡았다.

"히?"

반쯤 가려진 눈꺼풀 아래, 속눈썹이 길게 뻗어 있다. 그 아래에 자리한 루진의 코가 다가와 디하의 코를 살짝 눌렀다. 코가 눌려 옆으로 미끄러진 순간, 디하는 바짝 긴장하며 시트를 움켜쥐었다. 입김이 느껴졌던 탓이다. 루진의 입김이 디하의 입술 위에 뜨겁게 얹어졌다.

디하가 긴장해 눈동자를 굴려 내려다보자 둘의 입술 사이에는 종이 한 장의 간격만큼만 떨어져 있었다. 심장이 갑자기 튀어나올 듯이 두근거렸다.

키스하는 걸까? 루진의 살짝 벌어진 입술 사이에서는 발효주 냄새가 아직도 났다. 하는 걸 허락해야 하나? 지금 하면 술 맛이 날까? 취하나? 아니, 잠깐. 그래도 술 냄새잖아. 술 냄새 나는 건 싫은데.

"킁"

그래도 거절할 만한 용기가 없다. 디하가 눈을 꼭 감은 순간 루진은 그대로 디하의 뺨을 스쳐 그녀의 목덜미에 얼굴을 파묻었다.

"…야?"

디하가 멍한 소리를 낸 순간이었다. 루진은 갑자기 깊게 숨을 들이쉬며 어깨를 부풀리더니, 붙은 디하의 몸을 꼭 끌어안고 그녀를 아래로 밀어붙였다.

"아, 잠깐, 아파."

너무 세게 끌어안아서 가슴이 조여 오는 것 같다. 디하는 신음하며 루진의 팔에서 몸을 빼려고 했지만, 루진은 더욱 세게 디하를 끌어안으며 그 목을 핥았다.

애무하듯이 핥은 건 아니었다. 마치 개들이 좋아하는 상대를 핥아 대는 것처럼 쓱쓱 핥아 올리며 목도, 뺨도, 한껏 핥고서는 고개를 숙여 가슴을 그렇게 핥아 댔다.

"앗, 루진?"

"으응, 하아, 끄응…."

신음과 함께 루진이 열심히 디하의 가슴을 핥아 댔다. 디하의 온몸을 물고, 이가 간지러운 것처럼 긁어 대고, 그리고 핥아 댄다. 맘에 드는 장난감을 쥔 짐승처럼 놓지 않겠다는 듯이 디하의 몸을 꼭 붙잡은 루진은 정신없이 그 몸을 핥아 댔다. 어딘가 이성을 잃은 것 같았다.

"루진, 앗, 왜 그래? 읏, 아…?"

그때였다. 상체에 힘을 주며 무심코 무릎을 든 디하는 허벅지, 그러니까 루진의 다리 사이쯤에 무언가 단단한 것이 닿는 걸 느끼고 잠시 움직임을 멈췄다. 얇은 옷 너머에서 뜨끈한 열기가 배어 나오는 것 같았다.

잠깐, 디하는 마른침을 삼키고 다시 슬쩍 허벅지로 열기 띤 것을 압박했다.

"으응…!"

루진이 숨을 들이켜며 신음했다. 신음하면서도 루진은 디하의 몸을 입으로 계속 맛보았다. 그가 몸을 내리며 허벅지에, 무릎에 계속 번갈아 그것이 닿았고 그것의 열기나 크기, 단단함이 계속 그녀의 몸에 새겨졌다. 디하는 아까 전까지와는 다른 의미로 심장이 뛰기 시작하는 걸 느꼈다.

'이, 이런 게 들어가는 건가?'

들어가겠지, 아이 머리도 나오는 곳이니까. 디하는 긴장으로 숨을 들이켜며 자신의 다리 사이로 얼굴을 옮긴 루진을 쳐다보았다.

그의 몸은 준비 만반이었다. 계속 쿵쿵대는 걸 보니 본능대로 여자의, 암컷의 발정, 좀 거북스런 표현이지만 하여튼 그런 것에 반응한 것 같다. 그렇다면 역시 본능대로 진행할지도 모른다.

디하는 바짝 긴장했다. 하면 안 된다고 생각하기 이전에, 저게 과연 아프지 않을지가 먼저 걱정되었다. 보통 남자의 크기도 원래 저만한 걸까? 듣기로는 땅콩만 하네, 어쩌네 하던데 그럼 루진이 늑대 정령 혼혈이라 뭔가 다른 건가?

"아, 응!"

바짝 긴장한 디하의 몸이 뒤로 젖혀졌다. 동시에 머릿속도 하얗게 지워졌다.

점점 아래로 내려온 루진의 혀가, 디하의 허벅지를 벌리고 그 사이로 얼굴을 밀어 넣어 그 틈새를 파고들었기 때문이다.

수풀을 파고들어 하얀 배에서부터 완만하게 이어지던 길 끝, 깎아지른 계곡 틈새를 찾아낸 루진은 붉은색으로 익어 제일 먹음직스러워 보이는 열매부터 입에 물었다. 그것을 물어 당장 혀끝으로 누르고 간질이고 굴려 핥고 깨물었다.

"꺄앗, 아, 응! 루진, 루진, 꺄! 아앗!"

처음 느끼는 감각에 온몸이 찌르르 울렸다. 갓 잡아 올린 물고기처럼 정신없이 허리를 튕겨 올리며 디하는 루진의 머리를 밀어냈다.

"흐읏, 루진, 그렇게, 하지, 앗, 아앙!"

"으응, 킁…."

디하가 밀어낼 때마다 루진은 거친 숨과 함께 앓는 소리를 내며 문 것을 집요하게 빨아들였다. 그러면 디하의 허리에는 잔뜩 힘이 들어가고 손끝에선 힘이 빠져 버렸다.

힘이 빠진 디하가 높은 소리를 내며 허리를 비틀자, 루진은 들썩이는 디하의 하얀 허벅지를 움켜쥐어 고정시켰다. 곧 그는 냄새를 맡는 듯 몇 번 킁킁거리더니 혀를 길게 뻗어 열매의 아래쪽, 그 아래 젖은 꽃잎들의 틈새에 혀를 밀어 넣었다. 틈새가 부드러운 혀에 녹아내려 그 안에서 입구가 드러났다. 그 길을 살피듯 냄새를 맡아 보던 루진은 그것이 자신이 찾던 길이라는 사실을 깨달았는지 길고 뜨거운 한숨을 내쉬었다.

"으응…."

내쉰 만큼 깊게 숨을 들이쉰 루진의 등허리가 움찔움찔한다. 루진은 그 앞에서 한 번 더 깊게 심호흡하더니 천천히 주변을 핥았다. 그리고 자신이 찾던 은밀(隱蜜)이 흘러나오는 입구 안으로 혀를 길게 뻗었다.

"흐앙!"

디하의 허리가 다시 떴다. 생경한 느낌에 겨우 참고 있던 신음이 터지고, 이어서 쏟아져 나오는 소리를 참을 수가 없었다. 아앙, 흐응, 그런 비음과 애교 섞인 목소리를 내려고 했음이 아니었는데도 저절로 나왔다.

루진이 비부를 핥고 있는 것만큼이나 그런 목소리를 내는 게 부끄러웠다. 그런 소리를 루진이 듣는 게 부끄러웠다. 그리고 루진의 혀가 입구 근처의 안쪽 벽을 건드리는 느낌도 참을 수 없이 간지러웠다.

"아훗, 루진, 하지 마, 그런 거, 으흥…."

하지만 루진의 머리에 얹어진 손은 루진을 밀어내질 못한다. 마치 잘한다고 쓰다듬듯이 그 머리카락을 건드렸다가 떨어질 때마다, 루진은 기쁜 듯이 그 안으로 파고들어 디하의 입에서 새된 소리가 흘러나오게 만들었다. 아직 뭐라고 말해야 할지, 과연 느끼고 있는지도 불확실한 기분인데 몸은 그 감각에 정확하게 반응했다.

"으응, 여기 좋은 냄새 나지만, 아닌 거 같다…."

"하읏, 응!"

한참 안을 뒤적거리던 혀가 빠져나오더니 다시 위쪽에 여문 열매를 물었다. 아까 전보다 더욱 붉게 여문 열매는 루진의 입김이 닿는 것만으로도 찌릿거렸다.

"루진, 아, 훗!"

"디하, 여기를 좀 더 좋아한다…."

거친 숨과 함께 루진이 열매를 빨아들였고, 높은 신음과 함께 디하의 몸이 크게 전율했다.

온몸을 간질이던 것들이 지금 거기에 다 모여 있는 것만 같았다. 꼭꼭 빈틈도 없이 눌러 쌓여 있던 것들이 루진이 건드릴 때마다 부서져 온몸으로 퍼졌다. 강한 간지러움이 온몸으로 정신없이 퍼졌다.

"으앙, 앗, 루진, 아, 너무, 세, 너무, 아!"

"으응…."

입에서는 신음과 거친 숨밖에 나오지 않았다. 루진이 입술로 매끄럽게 열매를 물고 혀로 핥을 때마다 머릿속이 하얗게 지워진다. 자꾸 지워져 아무 생각도 들지 않았다.

몸은 뜨겁고, 신음은 정신없이 튀어나오고, 루진은 좋아하는 장난감을 발견한 강아지처럼 그것을 입에서 놓지 않고 굴린다.

"루진, 으응, 읏, 아앙…!"

디하가 허리에 힘을 주었다가 늘어뜨렸다. 이제 루진의 혀가 건드릴 때마다 몸으로 퍼지던 간지러움이 다른 부분으로 향하는 게 느껴졌다.

이제 피부는 충분히 퍼진 것들을 머금어 받아들일 곳이 없었고, 남은 간지러움은 갈 곳을 잃고 헤매다가 점점 몸 안에 쌓이기 시작했다. 몸 안이 간질거리기 시작했다. 특히 아까 루진이 혀를 밀어 넣은 부분이 간지러웠다.

"흐응, 읏, 아…."

"으응, 디하, 좋아하니까 좋다…."

루진이 계속 혀로 달래 주고는 있지만 괴로웠다. 아마 그의 혀로도 닿지 않을 아주 깊은 곳이 간지럽고 애가 탔다. 스스로 뭘 원하는지는 알고 있었다. 하지만 역시 그건.

"으핫, 루진, 응!!"

역시 아직 한다는 건 무섭다. 루진과 한다는 것도, '그걸' 넣는다는 것도.

분명 아플 텐데. 처음은 아프다고 했는데. 어떻게 해야 좋을지 모르겠다. 차라리 루진이 덤벼든다면 어쩔 수 없이 받아들이기라도 할 텐데.

"으응, 디하, 디하…. 으응."

루진은 허리를 들썩이며 시트에 몸을 비비기는 했지만, 그 비비는 것을 자신에게 들이댈 생각은 없는 것 같았다. 정말로 자신에게 음흉한 생각이라고는 눈곱만큼도 없는 것이 분명했다. 대체 누가 이 아이를 이렇게 순진하게 키웠을까? 물어볼 것도 없이 자신이다. 하지만 동년배에게 그런 부분까지 교육시킬 수는 없는 노릇 아닌가.

"디하, 여기서, 으응, 음, 쪽…."

"아, 앗! 아, 흐응, 읏!"

갑자기 루진의 혀 놀림이 거칠어졌다. 겨우 진정시켰던 움직임이 거칠어지자 다시 허리가 정신없이 들썩거렸다. 몸 안쪽에 간지러움이 가득히 차올라 당장이라도 루진의 그걸 넣고 문질러 달라고 하고 싶은 기분이 되었다. 아무리 몰라도 가르쳐 주면 잘하지 않을까? 하지만 그런 생각도 곧 하얗게 지워져 버렸다. 루진의 혀가 채찍처럼 열매를 때릴 때마다 온몸이 놀란 토끼처럼 바짝 긴장해서 다른 걸 생각할 수 없었다. 머릿속이 하얗게 무너졌다.

"아, 하응…."

하지만 이번은 좀 달랐다. 디하의 허리에 힘이 잔뜩 들어가 더는 내려앉지 않았다. 쾌감이 가득 찼는데도 입에서는 신음이 아니라 가쁜 숨만 나왔고, 가슴은 그 숨소리에 따라 가쁘게 오르내리기만 했다.

"앗, 읏…."

그게 시작이었다.

즙으로 가득 차 있던 열매는 루진이 무심코 깨문 순간 기어이 툭, 하고 깨졌다.

가둘 데 없어진 감각들은 억눌려 있던 만큼 거세게 쏟아져 나와 흘러넘쳤고, 그 달콤한 과즙들은 손끝까지 흘러들어와 온몸을 농염하고 달콤한 향으로 물들였다.

"아아앙, 응, 하앙!"

옆집까지 들릴 정도로 커다란 소리가 자제하지 못하고 튀어나왔다. 스스로 놀라 입을 막았지만 손가락 사이로 억제하지 못한 소리가 흘러나오고 끊임없이 몸이 요동쳤다.

파도 같았다. 한 번 정신없이 몰아치다가, 빠져나갔다가, 조금 더 약해진 물결이 다시 밀고 들어온다. 하지만 그 약해진 것도 지독히 강해서 정신을 차릴 수가 없었다.

몇 번이고 몸을 울리는 달콤한 물결 속에서 디하는 정신없이 신음하다가 그 물결이 힘을 잃고 다 빠져나간 걸 느끼고 축 늘어졌다. 물결의 잔해 위에 그저 떠 있는 것만 같았다.

"아, 하아…. 앗…."

진정된 몸을 추스르던 디하는 입술을 깨물며 몸을 움츠렸다. 아직 디하가 끝난 걸 모르는 루진은 과즙이 빠져나간 열매를 물고 있었다.

완전히 고갈되어 터트릴 과즙이 없는 곳을 직접 건드리는 건, 쾌락이라기보다는 고통이었다.

"으응, 루진, 웃, 그만…."

부드러운 혀가 채찍질하는 것처럼 오싹하게 느껴졌다. 뭔지 모를 강렬한 기분인 것은 아까 전의 기분과 비슷했지만, 기분 좋다기보다는 거세게 얻어맞는 듯한 싫은 느낌이 들어 디하는 루진의 어깨를 필사적으로 밀어냈다.

"아, 응! 루진, 그만, 앗, 나 충분히 좋았으니까, 이제, 그만."

"디하? 좋았어?"

"응, 엄청 좋았어, 잘했어."

몸을 일으킨 루진에게 다가가 상을 주듯이 그 뺨에 키스했다. 역시나 그렇게 하니 디하가 좋았다는 사실을 루진은 납득한 눈치다.

"끄응, 디하야…."

"으응."

앓는 소리를 내며 루진이 디하의 품에 안겼다. 디하는 루진을 받아 안아 주었다. 역시나 이 팔로 안기가 버거운 너비였다.

끌어안은 루진의 몸도, 닿은 뺨도 열기가 그대로 남아 있었다. 술기운일지, 아니면 흥분의 흔적일지 모르겠지만 피부에서 솟아올라 오는 후끈한 열기와 체취가 디하에게 묘한 안정감을 주었다.

"나 기분 이상해…."

"으, 응…."

디하가 긴장하기도 전에, 루진은 디하의 허벅지에 자신의 것을 비벼댔다.

"아까 전부터 계속 이상하게 참을 수가 없다…."

자신이야 끝났지만 루진은 아니었다. 어떻게 해야 할까? 도와줘야 할까? 디하는 고민하며 천천히 아래로 손을 뻗었다. 잘하지는 못하지만, 손이나 입으로라도 일단 어떻게든 할 수 있지 않을까?

"끄응, 디하야아…. 끙, 끄응."

앓는 강아지 같은 소리를 내며 루진이 디하를 끌어안았다. 그리고 아까 전과 같이 정신없이 디하의 몸에 입을 맞췄다.

"앗, 루진?"

"으응, 아, 끄응…."

디하를 끌어안고 실컷 뺨이며 몸을 비벼대며 루진이 허리를 움직여 댔다. 여기저기 비벼대고 몸을 정신없이 움직이면서도 허리를 흔드는 것이, 잘은 몰라도 본능으로 자신이 달아오른 곳이 거기라는 건 확실히 아는 듯했다. 점점 그 비벼대는 속도가 빨라지고, 디하를 안은 팔에도 힘이 들어갔다.

"루진, 아, 아파…."

"디하, 응, 아, 하응…. 응, 으읏, 응…."

디하가 루진을 밀어냈지만 루진은 디하를 끌어안고는 정신없이 온몸을 비벼대곤 디하의 뺨이며 콧등에 키스해 댔다. 입맞춤을 끝내 떨어진 루진의 얼굴이 디하의 눈앞에서 정신없이 일그러지며 가쁜 숨을 내쉬었다.

"으아, 응, 아, 디하야, 디하 좋다…."

정신없이 신음하는 루진의 얼굴이 다시 가까워져 그 입술에 입맞췄다가 떨어졌다. 디하의 얼굴이 달아오른 건 잠시 후였다. 입술이 맞닿았다는 사실을 좀 나중에야 깨달았다. 루진의 찡그린 얼굴에 넋이 팔렸던 탓이다.

"아, 으응, 끄응…."

그냥 표정이 일그러지는 것뿐인데 왜 이렇게 야하게 느껴지는 걸까? 반쯤 벌어진 입술이나 달뜬 숨, 야릇하게 주름이 잡힌 눈꼬리, 아니, 야하다기보다는 예뻐서 눈을 뗄 수 없었다. 이런 커다란 남자가 예뻐 보이다니.

"하읔, 응!"

갑자기 루진의 몸이 움츠러들더니 허리 놀림이 빨라졌다. 숨을 몰아쉬는 소리가 귓가에 시끄럽게 울려 퍼졌고, 몇 번 으르렁대는 소리를 내며 이를 악물던 루진은 잠시 후 갑자기 온몸에서 힘을 뺐다.

"루진?"

"끄응…."

축 늘어진 소리와 함께 루진이 디하의 품에 얼굴을 파묻었다. 잠시 후, 허벅지에서 느껴지는 따뜻한 무언가와 짙은 풀 냄새로 디하는 그가 왜 기운이 빠졌는지 깨달았다.

"자, 잠깐. 닦아 '내야 하는 거 아냐?"

"끄으응…."

금세 허벅지가 축축해졌다. 하지만 디하가 몸을 일으키려고 하자 루진은 불안한 표정으로 디하를 끌어안았다.

"잠깐, 닦을 거 가지고 올 테니까…."

"끄응, 끄응…."

말은 하지 않고 불안한 표정으로 디하에게 파고들기만 한다. 대체 아이처럼 왜 이러는 걸까? 루진의 머리를 쓰다듬어 주던 디하는, 이유는 모르겠지만 루진이 혼란스러워한다는 사실을 깨달았다. 왜일까?

"끄응…."

곧, 갑작스럽게 빠져든 것처럼 루진이 소리를 죽이고 잠들었다. 이제 일어나서 닦을 걸 찾아야 한다고 생각했지만, 디하도 일어날 수가 없었다. 기분 좋게 기운이 빠진 디하의 몸에 루진의 몸은 너무나 따뜻했다.

어렸을 때 한참 놀고 잠들었듯이 디하는 금세 잠이 들어 버렸다.

2. 손끝에 닿는 바람이 변할 때

디하는 자리에서 벌떡 일어났다.

"허."

그리고 주변을 둘러보았다. 아직 해가 뜨기 전, 어슴푸레하게 스며들어 오는 빛, 그리고 신음하는 소꿉친구. 디하는 정리했다. 꿈이 아니었다.

"내가 미쳤나 봐."

술에 취한 것도 아니었으니 그렇게 말할 수밖에 없다.

───※───

루진을 처음 만난 건 여섯 살 때였다.

디하는 이 마을 토박이였지만 그들은 아니었다. 그들의 부모는 나고 자란 마을이 산사태로 괴멸했기 때문에 제일 가까운 도시인 이곳으로 이사를 왔다고 밝혔다. 이곳은 도시에서도 외곽에 속했고, 때문에 이방인에게 경계는 할망정 쫓아내지는 않았다. 정착하기에는 그리 나쁘지 않았다는 소리다.

그들이 원래 살던 마을이 정말 산사태로 망했는지 아닌지는 알 수 없지만, 그 마을이 더 이상 존속할 수 없게 된 건 사실일 것이다. 왜냐면 그들이 데리고 온 두 명의 아들 중 한 명이 수호자였으니까.

디하는 어른들이 그렇게 말하는 걸 들었다. 늑대 정령의 피를 이은 수호자이니 산사람인 건 확실하다고 했다.

디하가 나고 자란 곳 같이 커다란 도시는 다르지만, 이 남부 대륙에서는 대부분 수호자라고 불리는 사람들이 마을을 지켰다. 촌장 같은 지도자와는 별개로, 그들은 인간과 그 지대를 수호하는 정령의 혼혈로 그 마을을 지키고 번영시키는 역할을 했다.

번영이라고 하지만 그들이 대단한 일을 한 건 아니다. 타고난 짐승과 정령의 본성으로 자연을 이해하는 그들의 능력은 그것을 인간에게 전달하는 것만으로도 충분히 도움이 되었다. 단지 그것만으로도 사람들은 동물들과 같이 수많은 재난을 피할 수 있었다.

그런데 그런 재난을 피할 수 있게 해 주는 수호자가 있는데도 재난을 당한 이유는 무엇일까?

사람들은 그에 대해서도 이런저런 이야기를 했다. 정령이 귀띔해 줘도 막을 수 없을 정도로 큰일이 벌어졌거나 정령이 약해지거나 죽었을지 모른다고 했다. 또는 누군가가 금기를 저질러 벌을 받았을지도 모른다고 했다. 만약 그렇다면 저 집안은 아마 수호자를 맡아 기른 덕분에 다른 사람들과 달리 벌을 피할 수 있었던 건지도 모른다고 했다. 수호자를 맡아 기른 이들이라는 점에서 그들이 마을의 권세가였으리라는 이야기도 들었다.

어쨌든 둘이 형제가 아니라는 소문은 거의 확실시 되고 있었다.

척 보기에도 아이는 형제도, 부모 중 누구도 닮지 않았기 때문이었다. 무엇보다 피부색부터가 달랐다. 평범한 세 명과 달리 아이의 피부는 삭은 낙엽을 잔뜩 머금은 흙처럼 가무잡잡했으니까.

게다가 부모는 둘째 아들을 어려워했다. 사실 수호자를 어려워하는 건 당연했다. 망한 마을이라고 해도 정령은 정령이고 수호자는 수호자였다. 지역을 잃어도 그들의 능력이 사라지는 건 아니다.

아이는 부모에게 으르렁대며 짖었다. 때문에 부모는 아이를 교육시킬 생각을 하지 못했다. 도시의 물가가 그들이 벌어들이는 수입으로는 벅찼기 때문에, 생계 문제로 교육할 여유가 없었던 탓도 있을 것이다.

하지만 아이는 부모는 따르지 않으면서도 형은 잘 따랐다. 아이가 수호자라는 데에 흥미를 가지고 접근해 온 소녀가 그 비결을 묻자, 형은 안경을 고쳐 쓰며 이렇게 말했다.

"늑대는 개과야. 그리고 늑대도 개도 서열을 매기는 동물이지."

동생과 전혀 닮지 않은 형은 손에 쥔 막대를 한 바퀴 돌려 쥐었다. 눈앞에는 다가온 소녀를 공격하고, 혼내는 형에게 으르렁대는 동생이 있었다. 막대를 쥔 형은 무기를 쓸 줄 몰랐다. 배운 적도 없었다.

"그렇다면 요는 무엇인가. 서열에서 우위를 점한다."

하지만 개를 패는 법은 잘 알았다.

하늘 높이 개 짖는 소리가 울려 퍼졌다. 동네 사람들은 대체 어느 집이 개를 잡나 했다.

그로부터 얼마 후 개 짖는 소리가 유난히 많이 울려 퍼지게 되는데, 그건 개 잡는 법을 전수받은 소녀가 서열 매기기에 도전했기 때문이다.

얼마 후 사람들은 수호자가 소녀의 뒤를 졸졸 쫓아다니는 모습을 발견했다. 소녀는 참으로 천진했다. 멀쩡한 사람에게 목줄을 채우고 대로를 활보할 정도로 말이다.

———————※———————

디하가 잠에서 깨자 루진도 곧 잠에서 깼다. 디하는 부스스하게 일어난 루진에게 꿀물을 타 준 다음 집에 가서 씻으라고 내쫓았고, 그 후 자신의 몸도 물 묻은 수건으로 씻어 낸 다음 복잡한 기분에 빠졌다.

루진은 어젯밤 일을 기억할까?

다리 사이가 전에 없이 미끈미끈하다. 그 미끌거림에 어젯밤 일을 생각해 낸 디하는 얼굴을 가리더니 발을 구르며 비명을 질렀다. 차마 큰 소리는 내지 못해 '끼야아악'하고 소리 죽여 비명 질렀지만, 죽고 싶을 정도로 부끄러운 마음은 가득했다. 대체 무슨 짓을 한 거람.

잠시 후 디하는 자신이 벌거벗은 채 동동거리고 있었다는 사실을 깨달았다. 진정하고 옷을 챙겨 입은 디하는 어제 입은 옷부터 침대 시트까지 싹 걷어 빨래 통에 넣어 두었다. 그 다음 옆집, 그러니까 아민과 루진의 집으로 건너가 아침을 준비했다.

아침이라고 해도 별건 없었다. 며칠 전 빵집에서 사다 둔 호밀빵이나 정육점에서 산 햄을 썰어 데우고, 어제 이웃집에서 얻은 계란을 삶고, 집 앞 채마밭에서 자라는 야채들을 따다가 먹기 좋게 썰고 드레싱을 친다. 늘 언제나 같은 식단이었다. 오늘은 끝물 가지가 잘 자랐기에 그걸 잘라다가 구워 곁들였다.

"디하, 안녕."

"아, 오셨어요."

문이 벌컥 열리며 들리는 목소리에 디하는 돌아보며 인사했다. 푸석한 인상에 로브를 뒤집어쓴, 어쩐지 샌님 같아 보이는 남자가 거기 서 있었다. 하지만 그 샌님이 이 집의 주인이다.

"오늘은 몇 시에 출근하세요?"

"아홉 시."

아민은 들고 있던 병과 접은 종이를 내려놓으며 말했다. 병은 오는 길에 사 온 우유였다. 늘 아민이 우유를 사 오고, 그걸로 아침 식단은 완성된다.

"드시자마자 주무셔야겠네요."

"응. 그래서 말인데, 루진은 어디에 있어?"

"씻고 옷 입고 있지 않을까요?"

"그래?"

아민은 지나가며 문가에 놓인 막대기를 집었다. 집주인을 맞이한 대문이 닫혔고, 디하는 눈으로 아민의 움직임을 좇았다.

늘 그렇듯이 아민은 피곤했다. 퀭한 눈을 비빈 아민은 한숨을 내쉬더니 안경 밑으로 손을 넣어 잠시 눈을 따뜻하게 데웠다. 수면 부족으로 건조해진 눈이 아팠던 탓이다.

"루진, 있냐."

방에 들어가기에 앞서 아민은 예의상 노크를 했다. 하지만 대답은 없었다. 한두 차례 더 노크를 한 다음 아민은 문을 열었다. 몸을 닦고 바지를 입었지만, 기어이 정신을 차리지 못하고 엎어진 루진이 거기 있었다.

"아주 팔자 늘어졌구나."

따닥, 하고 아민의 손에 들린 막대가 땅바닥을 두들겼다. 그 소리에 루진의 몸이 움찔, 움직였다.

"옛 성현께서 말씀하시길, 자신은 지렛대 하나로 천체를 움직일 수 있다고 했다."

따닥. 이번엔 루진의 입에서 가는 신음이 흘러나왔다.

"그 말인즉슨, 힘을 줘야 할 곳과 그것이 작용하는 곳, 그리고 그것을 받쳐 주는 받침점을 통해 보다 효율적인 힘의 분배가 가능하다는 의미지. 그래서 나는."

"으, 으으?"

따닥. 정신이 깨기 전에 몸이 먼저 깬 루진이 허둥대며 자세를 바로잡았다. 바로잡은 루진의 모습은 발과 손으로 땅을 지탱한 사족 보행 짐승의 형태였고, 그 모습을 향해 아민은 천천히 다가갔다. 따닥. 다시 한 번 막대가 땅바닥을 때렸다.

"왜, 왜냐."

따닥. 땅을 두들기는 막대 끝을 긴장된 표정으로 쳐다보며 루진이 으르렁거렸다.

"무술은 배우지 않았어도 개 하나 정도는 떡으로 만들 수 있다."

"왜냐고 묻잖냐!"

"네 월급에게 물어봐!"

아민은 가차 없이 들고 있던 봉을 휘둘렀다. 기다렸다는 듯 루진이 벽을 타고 도피하려고 했지만, 그때 아민이 벽을 타는 루진의 등을 내리쳤다.

"도주로를 계산해 낼 수 있는 수학적 능력 및 공간지각력!"

"깽!"

루진이 균형을 잃고 굴러떨어지자 아민은 떨어진 루진의 오금을 찍었다.

"최대한의 통감을 이끌어 낼 수 있는 해부학적 지식!"

"깨갱!"

단순히 통감이 문제가 아니라, 거길 그렇게 찌르면 걷기도 힘들어진다. 물론 아민은 알고서 그렇게 한 것이다. 하지만 루진도 당한 지 꽤 되었다. 그는 필사적으로 달려 방에서 도망쳤다.

"낭비 없는 에너지 활용을 위한 힘의 작용에 대한 이해! 그 모든 것으로 무력이 없어도 개 하나 정도는 잡을 수 있다!"

"왜냐!"

방 안에서 들려오는 소란을 듣고 있던 디하는 형제가 달려 나오는 모습을 보고 식탁 앞에 서 있다가, 그들이 미리 열어 두었던 문밖으로 달려 나가는 모습을 보고 안도의 한숨을 쉬었다. 형제가 식탁을 뒤엎는 것도 싫었거니와, 그런 일이 생기면 루진의 매가 늘어나기 때문이다. 대략 월급의 2.8% 정도로.

일어난 일을 이해하기보다 그저 한숨을 내쉬던 디하는 우유병 옆에 접혀 있는 종이를 발견했다. 디하는 아마 아민이 두었을 듯한 그 종이를 집어 펼쳐 보았다. 어차피 비밀스러운 문서라면 아민이 집에 가져오지도, 이렇게 두지도 않았을 테니 집어 읽어도 문제는 없으리라.

보니 그것은 도시 자경단에서 아민에게 보낸 편지였다. 그리고 그 내용은 변상 목록이었다.

변상 목록을 확인한 디하는 루진이 월급의 300% 정도 매를 맞겠구나 싶었다. 아니, 산림 경비대로 이직해 급여가 늘어났으니 250%정도?

"열심히 패세요, 아민 오빠."

"아이구, 이 집 또 개 잡아?"

문간을 나와 멀찍이 들리는 소리를 응원하던 디하의 어깨를 누군가가 툭 쳤다. 돌아보자, 늘 아침마다 마을을 산책하는 노부부가 거기 있었다.

"어머, 안녕하세요. 마림 할머니."

"거 적당히 좀 잡아. 얼마나 아플까."

"맞을 짓을 해서 맞는걸요. 그리고 루진은 그래도 수호자였던 애라서 안 아파요."

소녀는 아민에게서 글을 배웠다. 덕분에 책 좋아하시는 마나님께서 만든 도서관의 사서 보조가 될 수 있었다.

마을 사람들은 이방인들이 아마 일부러 이 도시로 왔을 거라고 말했다. 그도 그럴 것이 그 집안의 맏이가 유독 똑똑했기 때문이다.

이 마을에는 공립 무원(無元) 학원, 국내 3위 안에 드는 지성의 전당이 있었다. 특이한 이름만큼 특이한 학원은 평등주의를 표방하고 있어 평민도 입학 가능했고, 아민은 별다른 걸 배운 적 없는 머리로도 그 학원에 입학했다. 그것이 이미 아민이 범상치 않았다는 산 증거였다.

평등주의를 표방하는 학원이라고 해도 실제로 평민의 입학률은 턱없이 낮았다. 사실, 없는 자들은 배운 게 없을 수밖에 없기 때문에 매우 당연한 결과였다.

아민의 부모는 학비를 벌기 위해 꽤 고생했다는 듯하다. 결국 전염병으로 부모님이 돌아가신 후 아민은 학업을 포기하려고 했으나 그를 눈여겨본 교수들이 그에게 장학금을 지원했다. 아민은 지금도 그게 잘된 일인지 나쁜 일인지 알 수 없다고 말했다.

하여튼 그렇게 똑똑한 아민이다. 디하가 '비인도적'이라는 말을 배우기 전부터 그가 그 말을 알고 있는 것도 당연했다. 디하가 묻자, 아민은 딱 한마디로 말했다.

"어디 아파해야 비인도적이든지 말든지."

아파하지 않는다는 건 아니다. 어차피 신체 능력이 일반인과 다른지라 그 정도로는 때려야 매질의 효력이 나온다는 뜻이었다. 그러므로 손속을 봐줄 필요가 없다며 아민은 해부학적인 지식을 전달했다.

그 이후로 루진은 좀 더 디하의 말을 잘 들었고, 덕분에 디하는 루진에게 말을 가르칠 수 있었다. 디하는 말을 배운 루진을 끌고 동네 사람들에게 인사를 시켰다.

"하이고마 튼실하게 생긴 애 왜 그렇게 잡나. 내가 한 10년만 젊었어도 고거 참."

"아 이놈의 여편네, 지금 나 옆에 두고 뭔 소리 하는겨."

"아이구, 지나가는 아가씨들 쳐다보면서 난 그런 소리도 못 하우?"

또 시작이다. 디하는 잠자코 웃으며 티격태격하는 부부를 쳐다보았다.

"아 그냥 꽃 이쁘다, 하고 쳐다보는 거 같은 거지."

"그럼 이쁜 거 실컷 보시구랴. 나도 그럴 테니까."

"알았어. 그럼 일단 저기 앉고."

"아, 뭘 앉아. 가서 실컷 보래도."

"제일 이쁜 게 우리 마누라니까 마누라 실컷 봐야지."

"하, 하, 하."

기어이 옆에서 보고 있던 디하의 입에서 마른 웃음소리가 터졌다.

과연 명불허전, 끓어오르는 이팔청춘 닭살 커플이 와도 상대가 안 된다는 연륜 그득한 노부부는 오늘도 살아온 햇수가 애인 없음과 동일한 여인의 가슴에 금을 새겼다.

"아이구, 아주 주책맞은 소리는 다 해! 몰라, 나 먼저 갈 테니 알아서 하시우."

"아 이 마누라 같으니, 하여간 젊을 때 하고는 하나도 변한 게 없어서 아직도 앙탈이야."

"변한 게 없기는 뭐가 없어, 주름져서 쪼글쪼글해졌구만."

"내 눈엔 변한 거 하나도 없어. 젊은 시절 그대로 이~뻐."

"아 몰라! 이 양반 길거리에서 낯 뜨겁게."

그러더니 마림 할머니는 할아버지의 손을 뿌리치고 빠른 걸음으로 앞장서 나아가 버렸다. 그 뒷모습을 쳐다보며, 할아버지는 껄껄 웃었다.

"아이구, 하여간 저런 거 보면 아직도 젊다니까. 그럼 아가씨,

오늘도 좋은 하루."

"네…. 좋은 하루요."

윙크하며 부인을 따라 사라지는 할아버지를 향해, 디하는 손을 흔들며 마른 웃음을 지었다.

정말 못 견디겠다.

"후우."

디하는 깊게 심호흡했다. 깊게 숨을 들이쉬자 이슬에 젖은 상쾌한 풀 냄새가 폐 속을 채웠다. 뭐, 염장을 당해 처참한 기분은 있다만 늙으면 저렇게 살고 싶었다. 부러우니까 염장도 당하는 거 아니겠는가.

디하는 우울한 기분을 털어 버렸다. 언젠가는 저렇게 살 수 있겠지. 한 번 더 깊게 심호흡하고 고개를 들어 쳐다본 하늘은 슬슬 동이 트고 있었다.

날은 좋을 것 같고, 아침밥은 다 되었고, 이웃은 건강하고, 개 잡는 소리가 들린다.

"좋아."

여느 날과 다를 것 하나 없는, 좋은 하루의 시작이었다.

———◦◦◦———

"디이하아―!"

"으응, 왜?"

뒤에서 자신을 끌어안는 손길에 디하는 무덤덤하게 반응했다.

어차피 이런 일이 익숙한 상대였기 때문이다. 자신의 어깨에 턱을 올리는 상대의 머리를 쓰다듬어 주며 디하는 말을 이었다.

"또 맛있는 가게라도 발견했어?"

"으흠~. 그건 아니고, 디하가 오늘따라 예뻐 보여서."

"헤?"

디하를 뒤에서 끌어안은 사람은 황동처럼 그윽하게 빛나는 피부가 매력적인 소녀였다. 인상이 뚜렷한 얼굴에는 장난기 가득한 웃음이 늘 띠어져 있고, 뺨에 살짝 얹어진 주근깨는 노을 진 저녁을 수놓는 샛별 무리 같았다. 소녀의 이름은 무라. 디하와 같은 사서 보조였다.

무라는 히죽 웃었다. 곧 그녀의 손이 디하의 뺨 위로 올라왔고, 손가락이 디하의 뺨을 슥 쓸어내렸다.

"피부가 아주 윤이 자르르 흐르잖아? 어제하곤 질이 다른데, 무슨 일 있었어?"

"어? 뭐 한 거 없는데…."

디하가 비어 있는 왼쪽 뺨에 손을 얹고 갸웃거리자 무라는 흐흥하고 웃었다.

"미용은 하지 않으셨고. 그러면 뻔하구만."

"뭐가?"

무라는 한층 더 그악한 웃음을 띠었다. 그러더니, 디하의 귓가에 대고 아주 비밀스러운 말을 전달하는 양 속삭였다.

"양.기.보.충."

순간, 얼굴이 확 달아오르는 것만 같았다. 어젯밤 루진과 맞닿았던 맨가슴의 감촉이 선명하게 기억났다. 닿았던 입술의 감촉이 목에 선연하게 되살아나는 것 같았다. 짙은 술 냄새가 코를 알싸하게 저몄다. 그리고 어제, 그 혀가 과실을 농염하게 익히고 깨물었던 것까지…. 아랫배에 힘이 들어간 순간, 디하는 자신의 상태를 깨닫고 무라를 밀어냈다.

"뭐, 뭐, 뭔 소리야!"

"아항? 뭐야, 이 반응! 반응을 보아하니 정말 있는 거야? 이야, 디하가 남자라니!"

"아니야! 그게 아니라!"

무라가 깔깔 웃으며 춤추듯 뒤로 도망쳤다. 디하는 고양이처럼 날랜 무라를 따라잡은 적이 없었다. 때문에 일찌감치 포기하고 그 자리에서 소리쳤다.

"너! 아무리 그래도 도서관에서 너무 소란스러운 거 아냐?"

"네가 더 시끄러워. 그리고 뭐, 사람도 없는데."

그러며 무라는 턱짓으로 열람을 위해 마련된 중앙 테이블을 가리켰다. 이 도시의 영주님이 누님을 위해 지은 여성 전용 도서관의 주중은 한산했다.

영주님의 누님 되시는 마나님께서는 책을 유달리 좋아해 이 도서관을 지었다고 한다.

사실 개인 서가로 만들어도 됐겠지만, 마나님께서는 여자들에게 필요한 교양을 전파하고자 굳이 이곳을 도서관으로 만들었다고 한다. 아마 이곳에 여자들도 받아들이는 무원 학원이 있었기에 가능한 선택이었을 것이다.

여자들에게 필요한 교양을 전파한다는 의도만큼 이 도서관에는 주로 소설, 요리, 재봉, 정원이나 채마밭을 꾸미는 법, 간단한 가정 의료나 부인의 품성을 함양하는 내용이나 예법에 관한 책들이 많았다. 하지만 마나님의 취향이 워낙 넓고 다양해 역사나 철학, 또는 이교도에 대해 다룬 책들도 있었다.

만들어진 지 겨우 5년이 넘었지만 내실은 허술하지 않은 도서관이었다. 많은 귀족 가문과 중산층의 여자아이들과 숙녀들이 이곳을 찾아 원하는 책을 찾고 도움을 얻었다.

그와 같이 숙녀들을 위한 공간이다 보니, 사서들이 남자여선 곤란했다. 도서관이라는 게 생각 외로 힘 쓸 일이 많아 근무자 중에는 어쩔 수 없이 남자가 섞여 있었지만, 방문자와 자주 마주쳐야 하는 보조 사서들은 글을 아는 중산층의 교양 있는 여자아이들을 골라 일을 시켰다.

덕분에 이곳에서 일하는 사람들 중 도시 외곽 출신은 디하밖에 없었다. 이것도 아민이 글을 가르쳐 준 덕분이었다.

"사람이 없어도 조용히 해야지. 그러다가 쌓아 둔 책 다 쓰러진다? 찢어지면 어쩔 거야?"

"붙이면 되지, 뭐. 한두 번 하나."

"네가 금분 잉크와 청금석 염료로 장식된 책장을 복구할 수 있다고?"

디하는 어디 해 보라는 듯이 두꺼운 책을 가리켰다. 금박이 세밀하게 입혀진 천을 뒤집어쓴 양장 책이 거기 놓여 있었다.

"에⋯. 그건 무리네. 뭐, 하여튼 그게 아니라. 흐응. 디하의 남자라. 으음."

"아니래도."

"디하가 드디어 꽃을 피우는구나~. 그래, 남자는 중요하지. 낯에 성실하게 열심히 일한 이에게 닉스가 야누스의 얼굴을 보여 주는 건 당연한 것! 들어가라, 소녀여. 열린 문 안으로! 터트린 꽃망울 안에서 겁 없이 피어오르는 본능은 그대의 삶의 축복, 당연히 주어지는 선물, 밤의 즐거움을 위한 것이니!"

"아니, 그러니까."

눈총을 주는데도 무라는 망상을 접을 생각이 없어 보였다. 대체 닉스와 야누스가 뭔지 모르겠지만, 맥락을 보건대 밤일과 관련 있다는 건 눈치챌 수 있었다. 디하는 손을 저으며 다가오는 무라를 밀어냈지만 무라는 디하에게 엉겨 붙으며 콧소리를 냈다.

"흐흥, 이제 막 피어나는 디하에게 내가 좋은 걸 알려 주겠어요."

"그러니까 아니라고. 착각은 정도껏 해."

"말은 싸늘한데 눈빛은 호기심으로 반짝이네. 좋은 자세예요, 디하 양."

"일 좀 하자."

"여기에 말이야, 밤일에 아주 좋은 책도 있지롱."

디하의 손이 잠깐 멈춘 건 특별히 관심이 있어서는 아니었다. 사실 디하뿐만이 아니라 한창 달아오르는 청춘이라면 그런 거에 관심을 가지는 게 당연하지 않을까?

"관심 보이네, 디하~."

"아, 아니. 그런 거 몇 개 보긴 했는데 별거 없던데…."

"방중술이라고 알아? 그런 게 저어기, 290번, 380번, 470번, 490번, 510번, 590번, 690번에 요기조기 꽂혀 있지롱. 소설에도 이것저것 있지만, 거기 있는 것들이 삽화도 있어서 아주 크게 도움이 된다구."

기타 종교, 풍속 민속학, 생물과학, 동물학, 의학, 가정학, 운동 관련 분류다. 어째 예상도 못 했지만 있을 법한 곳에 있다는 생각에 눈을 굴리던 디하는, 무심코 무라와 눈이 마주치자 퍼뜩 놀라 시선을 피했다.

"이거 봐. 앙큼하기는!"

"아, 아니. 잠깐, 무라. 왜 그런 게 우리 도서관에 그렇게 많아?"

"당연하잖아. 여긴 여자를 위한 도서관. 삶의 축복, 당연히 주어지는 선물을 좀 더 잘 쓰고 싶은 건 어느 여자나 당연한 거 아냐? 우리 영주 내외분께서 왜 그리 금슬이 좋으실까? 응? 디하."

또 음흉하게 웃으며 무라가 디하의 옆구리를 쿡쿡 찔렀다.

"나도 말이야, 배워서 몇 개 써먹어 봤는데 남자들이 아~주 좋아하더라고."

"어, 어?"

써먹었다? 그 말이 내포한 의미에 디하는 살짝 당황했다. 하지만 무라는 아무렇지도 않게 슬슬 디하의 눈동자를 들여다보며 말했다.

"여자가 눈 감고만 있으면 남자가 즐거워지는 게 아니네요. 잡고 싶으면 갈고닦는 거고, 아니어도 뭐, 연습용 상대라고 생각하면 충분하지 않을까?"

"아이, 참. 그런 거 아니래도! 나 일하러 간다."

"아닌 척해도 난 다 알지~."

디하가 무라를 떨궈 내고 책이 가득 든 수레를 끌었다. 뒤에서는 아직도 무라가 환호하고 있다가, 기어이 사서에게 걸려서 혼이 났고, 그 소리를 들으면서 디하는 생각하고 있었다. 290번, 380번, 470번, 490번….

'그, 그냥 흥미가 있는 것뿐이니까.'

어쩐지 얼굴이 뜨겁다. 열이라도 있는 걸까? 하지만 이마에는 열이 없었다.

하지만 디하가 그 분류에 다가가는 일은 없었다.

한적하던 도서관은 놀랍게도 오후가 되자 방문객이 폭증했다. 책을 찾는 걸 도와주고, 반납되거나 사용자들이 놓아 둔 책을 수거해 서가에 꽂아 놓고, 새로 들어온 책을 분류하고 파손된 책을 따로 분류하는 것만으로도 눈 깜짝할 새에 하루가 지나가 버렸다.

들어 보니 무원 학원에서 축제 후 학생들이 해이해지는 걸 막기 위해 엄청난 과제를 부과했다고 한다. 여학생들은 상대적으로 경쟁이 덜한 이 도서관으로 몰렸고 말이다.

"대체 올해는 무슨 바람이 분 거야."

입학은 보통 가을에 시작하기 때문에 입동 축제인 인하람 축제 이후 기강을 잡는 일이야 흔했다. 하지만 과제를 산처럼 쌓아 주다니. 한껏 썩어 있던 아가씨들의 표정을 생각해 내며, 디하는 뜨거운 물에 담근 발끝을 꼼지락거렸다.

겨울에도 자랄 약풀과 야채를 잔뜩 심어 둔 채마밭에서 불어오는 바람은 시원했고, 마시고 있는 꿀 차는 따끈했다. 퇴근 후 결산 보고서까지 손보아야 했던 하루의 피로가 꿀 차와 함께 녹아내렸다.

아침에 형에게 실컷 얻어맞은 루진은 끙끙거리며 며칠 집에 들어오지 못할 수 있다고 했다. 그러지 않아도 야간 순찰을 한다고 했으니 오늘은 확실히 들어오지 않을 것이다. 그런데 산림 경비대의 야간 순찰은 대체 무엇을 하는 걸까? 산에는 밤에도 무슨 일이 생기는 걸까? 어두워서 위험할 텐데.

"으응."

늘어지는 소리를 내며 디하는 대야에서 발을 뺐다. 물기를 닦고 주변을 정리한 다음 문도 닫고 이제 미적지근해진 꿀물을 전부 마셨다. 잠들기 위해 들어간 방은 평소와 다른 게 없었다. 어쩐지 생경하게 느껴지는 시트 위에 몸을 뉘였다. 잠시 어색했지만 역시 다른 건 하나도 없었다.

아무 일도 없었던 것 같다.

말똥말똥한 눈을 껌뻑거리던 디하는 갑자기 미간을 찌푸리곤 '으음'하고 길게 신음하더니 이불을 머리끝까지 뒤집어썼다. 오늘도 평범한 하루가 지나가고, 변한 건 하나도 없어서 생경한 체험은 흔적도 없이 흩어졌다. 잠깐 뒤척거리던 디하는 그대로 잠들었다.

별일 없는 하루가 지나갔다. 루진은 돌아오지 않았다. 원래 산림 경비대는 일이 생기면 몇 달씩 집에 돌아오지 않는 경우도 있다고 이미 들은 적이 있어 크게 신경 쓰지는 않았다. 어차피 도시 경비대도 며칠씩 집에 들어오지 않는 경우가 흔했다.

아무렇지도 않게 시간이 흘렀고, 휴일이 다가오자 아민은 아직 이 집의 할부금이 6년 남았음을 심도 깊게 걱정하며 급여 부분 차압 증명서를 내려놓았다. 디하는 셋이 버는 집이니, 크게 걱정할 필요 없다고 말했다.

오전 중, 청소를 하고 빨래를 넣고 장을 보았다. 아침 식사를 마치고 일어난 아민은 집의 허름한 곳을 수리했다. 디하는 오후 내내 보고서를 마무리 지었고, 시간이 되자 자잘한 찬거리를 더 사서 저녁을 준비하고자 형제의 집으로 들어섰다.

"디하다!"

"꺅!"

문가에 앉아 있던 무언가가 벌떡 일어나며 짐을 든 디하를 덥석 끌어안았다. 디하는 놀랐지만 겁먹지는 않았다. 이러는 상대는 정해져 있었기 때문이다.

"루진, 놀라게 하지 말라고 했지!"

"저녁밥이다, 저녁밥!"

디하가 들고 있는 종이봉투를 빼앗아 테이블 위에 내용물을 죽 쏟아 놓은 루진은, 그 안에서 나온 작은 치즈나 말린 과일 같은 것들을 보더니 고개를 갸웃했다.

"오늘 뭐 만들 거냐?"

"아침에 따로 장 봐 둔 거 있어. 그거 쓸 거야. 언제 왔어?"

"오후에! 디하가 바쁘기에 방해 안 했다. 그리고 뮤무네 도와주고 술빵 얻었다."

그러며 루진은 부엌 한구석, 본 적 없는 나무 그릇을 가리켰다. 열어 보자 시큼하고 구수한 냄새가 훅 퍼졌다가 흩어졌다.

콩과 건포도가 박혀 있는 술빵이 둥그런 나무 그릇 안에 가득 차 부풀어 있는 모습이 보기에도 먹음직스러워 보였다. 하지만 그 술빵은 완전한 원형은 아니었다. 구석에 손 크게 뜯은 흔적이 있었다.

"먹어 봐라, 맛있다!"

범인은 아마 맛을 확신하고 권하는 사람이겠지.

"밥 먹기 전인데, 먹었어?"

"한참 전에 따끈따끈할 때 먹었다. 배고팠다."

"언제 왔는데?"

디하가 묻자 루진은 잠시 생각해 보더니 천장을 가리켰다.

"해가 중앙에서 좀 멀어졌을 때."

"나 있었을 때잖아! 배고프면 부르지 않고 뭐한 거야?"

"형이 디하 바쁘다고 했다. 알아서 챙겨 먹으랬다."

식사 전이라 먹을 생각은 없었지만 맛은 보고 싶었다. 디하는 식은 술빵을 한소끔 집어 뜯었다. 쫀득한 노란 속이 찰기 있게 늘어졌다가 끊겼고 입안에 넣자 누룩 향이 은은하게 퍼졌다. 몇 번 씹자 부드럽게 속이 부스러지며 은은한 단맛이 입안에 감돈다. 디하는 무심코 다시 술빵에 손을 댔다.

"근데 디하야, 나 밥 먹고 싶다."

앗차. 디하는 뜯은 술빵을 재빨리 입에 털어 넣고 뚜껑을 덮어 버렸다.

"그, 그래. 이건 밥 먹고 먹자."

"응. 헤헤, 그리고, 그리고 있잖아. 빨래 걷어 놨다."

디하는 루진이 가리키는 곳을 쳐다보았다. 그 구석에는 자신이 아침에 널어놓고 깜빡했던 시트와 옷가지들이 가지런하지는 않지만 어쨌든 잘 개어져 차곡차곡 쌓여 있었다. 돌아보자 의자에 앉은 루진이 초롱초롱한 눈빛으로 자신을 쳐다보고 있었다.

아이를 키울 때 상벌은 확실한 게 좋다고 한다. 사실 어른도 마찬가지다.

디하는 루진에게 다가가 머리를 쓰다듬어 주었다. 루진의 머리카락은 짧지만 솜털 보송보송하게 난 강아지처럼 보들보들해서 만지면 기분이 좋았다.

"잘했어. 루진 착해."

"헤헤."

"아, 벌써 재료 사 왔어?"

한껏 루진이 기분 좋은 웃음을 짓고 있을 때 문 열리는 소리와 함께 아민이 나타났다. 앞머리가 붕 떠서 부스스한 게 아무리 봐도 소란에 급하게 일어난 폼이었다.

"아직 식사 마련 안 됐는데. 더 주무셔도 돼요."

"아, 아니. 낮잠은 충분히 잤어. 가계부 쓰다가 졸아서…."

"그게 피곤한 거 아니냐? 형 만날 잠 못 잔다. 쉬는 날 자 둬라."

"네가 시끄러워서 잠 못 자겠어."

다가온 아민은 루진의 머리를 가느다란 손가락으로 뒤집어 헤쳐 놓더니 테이블에 굴러다니는 이런저런 재료를 보고는 턱 끝을 매만졌다. 무언가 생각하는 듯싶던 아민은 곧 디하를 돌아보았다.

"크림소스 아직 남았던가?"

"감자도 아직 있죠."

"그럼 크림 스튜 하나 끓이고, 치즈도 좀 넣어서. 그리고 양배추는 토마토랑 데쳐서 전채로 먹자. 버섯은…."

"그것도 스튜에 넣을까요?"

"나 구운 거 좋다! 구운 버섯 먹고 싶다!"

"그래, 구운 거 하자. 이건 그냥 구워도 맛있을걸."

할부금 6년 남은 집에 사는 아이들의 사는 방식은 그 집을 처음 샀을 때와 크게 다르지 않았다. 시장에서 그날 싼 물건들을 사다가, 있는 것과 어떻게든 조합해서 먹는다.

아민이 결정 내리자 디하는 재료들을 손질하기 시작했다. 아민은 밖에서 물을 떠 오고 화구에서 열을 피워 올리며 조리할 수 있게 준비를 시작했다.

"구운 가지도 먹고 싶다…."

"지금 없어."

옆에서 중얼거리는 루진을 쳐내며 디하가 감자 껍질을 벗겼다.

집이 생활공간이 되려면 누군가가 끊임없이 손보고 준비를 해야 한다. 식사만 해도, 물을 긷고 재료를 사 오고 다듬고 준비하는 시간이 있어야 집에 돌아온 배고픈 사람들에게 저녁을 배불리 먹일 수 있는 것이다.

식사를 준비한다는 것 하나가 이렇게나 번거롭다. 외식을 하는 게 나을지 모른다. 하지만 디하의 어릴 적 기억 속에서 어머니는 언제든지 집 안에서 끊임없이 만들고, 수선하고, 준비하고 있었다.

그리고 돌아오는 아버지나 자신을 맞았다.

그러면 준비했던 것들을 모두 내놓아, 모두 같이 식사를 했다.

하지만 이 집은 셋 다 일을 하고 있어서 그렇게 할 수가 없다. 사실 형제는 직업의 특성상 정해진 시간에 출근하고 퇴근하는 직업이 아니고, 휴일마저 통상적이지 않으니 더욱 그랬다. 함께하는 시간이 없었다. 디하가 굳이 아침을 챙기는 이유는 함께 모이는 자리를 마련하기 위함이라는 걸, 아마 아민도 잘 알 것이다. 그렇기 때문에 피곤하더라도 우유를 꼬박꼬박 사 오는 것일 터이고.

함께 식사를 한다는 건 분명 그런 노력의 정점에 서 있었다. 그게 아니더라도 같이 식사를 한다는 건 분명 특별한 일이다. 자신은 식사를 만든다. 아민은 우유를 사온다. 루진은…. 루진은 뭘 하지?

"크웨."

생버섯을 우물거리던 루진은 디하를 곁눈질하더니 왜인지 흠칫거리며 입안에 있던 걸 꿀꺽 삼켰다.

'먹는 건가.'

자신도 모르게 잠깐 루진을 보는 눈이 차가워졌다. 하지만 생각해 보면 먹는다는 역할도 분명 중요하다. 아무리 멋지게 준비했어도 먹는 사람이 없는 상은 쓸쓸할 뿐이니까.

디하는 자신의 시선에 흠칫거리며 반걸음 정도 떨어진 루진에게서 고개를 돌리고 도마와 칼을 꺼냈다.

오늘 저녁도 준비하는 사람과 도와주는 사람과 먹는 사람이 있었다.

식사를 끝내고 루진이 설거지를 준비하자, 디하는 루진이 먹는 사람이 아니라 정리하는 사람이라는 걸 깨닫고 생각을 정정했다. 맞다. 아침은 늘 뒷정리를 맡기고 나가니 가끔 깜빡한다.

그래, 더 생각해 보면 오늘 먹을 것도 얻어 왔고 빨래도 개어 놓았고. 칠칠맞지 못해 손질은 도저히 못 맡기겠지만 그도 아무것도 안 하는 건 아니었다.

정리가 끝난 후 셋은 술빵을 간식 삼아 조금씩 나눠 먹으며 이야기를 했고—늘 그렇듯이 아민이 담당 교수의 장수를 기원하는 내용이었지만, 그 와중 어제 무원 학원의 방문객을 기억해 낸 디하가 과제 폭탄의 이유를 물었고, 아민은 그게 누군가의 횡령으로 한 명의 교수와 네 명의 강사들이 그만두었는데 그 때문에 내부는 비상 상황이라 수업에 신경 쓰지 못하는 대신 과제를 그렇게 부과한 것으로 안다고 대답했고, 횡령자와 횡령이 가능한 안일한 구조를 욕하다가 여하튼 학원을 욕하는 것으로 이야기는 끝났다—그 도중, 문을 두들기는 소리가 있었다. 아민의 연구실에서 그를 호출한 것이었다.

"뭔 일인데 또 이런 시간에 부르는 거냐?"

루진이 방으로 외투를 가지러 간 아민을 따라가며 물었다. 그에 대한 아민의 대답은 건조했다.

"난들 아나."

흔한 일은 아니지만 흔하지 않은 일도 아니다. 아민은 뻔하지 싶은 표정으로 건조하게 말하며 방 안에 걸어 놓았던 외투를 걸쳤다. 검사검사 책상 위에 펴 놓았던 가계부도 덮었다.

"그럼 갔다 올게. 이 시간이니까 내일 아침엔 못 들어오겠네."

"역시 재울 걸 그랬네요."

"그럼 저녁을 못 먹었지."

"다녀와라."

아민은 마치 출근하는 아빠처럼 배웅을 받으며 연구실 후배와 사라졌다. 이 시간에 아민을 데리러 왔으니 저 후배는 저녁을 못 먹었을 가능성이 컸다. 대체 왜 연구실이라는 데는 시도 때도 없이 사람을 부르는 건지.

"참, 디하, 디하. 나 산행 갔잖냐. 바위 정령 할아버지한테 예쁜 거 받아 왔다."

"으응?"

아민을 배웅하고 디하가 문을 닫자, 루진은 갑자기 생각났다는 듯 디하의 옷깃을 잡아당겼다.

"방에 있다. 이리 와 봐라."

그러더니 루진은 방으로 쪼르르 달려갔다. 디하가 고개를 갸웃하며 열린 방문을 쳐다보고 있자, 곧 루진이 열린 문틈으로 고개를 빼꼼히 내밀고 왜 오지 않느냐는 듯이 갸웃거렸다. 결국 디하는 루진의 방을 향했다.

"왜? 뭔데 그래?"

"으~응. 예쁜 거. 아주 예쁜 거. 디하가 좋아할 만한 거."

루진은 책상 위에 대충 던져져 있는 가방을 뒤적거리더니, 곧 불퉁한 표정을 짓고 내용물을 전부 쏟아 냈다. 가방 안에 든 건식량이나 물통, 기타 자질구레한 생필품들이 주르륵 쏟아졌고 루진은 거기에서 작은 나무 상자를 하나 발견하곤 기뻐했다.

"아, 이거다. 이거."

루진은 상자를 열어 보여 주었다. 그 안에는 새끼손톱만 한 새하얀 무언가가 들어 있었다. 아무리 보아도 돌 같은데, 대체 이건 뭘까?

"뭐야, 이건?"

"할아버지가 달빛을 모아 만든 거다. 음, 이거, 이렇게 보면 예쁘다."

먼저 루진은 방을 밝히는 야광주를 껐다. 방은 금세 새카맣게 변했고, 디하는 아무것도 보이지 않는 방 안에서 자신의 손을 덥석 잡는 루진의 손을 느꼈다. 루진은 디하의 손을 쭉쭉 잡아당겨 펼치더니, 디하의 펼쳐진 양 손바닥 위에 하얀 돌을 얹었다.

"어머."

디하가 놀라 손에 쥔 돌을 눈가로 들어 올렸다.

어둠 속에서 하얀 돌은 영롱한 빛을 내고 있었다. 야광주인가 했지만 파란 느낌이 나는 빛은 시린 달빛의 색과 꼭 닮은 데다가, 어렴풋이 오색을 띠며 아롱지는 것이 단색으로 빛을 낼 뿐인 야광주는 아닌 것 같았다.

"이거 뭐야?"

"말했잖냐, 바위 정령이 달빛을 모아 만든 거라고."

"바위 정령? 마논 산의?"

"응, 이번에 그 할아버지 보러 간 거다."

도시에는 수호자가 없다. 보통 마을은 정령과 융화하며 자연을 받아들이고 살아가지만, 정령을 잃은 자들이 모여 필사적으로 자연과 싸운 끝에 만들어진 인간들만의 거대한 모임은 자연을 극복과 정복의 대상으로밖에 보지 못했다.

거기다가 도시는 크고 넓다. 필연적으로 다수의 이해관계와 그를 조절하기 위한 규칙과 그를 유지하는 권력이 충돌하는 이 공간은 태생적으로든 필연적으로든 수호자를 받아들이지 못했다.

하지만 정령이 도시인의 삶과 영 떨어져 있는 건 아니었다. 정령이 쫓겨난, 또는 용서해 준 공간 안에서 사람들은 도시를 만들 수 있었다. 사람들은 여전히 차마 범접할 수 없는 정령들에게 빌었고 도움을 요청했다. 정령은 어디에나 있었다.

"무슨 일로?"

"음…. 일이 있다. 그 할아버지가 이걸 만들기에 하나 얻어 왔다."

"쉽게 주셔?"

"달라고 졸랐다."

"너 그렇게 함부로 졸라도 되는 거야?"

"뺏는 것보단 달라고 말하는 게 착한 일이다. 디하가 좋아할 거 같아서 가져왔다."

루진의 선물이 만족스러운 건 사실이었고, 정령이 순순히 줬다면 별문제는 없지 않을까 싶은 생각에 디하는 입을 다물었다. 그래도 내심 못미더운 건 상대가 루진이기 때문이다.

그 사이 달빛으로 만들었다는 돌의 빛이 강해졌다. 디하는 밝아지는 빛에 고개를 돌렸다. 빛은 어느 정도 밝아지더니 더는 밝아지지 않았다. 하지만 그 빛을 빤히 쳐다보고 있는데도 눈이 부시다거나 피로하다는 느낌이 없었다.

어째서 이 손톱만 한 돌이 주먹만 한 야광주보다 훨씬 밝고 선명한 빛을 낼 수 있는 걸까? 월석 같은 은은한 표면 위로 깨진 빛 같은 옅은 오색의 것들이 수도 없이 떠올랐다 흩어지고 물결치며 일렁이는 것을 쳐다보는데 하나도 눈부시지 않다. 그 경광(耿光)에 다하는 한참 동안이나 넋이 팔려 있었다.

"정말 예뻐."

"헤헤, 좋아할 줄 알았다."

뭘 해 줄까? 일단은 머리라도 쓰다듬어 줄까, 하고 목소리를 따라 뒤돌아보니 자신의 뒤에서 베개를 끌어안고 데굴거리는 루진이 보였다. 살펴보니 어느새 자신은 침대 가장자리에 앉아 있고 말이다.

대체 언제 앉은 건진 모르겠지만, 디하는 먼저 자신이 기뻐하는 모습을 보며 좋아하는 루진의 머리를 쓰다듬어 주었다.

"고마워, 루진."

"끄응."

옅게 신음을 내더니 그릉대는 숨소리가 울리기 시작한다. 디하는 좋다는 듯이 베개에 얼굴을 파묻고 몸을 늘어뜨리는 루진의 뒤통수를 손끝으로 슬슬 긁기 시작했다. 루진은 행복하다는 듯이 길게 늘어지는 소리를 내더니, 슬금 베개에서 디하의 허벅지로 몸을 옮겼다.

"흐응. 디하가 쓰다듬어 주는 거 좋다."

디하의 허벅지에 뺨을 얹은 루진이 볼이 뭉개질 듯이 비비적거리며 콧소리를 냈다. 다리도 가만두지 못하고 계속 꿈지럭꿈지럭, 버둥댄다. 그렇게 좋은 걸까? 루진이 좋아하는 모양새를 보고 있 자니 흐뭇하고 귀엽기도 해서 더 열심히 쓰다듬어 주었다.

"디하, 지금 나한테 상 주는 거냐?"

"으응, 그렇겠지?"

오늘은 별다른 사고도 치지 않았고, 집안일도 했고, 이런 귀한 물건도 받았다. 그러고 보니 루진이 오늘따라 유난히 순순하기도 하다는 생각이 들었다.

"나 그럼, 머리 쓰다듬어 주는 거 말고 디하한테 받고 싶은 상 있다."

"뭔데?"

디하가 아래를 내려다보며 묻자, 루진은 눈을 말똥하게 뜨더니 말했다.

"가슴 만지면 안 되냐?"

잠깐 디하는 루진이 한 말을 이해하지 못했다.

"저번에 한 것처럼."

하지만 이 순간 디하는 루진이 한 말을 이해했다. 디하의 얼굴 이 급하게 익어 버렸다.

"뭐, 뭐?! 자, 잠깐! 너 그, 그거 기억해?"

기억 저편에 아스라이 가물거리던 것이 갑자기 확실한 형체를 가지고 다가왔다.

그래, 그런 일이 있었지. 딱히 외면하고 싶은 일은 아니었지만 얼굴이 새빨개질 만한 일이긴 했다. 아니, 그런데 그거 이전에 기 억하는 건가? 그날 밤 일을?

그날 밤이 지나고 아침, 일어나서 루진을 깨웠을 때 루진은 지난밤을 기억하지 못하는 것 같았다. 그래서 평화로운 일상을 맞이할 수 있었는데 사실은 기억한다고?

"뭘 말이냐?"

"그, 그날 밤…. 그러니까 너 취해서 들어온 날…!"

"당연히 기억하는 거 아니냐?"

루진은 디하의 허리를 덥석 끌어안더니 디하의 몸에 기댔다. 그 무게에, 당연히 디하의 몸이 옆으로 쓰러졌다.

"으앗, 루진, 허리 아파!"

"앗, 아프냐? 많이 아프냐?"

바로 루진이 디하의 허리를 문질문질 하며 달래려고 한다. 디하가 그의 손을 찰싹 때려서 쳐내자, 루진은 놀란 눈으로 디하를 쳐다보았다.

"왜 그러냐?"

"…너 그, 그날 밤 일 누구한테 말했어?"

보통 남자라면 다른 의미로 걱정했겠지만, 상대는 루진이다. 아무런 생각 없이 말했을 수도 있었다. 그리고 그게 더 큰 문제다.

"디하가 말하지 말랬다. 그리고 젬므가 옷 아래에서 보고 만진 것들은 남에게 이야기하지 않는 거랬다."

"…젬므는 누구야?"

"산림 경비대 사람이다."

젬므가 누군지는 모르나, 루진을 한 걸음 사람에 가깝게 해 줘서 다행이었다. 그가 없었으면 자신이 루진의 비상식 덕분에 피해자가 됐을 테니까.

"디하가 만져 주는 것도 좋지만, 디하 만지는 것도 좋다. 부드럽고 좋은 냄새난다."

"그, 그 냄새… 라는 거 나게 하려고?"

몸에 바짝 힘이 들어간다. 디하는 루진이 뭘 일컬어 '좋은 냄새'라고 했는지 기억하고 있었다.

마른침이 넘어갔다. 온몸에 바짝 힘이 들어간다.

무서워하는 걸까? 아니, 그런 건 아니다. 이래도 괜찮은 걸까? 마른침을 삼키며 디하는 자신의 몸에 뺨을 비벼대는 루진을 곁눈질했다. 그날 밤 일이 떠오른다. 이렇게 비벼대다가, 가슴을 만지고, 핥고, 그리고….

"히익."

"디하?"

갑자기 부끄러워져서 디하는 몸을 움츠렸다. 떠올린 순간 루진의 혀가 몸에 닿았을 때의 그 촉감이 생생하게 되살아났다. 새빨개진 얼굴로 디하는 자신을 부르는 루진을 내려다보았다가 그만 더욱 당황해 고개를 돌려 버렸다. 시선이 갈 곳 없이 어지럽게 허공만 돌아다녔다.

"디하 이상하다. 으응…. 아, 알았다. 기분 좋은 거 익숙하지 않구나?"

"어? 어어?"

루진이 다 안다는 듯이 상큼하게 웃더니 몸을 일으키고 디하의 어깨를 붙잡았다.

"예전에 나도 디하가 쓰다듬어 줄 때 기분이 이상했다. 간질간질해서."

"엑."

설마, 어렸을 때부터 머리를 쓰다듬어 주면 느끼거나 했던 건가? 그래서 머리를 만져 주는 걸 좋아한 거고, 아까 전 그 반응은 그럼?

"익숙해지면 기분 좋아진다. 자."

"앗, 잠깐?"

잔뜩 긴장한 디하가 손을 앞으로 내저었지만 루진은 아무렇지도 않게 그 손을 제치고 디하의 뺨에 손을 얹었다.

땅이며 돌을 툭하면 짚고 다녀 거친 손이 뺨 위를 긁고 지나갔다. 그 흔적 같은 감촉에도 디하는 바짝 긴장해 작게 신음했다. 투박한 손은 곧 귓바퀴를 따라 돌더니 귀 뒤로 넘어갔고 이어서 머리를 덮었다.

"…음."

좀 시간이 지난 후, 디하는 몸에 가득하던 긴장을 풀고 루진을 올려다보았다.

"루진."

"응."

"머리만 만질 거야?"

그렇다. 루진은 디하가 한 것처럼 머리만 쓰다듬고 있었던 것이다. 그 기분 좋다는 말을 그런 의미로 받아들인 건, 그저 어른인 자신의 지나친 생각이었나 보다. 디하는 깊은 실망감에 한숨을 푹 내쉬었다.

잠깐, 실망감? 실망감이라니. 이래서야 뭔가를 기대한 것 같지 않은가. 잠깐의 당혹감 후, 깨달은 자신의 감정에 디하는 다시 얼굴이 붉어짐을 느꼈다. 확실히 기대하고 있었다. 그날 밤처럼 루진이 '기분 좋게' 해 주기를 말이다.

뭐라고 말할지 모를 정도로 기분이 좋았으니까, 또 그게 오는 건가 해서 간식을 기대하는 어린아이처럼 조마조마하게 부풀어 있었다. 그런 자신의 감정을 깨달으니 부끄러워서 어쩔 줄 모를 정도로 안절부절못한 기분이 되었다.

루진이 이런 걸 눈치채면 어떡하지?

"머리만 만지면 안 되냐? 으응~."

루진은 고개를 갸웃하더니 디하의 목 위에 손을 얹었다.

"알았다. 디하는 머리 만져 주는 건 별로 기분 안 좋구나. 역시 여기?"

"으하, 꺄아! 꺄악꺄악!"

대뜸 다리 사이로 손이 뻗어 오자 디하는 자리에서 벌떡 일어나 홰치는 닭처럼 푸드덕거렸다. 푸드덕거리다 못해 사방을 뛰어다니려고 하는 디하를 붙잡은 것은 루진의 손이었다.

"디, 디하? 왜 그러냐?"

"왜 그런 데다 손을 대고 그래!"

"…손 안 돼?"

납득 못 하겠다는 표정이다. 저번에도 닿았는데 왜 안 되냐는 거겠지. 대체 이걸 어디서부터 설명해야 되는 걸까? 디하는 놀라서 쿵쾅거리는 가슴을 진정시키면서 고개를 끄덕였다.

"그럼 핥아야 되냐?"

"아, 안 돼!"

디하는 저도 모르게 치마폭을 누르곤 고개를 휘휘 저었다. 핑

장히 달콤한 기분이 연상되었지만, 역시 아직 그런 건 안 된다. 애인도 아닌데. 아니, 애인이어도 거기까지는 좀.

"그, 그러니까 루진, 아무도 안 가르쳐 줘? 그, 몸 가운데는, 중요한 데라서 함부로 만지면 안 돼."

"…남자애들끼리는 툭툭 치기도 한다."

그래, 애들이 그러고 노는 걸 본 것 같긴 하다. 다 큰 사내들이 장난질 친답시고 그러는 걸 본 적도 있는 것 같고. 하지만 디하는 고개를 저었다.

"절대, 절대 흔한 거 아니야."

"그건 안다. 아무한테나 해서는 안 된다는 것도. 하지만 디하는 아무나가 아니고, 그리고 아까 허락도 받지 않았냐."

"아니, 그러니까."

"알았다, 거기 싫으면 안 한다. 그럼 거기 말고 디하가 어딜 만지면 기분 좋아지는지 알아보자."

"헤? 에?"

루진은 침대로 디하를 다시 끌어당겼다. 디하는 머뭇대면서도 루진의 손에 이끌려 침대 가장자리에 어색하게 앉았고, 곧 루진의 손이 디하의 팔 위에 얹어졌다. 손가락이 팔 위를 스치고 지나간다.

"앗."

"으응."

순간 밀려온 떨림에 눈을 감은 디하의 모습은 루진에게는 이해할 수 없는 반응이었나 보다. 루진은 고개를 갸웃하더니 곧 디하의 어깨까지 손을 올려 목으로 천천히 다가갔다. 쭉 뻗은 몸의 굴곡 위로 손가락이 망설임 없이 흔적을 남기며 지나간 순간, 디하는 자신도 모르게 턱을 들어 올리며 신음했다.

"으음….".

"웅….".

역시 그 모습도 이해하지 못했나 보다. 곧 루진은 양손을 디하의 어깨에 올리고, 그 손을 아래로 내려 디하의 가슴을 가볍게 눌렀다.

"여기 어떠냐?"

"그, 그렇게는…. 앗."

가슴을 만지는 건 큰 느낌이 없었지만, 젖꼭지를 스친 순간 작게 신음이 흘러나왔다. 너무 노골적인 반응이어서 부끄러웠지만, 루진은 그게 뭔지 모르는지 진지하게 신음하며 손을 옮겼다. 그리고 디하에게 조금 더 가까이 다가왔다.

"으응, 디하는 그런 데 없냐? 만지면 끄응끄응 하게 되는 거."

"그, 그런 데는 잘 모르겠. 앗."

다시 디하의 턱 끝이 올라갔다. 다가온 루진이 디하를 안듯이, 양팔을 등 뒤로 돌려 그 넓은 손으로 디하의 등을 쓸어내렸던 것이다. 입술 사이에서 단번에 뜨거운 숨이 새어 나왔다.

"앗, 꺅, 으응….".

손이 먼저 목 뒤를 더듬는다. 곧 척추를 따라 만들어진 굴곡을 훑고 날개뼈의 윤곽을 더듬는다. 깊게 파고들어 오는 손길에 디하는 무심코 허리에 힘을 주었다.

힘이 들어가 팽팽해진 허리를 똑같이 날개뼈 밑을 더듬던 오른손이 찾아 내려간다. 얇은 피부 위를 우연히 긁은 손톱 끝의 감각에 덴 듯이 놀라 몸이 튀었고, 입에서는 높은 신음이 올라갔다가 안도한 듯이 내려갔다.

"디하?"

"아, 아냐, 아무것도…."

자신을 끌어안은 자세가 된 루진의 어깨에 기대, 디하는 붉게 달아오른 표정을 숨겼다.

그냥 등을 만지는 것뿐인데 왜 이런 느낌이 드는 걸까? 오싹오싹하고 소름이 돋는다. 견디지 못할 것 같진 않지만, 그 오싹오싹한 가운데서도 풋풋하게 간지러운 느낌이 조금씩 차올랐다. 그 느낌이 점점 쌓이는 것 같았다. 그리고 예민해진다.

"으흥…!"

루진의 손이 겨드랑이에 가까이 와 닿는다. 간지러움을 예상해 바짝 긴장한 순간 허리를 더듬던 손이 옆구리에 닿았다.

"디하 등 만져 주면 끄응끄응 하냐? 으응. 조금 다른데."

"바보야, 그만 좀 말해."

디하는 뜨거운 숨을 내뿜으며 루진의 가슴을 내리쳤다. 하지만 두터운 가슴에서는 별다른 타격감이 느껴지지 않았다. 루진도 아파하는 것 같지 않았다.

"으응, 그럼."

루진은 디하를 자신의 가슴에서 살짝 떼어 내더니 디하의 목을 손바닥으로 쓰다듬었다. 그대로 목덜미까지 내려와 어깨까지 밀고 내려가는 손길이었다. 그 손길이 옷자락을 옆으로 끌어당겼고, 빈 살결 위로 루진이 고개를 숙였다.

"흐읏…."

"역시 디하는 핥아 주는 거 더 좋아한다. *끄응끄응* 한 거랑 다르지만."

"그, 그게 아니라, 너… 핥는 거 간지러, 아, 하읏."

아까 전, 디하가 작게 신음을 냈던 팔꿈치 부분까지 입술을 내린 루진이 혀끝으로 그 부분을 간질였다. 디하가 눈에 띄게 신음하며 몸을 움츠리자, 루진은 그럴 줄 알았다는 듯이 웃었다.

만지면서 그 반응을 기억해 둔 걸까? 곧 루진은 디하의 등 뒤로 손을 뻗더니 허리에 고정된 매듭을 풀고 상의 안에 손을 밀어 넣었다.

"히익…!"

맨살에 루진의 손이 닿은 순간 디하는 바짝 몸을 곤두세우며 루진에게 매달렸다. 순간 정신이 하얗게 변했다.

"앗, 디하 민감하다. 역시 여긴 거 같다."

"미, 민감하다니 뭐가! 꺄앗!"

이런 상황에서 민감하다고 하면 부끄러운 생각밖에 들지 않는다. 디하가 붉어진 얼굴로 소리치자 루진은 다시 한 번 그 넓은 손으로 디하의 등을 쓸어내렸다.

움츠르드는 것도 잠시, 곧 디하의 입에서는 '흐으'하고 나른한 숨소리가 새어 나왔고, 루진은 기쁜 듯이 웃으며 자신에게 기댄 디하의 등을 계속 쓸어내렸다.

"디하는 여기 만져 주면 *끄응끄응* 하는구나."

"흐응…."

아니라고 하고 싶지만 입에서 이미 그런 소리가 나오고 있었다. 거칠지도 예민하지도 않은, 딱 기분 좋은 만큼의 자극이 루진의 손에서부터 시작되어 온몸으로 퍼졌다.

"하아, 루진… 앗."

"잠깐, 있어 봐라."

루진이 자리에서 일어나더니, 침대 가장자리에 어슷하게 앉아 있는 디하의 등 뒤로 몸을 옮겼다. 뭘 하려는 걸까, 생각한 순간 루진은 반개한 듯한 옷자락을 힘주어 끌어내렸다. 등 뒤의 매듭이 자연스럽게 풀어지며 꽃봉오리가 벌어지듯 디하의 몸이 그 안에서 피어났다. 그 탐스러운 꽃잎을 향해 루진이 고개를 숙였다.

"힛…."

등 뒤에 루진의 숨이 닿는다. 갑작스런 간지러움에 높아지는 소리를 꽉 틀어막고, 디하는 천천히 목까지 올라오는 루진의 기척에 집중했다. 간지럽다. 입김도, 숨결도, 입술도, 코끝도, 속눈썹도, 이마도, 머리카락도.

"하아, 흐응…."

손이 조심스럽게 등을 쓰다듬고 허리를 쥔다.

그 손길에 편안한 기분을 느꼈다. 루진의 입술이 오른쪽 날개뼈 위에 얹어진 순간 녹아내리는 듯한 기분을 맛봤다. 하지만 이어서 루진의 혀가 뚜렷한 지시선을 따라 움직이자 디하의 가슴은 크게 부풀어 올랐다.

"흐읍…."

조용히, 하지만 갑급하게 숨을 폐 속 가득히 채워 넣는다. 몸 가득히 차는 그 느낌을 폐 속 가득 찬 공기로 막아 보려는 듯이 숨은 그대로 멈췄다.

하지만 곧 닿은 혀가 빵빵하게 부풀어 오른 몸을 툭 찌른다. 찔린 곳 대신 입이 터져 버려서 한 번에 공기를 뱉어 버리고 나른한 소리와 함께 남은 것들을 빼냈다.

"하아…. 응, 아읏…."

조금씩 자세가 무너진다. 다리 한쪽이 침대 밑으로 내려가고, 고개가 앞으로 숙여지고, 흐트러지는 몸을 루진의 굵은 팔이 붙잡는다. 그러며 등 뒤에 길게, 길게 설흔(舌痕)을 남긴다. 부드러운 것이 간지럽다. 간지러운 게 오싹하다. 눈이 쌓이듯이 서서히 고양되어 가는 감각에 취해 무너지는 디하를 다시 한 번 루진의 굵은 팔이 끌어안았다.

"하아, 아…. 으응."

저번의 끓어오르는 듯하던 자극과는 다르다. 천천히 달아오르는 느낌. 점점 또 아래로 감각이 모인다. 아무리 붙잡아 주어도 무너지는 디하의 등 뒤로 루진의 몸이 따라온다. 결국 그녀의 몸 위로 그가 올라탔다.

"하, 아응…."

혀가 닿는 순간 깃털처럼 몸이 튄다. 그 사실을 민감하게 눈치챈 루진이 다시 그 부분을 핥으니 느긋한 쾌감이 몸에 퍼졌다.

디하는 자신의 몸을 붙잡은 루진의 손을 붙잡았다. 조금 더 아래로 내리게 할까? 아니, 그건 조금 급하지 않을까? 위로? 아니, 그 이전에 루진과 이래도 되는 걸까?

"으으응…."

척추를 타고 아래에서부터 위로, 입을 맞추며 올라오는 쾌감에 디하는 그런 생각을 지웠다. 기분 좋다. 더 하고 싶다. 더 해 줬으면 좋겠다. 루진이, 좀 더.

"루진, 하아."

"디하, 기분 좋아?"

"으응…."

"충분해?"

"응, 충분해."

다른 걸 해도 될 정도로.

온몸을 돌아다니는 열기가 몸을 간질간질하게 만든다. 흥분했
다. 속옷이 조금 축축해진 것도 느껴졌다. 아직 저번처럼 안이 간
지럽다는 느낌이 들진 않았지만 조금만 더 하면 그렇게 될 거 같
았다. 디하는 자신의 손 안을 빠져나가는 루진의 손을 느끼며 길
게 한숨을 내쉬었다. 등 뒤에서 루진의 뺨이 떨어지는 것도 느껴
졌다.

루진이 디하의 상의 안에서 완전히 얼굴을 빼내자, 디하는 몸
을 돌려 자신을 향해 다가오는 루진의 몸을 양팔로 감싸 안았다.
다음을 기다리고 있었다. 이젠 뭘 해도 가만히 있어야지. 너무 부
끄러워하지도 말고, 그리고 받기만 하지도 말고 루진도 기분 좋게
해 줘야겠다.

"디하야."

"응…."

품에 루진을 안고 그대로 침대 위로 넘어진 디하가 자신을 끌어
안은 루진의 팔을 내려다보며 작게 가쁜 숨을 내쉬었다. 이제 루
진과 그렇고 그런 관계가 되는구나. 그래도 될까 싶지만, 안 될 건
또 무엇인가. 디하는 루진의 가슴에 얼굴을 묻었다.

"힘없냐? 방에 업어다 줄까?"

"으, 응?"

방에 업어다 준다니. 갑자기 얼떨떨해진 기분에 디하는 고개를 들어 루진을 보았다. 루진의 손이 자신의 머리를 쓰다듬고 있었다.

"디하 너무 좋아해서 기운 쪽 빠졌다. 걸을 힘도 없는 거 아니냐?"

그러면서 루진은 상쾌하게 웃었다. 너무나 상쾌해서, 그 웃음에는 두근거림 같은 열기나 정욕 같은 끈적거림은 한 톨도 없었다. 있어도 싹 날려 버릴 것 같은 웃음이었다. 그 웃음에 디하의 열기도 정욕도 청정하게 날아가 버렸다.

그래도 한번 물어보았다.

"저기…. 더 안 해?"

"기운 없지 않냐? 그런데도 더 핥아 줬으면 좋겠냐?"

그 순간, 아까 전까지 있던 것이 비어 버린 자리에 다른 것이 들어왔다. 분노라든가, 억울함 같은 것들이었다. 이렇게 만들어 놓고서는 지금 뭐라고 하는 건가.

디하는 몸을 벌떡 일으켰다.

"응?"

그리고 비스듬히 누운 루진의 어깨를 침대에 밀어붙였다. 그러고는 누운 루진의 몸 위에 올라탔다.

"디하야?"

루진이 뭐 하냐는 듯이 쳐다보았지만, 디하는 아무 말 하지 않았다. 대신 루진의 목을 먼저 가볍게 물었다.

"끄응? 앗, 크응?"

핥자, 간지러운지 몸을 움츠리며 디하를 붙잡았다. 디하는 루진의 상의를 밀어 올려 드러난 가슴을 손으로 더듬었다. 손바닥으로 더듬는데도 확연하게 느껴지는 굴곡에 순간 마른침이 넘어갔다.

"으응, 디하."

어쩐지 끄응거리는 소리를 내며 루진이 디하의 손을 붙잡았지만, 세게 붙잡은 건 아니었다.

디하는 고개를 들고 루진의 몸을 내려다보며 더듬었다. 짙은 색의 피부가 달빛을 닮은 유백색 빛 아래에서 급하게 숨 쉬며 실룩거렸다. 배에 새겨진 굴곡 끝, 바지춤에 손이 닿은 디하는 잠깐 그것을 붙잡았다가 놓았다. 아직은 조금 부끄러웠다. 대신 가슴 가운데 짙은 색으로 물들어 있는 부분에 손을 올렸다.

"디하, 기분 이상해…."

루진이 울먹거리는 소리를 내며 손가락을 움직이는 디하의 손목을 붙잡았다. 고개를 들어 시선을 맞추자, 루진의 표정은 싫은 반찬을 먹일 때의 표정과 비슷하게 변해 있었다.

우스웠다. 기분 좋게 해 주는데 그렇게 싫은 표정이라니, 정말로 아무것도 모르는구나. 하지만 그 점이 귀엽기도 했다. 디하는 고개를 숙여 루진의 이마에 키스하고, 또 입술에 가볍게 키스했다.

"앗…."

루진이 커다란 눈을 껌뻑거렸다. 그 모습도 귀여웠다. 귀여워서 참을 수가 없어서, 자신의 입술로 루진의 입술을 잡아당겨 틈을 만들고 그 사이로 혀를 넣어서 장난을 쳤다.

"읍?"

혀끝으로 혀끝을 간질이자 루진이 놀랐는지 뒤로 확 물러난다. 짓궂은 장난꾸러기처럼 그걸 또 따라가서 괴롭히니 어쩔 줄 몰라 하며 혀가 자기 집도 모르고 우왕좌왕한다. 디하는 루진의 턱을 붙잡고 그 우왕좌왕하는 것을 잡고, 건드리고, 핥으며 괴롭혀댔다. 루진의 입에서 포기한 듯한 신음이 흘러나왔다. 그가 포기한 후에야 두 사람의 혀가 진득하게 얽히기 시작했다.

혀에서 느껴지는 맛은 짜릿했다. 머릿속에 작은 불꽃이 튀었다가 사라지고, 또 달았다. 루진은 자신에게 벌꿀 탄 우유 향이 난다고 했는데 루진은 쌉싸름한 단맛이 났다. 풀 향이 가득 묻어 있는 맛이었다. 한참 만족할 만큼 그 단맛을 본 다음에야 디하는 루진을 놓아주었다.

"으, 아… 디하야… 왜 이런 거, 하냐?"

아무리 그래도 키스가 뭔지는 아는 모양이다. 흥분으로 풀어진 눈빛에 거칠게 내쉬는 숨, 그 상태에서도 대체 왜 이러는지 몰라서 기어이 디하에게 묻는다. 디하는 대답하지 않았다. 대신 루진의 가슴 위로 입술을 올렸다.

"으으응, 웃, 디, 디하야, 거기 간지러워, *끄응*…"

"조금, 참아."

말하고 나서야 자신의 숨이 거칠어져 있음을 깨달았다. 흥분했다. 남자를 덮쳐서 멋대로 키스하고 멋대로 만지고 핥고 있다. 그런 걸 하고 싶어서.

거슬리는 안경을 벗고 눈을 감았다. 그저 감각으로 루진의 가쁘게 오르내리는 가슴을 느꼈다. 자신의 것보다 훨씬 작고 조그만 유두가 입술에 닿았다. 그렇게 작은데도, 닿는 순간 루진은 *끄응*

대며 신음했다.

"아웃, 디하야…."

"응, 착하지."

몸을 어루만지며 달랜다. 어떻게 하면 남자가 좋아하는지는 잘 모르지만, 루진의 손과 입술이 닿았을 때 이런 부분들이 좋았으니까 루진도 좋지 않을까?

"으하, 앗, 으아…."

굵은 나무 같은 육중한 몸이 움찔움찔거리며 위에 올라탄 디하를 흔든다. 그 반응에 자신이 제대로 하고 있는지를 평가받으며 디하는 천천히 나무의 뿌리 부분으로 손을 내렸다. 여기를 만져주면 분명 더 기분 좋아할 테니까 귀여워해 주려고 했다. 그리고 디하는 잊고 있었던 사실을 하나 더 깨달았다.

뿌리가 참으로 굵고 실하다는 것을.

"디하야…."

자기에게 무슨 일이 벌어지는지 몰라서 끄응끄응대는 순진한 모습과는 달리, 아래쪽은 아직 힘이 다 들어가지 않았는데도 육중하다.

디하는 지난 밤 허벅지에 찍혀 눌리던 감촉을 떠올려 보았다. 더 과거로 기억을 되돌려 보면, 평소에도 옷 위로 두드러져서 민망해했던 기억이 있다. 더럭 겁이 난다. 괜찮은 걸까? 아무래도 아프지 않을까? 아픈 건 싫은데. 이런 걸로 그런 걸 하려고 했다니 미친 거 아닐까?

"거기 만지니까 기분 이상하다. 원래 안 그랬는데…."

달뜬 숨을 내쉬며 루진이 디하의 손목을 붙잡았다. 디하는 약

간 구원받은 기분이 들었다.

"그, 그럼 그만할까…?"

디하가 묻자 루진은 잠깐 가쁘게 숨을 내쉬었다. 무언가 생각하는 모양새로 눈동자를 굴리던 루진은 디하의 눈치를 보듯 조심스럽게 말했다.

"좀 더 만져 줬으면 좋겠다…."

그리고 루진은 머리를 쓰다듬어 달라고 할 때처럼 그 손을 위아래로 움직였다. 손바닥에 아련하게 열기가 느껴졌다. 그리고 조금씩 꿈틀거리는 느낌도.

"디하도 내가 만져 주면 이런 기분 드냐?"

"그, 그건."

"이상한 기분인데, 좋다…. 머리 쓰다듬어 줄 때랑 비슷한데, 좀 다르다."

낮게 끄응끄응대며 루진이 디하에게 기댔다. 뺨이며 머리를 열심히 비비적대는 모습이 애교를 부릴 때와 똑같다.

"디하야, 으응."

루진의 숨이 조금씩 거칠어졌다. 좋아하는 것 같은데, 조금 더 기분 좋게 해 줘도 괜찮을까?

디하는 망설이며 루진의 옷 속으로 손을 넣었다. 루진이 도와주듯이 바지의 끈을 풀었고, 그 틈새에서 거칠고 굵은 털이 만져진 순간 놀라 손이 멈칫했지만 디하는 그 아래까지 쭉 손을 넣어 처음으로 남자의 것을 만져 보았다. 따듯했다.

"으응…. 디하야, 조금 더 만져 줘."

"어, 어떻게?"

어떻게 만져야 기분 좋아할지 모르겠다. 디하가 묻자 루진은 앓는 소리와 함께 다하의 귓가에 속삭였다.

"아까, 문지르는 것처럼…."

옷 위에서 했던 것처럼 손으로 붙잡고 원을 그리듯이 문지르자, 루진의 입에서 낮게 그르렁대는 소리가 흘러나왔다. 조금 놀랐지만 쾌감에 그런 소리를 낸 것 같았다. 어떻게, 루진을 좀 더 기분 좋게 해 줄 수 있는 방법은 없을까?

더 기분 좋게 해 주고 싶었다. 왠진 몰라도 그냥 그러고 싶었다. 루진도 그랬던 걸까?

"루진, 저기."

"으응?"

"저기, 있잖아. 내가."

디하는 자신을 쳐다보는 루진과 시선을 맞추더니, 부끄러운 듯이 말했다.

"핥아… 줄까?"

"으응?"

"이, 이거."

루진도 자신의 것을 핥아 주었는데 못 할 이유가 없었다. 하지만 루진은 고개를 저었다.

"난 디하가 만져 주는 게 더 좋은데…."

"해 본 적 없잖아."

디하가 말하자 루진은 순순히 '응'하더니 몸을 일으켜 바지를 벗었고, 디하는 루진의 다리를 벌리게 하고 그 사이에 자리 잡았다.

아직 완전히 서지 않은 것이 눈앞에 있었다. 아찔할 정도로 짙은 체취에 디하는 잠시 심호흡했다. 심호흡하자 비린 살냄새가 가득히 찬다. 야성적인 냄새였다. 그런데 왠지 생각보다 싫지 않았다. 디하는 입을 벌려 루진의 것을 물어 보았다.

"읍…."

입안 가득 담아 한 번 삼켜 보려 했지만, 입이 큰 편이 아니라 그런지 힘이 들었다. 디하는 그걸 옆으로 물어 혀로 조금씩 핥았다.

"으, 으응…. 아, 흐윽…."

처음은 간질간질한 느낌밖에 받지 못했는지 움찔거리던 루진의 허리가 서서히 당겨지기 시작했다. 숨을 끊어 참는 듯한 신음이 들릴 때마다 디하의 눈앞에서 루진의 것이 요동치듯이 꿈틀거렸고, 그때마다 루진의 것은 움트듯이 자라났다.

곧 그 껍질을 벗고 선액을 흘리는 끝이 드러나자, 디하는 그 분홍빛의 매끈한 부분에 혀를 올렸다.

끈적한 액이 혀에 달라붙는다. 루진은 허리에 힘을 꼿꼿하게 주며 짐승이 우는 것 같은 소리를 냈다. 디하의 혀가 움직일 때마다 들이쉬고 내쉬는 숨이 한겨울 늑대의 숨소리만큼이나 거칠게 변하고, 부드러운 혀가 끈적한 액을 뱉어 내는 가운데의 틈새를 파고든 순간 루진은 비명처럼 숨소리를 터트렸다.

루진의 손이 순식간에 디하의 몸을 붙잡아 그 위에 올라탔다. 억센 손이 가슴을 주무르고, 성급하게 혀가 피부 아닌 옷 위를 훑었다.

"앗, 루진, 아파, 무거워…!"

"크응…."

가슴을 너무 세게 쥐어서 아프다. 디하가 어깨를 두들기자, 루진은 더 흥분한 듯한 소리를 내더니 디하의 몸을 마구 핥아댔다. 자극에 오히려 더 흥분한 것 같았다. 거친 숨소리가 귀 따가울 정도다.

"루진, 잠깐."

이마에 키스하고 등을 쓸어내려 주고 머리를 쓰다듬기를 반복하자 거친 숨만 내뱉던 입에 조금씩 소리가 돌아왔다.

"응, 착해. 자."

"디하야…. 디하 가슴 핥고 싶다. 배도, 다리도."

"응, 이리."

경우는 다르지만, 흥분하는 루진을 다루는 건 여러 번 해 봤던 일이다.

디하는 신음하며 엉겨 붙는 루진을 일으켜 앉히고 루진의 허벅지 위에 걸터앉아 이마를 맞댔다. 그러자 루진이 신음하며 디하의 입술에 몇 번이고 입술을 맞대 왔다. 루진의 단단한 입술이 녹을 듯이 부드럽게 느껴진다. 그 기분에 취해서, 디하는 잠깐 루진이 하고 싶은 대로 내버려 두었다.

"잠깐, 루진. 잠깐."

어떻게 해야 할지 몰라서 성급하게 달려드는 입술을 손가락으로 제지하고, 디하는 웃옷을 벗어 옆에 놓았다. 옷이 달빛으로 만든 돌을 덮어 사방에 은은한 빛을 뿌렸다. 나긋해진 빛 속에서 루진은 또다시 급하게 디하의 가슴을 물었다. 하얀 과실을 베어 물것처럼 이를 세우고 참지 못하겠다는 듯이 힘을 준다.

"아파, 루진."

신음을 참으며 제지하자 루진이 턱의 힘을 뺐다. 그리고 겁먹은 얼굴로 디하를 올려다본다. 디하는 괜찮다는 듯이 루진의 콧등에 가볍게 키스해 주었다. 다시 루진이 디하의 목에 얼굴을 비비며, 천천히 내려와 디하의 가슴에 얼굴을 파묻었다.

"아…."

루진의 양팔이 몸을 단단하게 끌어안는다. 바짝 몸을 추켜세운 팔은 빈 등을 더듬고, 그 손길이 움푹 파인 굴곡을 스치고 가슴을 물은 입술이 가끔 바짝 솟은 유두를 물 때마다 디하는 입을 벌렸다. 벌어진 입에서는 숨을 처음 쉬는 사람 같은 소리가 흘러나왔다.

계속, 끝없이 서로 첫 호흡을 한다.

"루진, 여기…."

넓은 등을 헤매는 손을 이끌어 원하는 곳을 가르쳐 주었다. 루진이 정확히 짚자, 디하는 작은 신음으로 그곳이 정답이라고 가르쳐 주었다. 루진은 알아들었다.

"디하, 나 여기…."

루진이 자신의 어깨를 쓸어내리는 디하의 손을 이끌어 가슴에 얹는다. 작은 유두가 자극을 원해 바짝 서 있다. 디하는 루진의 혀가 자신의 가슴 위에서 하는 것처럼 굴리고 눌렀다. 루진의 몸이 잠시 작게 움츠러들었다.

"여기 좋냐?"

묻는 말에 디하는 대답하지 않았다. 대신 작은 신음으로 대답했다. 루진은 만져 달라고 하지 않았다. 대신 디하의 손을 옮겨 만져 달라고 재촉했다. 그 역시 디하에게 신음으로 맞는지 틀린지를 대답했다.

어느새 달빛이 줄어들었다. 어두워진 방 안에서 이제 육감만이 서로의 존재를 알았다. 서로의 몸이 충실하게 닿는 실감만으로 모든 것이 찼다.

디하는 자신의 허벅지를 더듬는 손을 다리 사이로 이끌었다. 축축했다. 자신도 모르는 사이 농익어 버린 과실에서 흘러나온 즙으로 루진의 허벅지가 젖고 있었다. 무르도록 익어 갈라진 틈새로 루진의 손가락을 밀어 넣자, 손가락에는 끈적한 즙이 가득히 묻었다. 그 손가락으로 위쪽, 붉게 익은 것을 따게 했다.

"으흣!"

디하의 신음에 루진의 손가락이 잠깐 멈칫했다. 하지만 디하의 손이 그의 손목을 놓지 않고 있었다. 루진이 손끝으로 살살 열매를 굴렸다. 디하가 열기 섞인 한숨을 내쉬었다. 포상하듯이 루진의 뺨에 입 맞추고, 아래로 손을 뻗어 바짝 솟아오른 기둥을 붙잡았다.

나뭇가지처럼 단단해진 것에서 흘러나온 수액으로 그것도 미끌미끌했다. 미끌미끌해진 것을 붙잡고 위아래로 천천히 문지르자, 루진은 얻어맞은 것처럼 숨을 토해 냈다. 반복하자 루진의 턱이 떨렸다.

"허윽, 윽, 흐윽…"

디하가 손의 움직임을 느슨히 하자 정신없이 어깨에 쏟아지던 입맞춤이 멈췄다.

루진의 손이 디하의 손을 붙잡았다. 그 손을 위아래로 흔들며 더 빨리 해 달라고 재촉한다. 디하가 그의 요구에 응하자 으르렁대는 소리와 함께 루진의 몸이 부풀어 올랐다. 미끈미끈한 수액이 흘러나와 손을 적시고 루진의 숨은 더욱 거칠어졌다. 루진은 굶주린 짐승처럼 디하의 목에, 입술에 입 맞췄다. 무언가 물고 핥고 싶어서 견딜 수 없는 것 같았다. 뭔가 물고 싶어 하는 혀끝이 결국 디하의 입안을 침범했다.

"으응!"

다급하다고, 소리로 꾸짖자 디하의 과실을 어루만지던 두 개의 손가락이 과실을 사이에 끼우고 딸 것처럼 훑었다. 등골을 타고 올라오는 충격에 디하의 입에서 소리가 사라졌다. 잠깐 머릿속이 하얗게 변했다.

곧 젖은 손가락들이 제멋대로 움직이며 떨어지지 않는 과실을 가지고 논다. 디하의 허리가 움찔거리며 뜨고, 루진의 입에 막혀 새어 나가지 못하는 비명이 가득 찼다. 질 수 없다는 듯이 루진의 것을 붙잡은 손놀림이 빨라졌다. 그러면 잠깐, 자신을 괴롭히던 기세는 죽고 루진이 디하의 혀 놀림에 막혀 버린 비명을 토해 냈다.

서로 혀끝으로 열락이 섞인 비명을 주고받으며 점점 상승해 간다. 더는 서로의 비명을 받아 낼 곳도 없을 정도로 꽉 찬 순간.

둘은 동시에 신음을 토하며 모든 것을 잊었다.

3. 날은 깊어지고 밤은 무르익어

"무라."

"으흥?"

슬금, 디하가 옆에 다가가서 묻자 책을 정리하던 무라는 고개를
갸웃거리며 디하를 곁눈질했다.

"왜? 우리 부뚜막에 올라간 고양이 디하."

"무슨 소리야!"

"예쁜 돌도 받고, 야한 책도 몰래몰래 보면서 빨간 얼굴로 즐거
운 밤을 보내는 방법을 찾는 우리 디하."

"아니 그건, 그러니까 그냥 받은 거래도…!"

"그렇지만 다음 날 디하는 야한 책을 보고 있었다네~."

노래 부르듯이 말한 무라는 새빨개진 디하와 시선을 맞추더니
어깨에 손을 턱 얹었다.

"말해 봐, 이 언니가 평가해 줄게. 어떤 남자야?"

"…평가보단 다른 쪽의 도움을 받았으면 좋겠어."

"남자가 있다는 건 드디어 인정하는 거야?"

능글맞은 무라의 시선에 디하는 잠시 눈살을 찌푸리더니 입술
을 꼭 깨물고 고개를 끄덕였다. 무라의 도움을 받으려면 그 부분
은 인정해야 했다.

"오~! 드디어!"

"그래서 말인데."

바로 '누구야?'라고 물을 듯이 달려들어 오는 무라를 밀어내며, 디하는 목적을 확실히 말했다.

"좋은 책 좀 추천해 줘."

"좋은 책?"

"그, 그거 말야. 그, 여러 권 본 거 같은데 추천할 만한 거 있어?"

루진과 그런 밤을 보낸 지도 2주쯤 지났다.

처음엔 루진과 그런 짓을 해 버렸다는 게 혼란스러웠지만 루진이 찾아와 요구하고, 수락하는 일이 몇 번 반복되자 그건 금세 일상이 되어 버렸다.

가만 보면, 아마 루진에게 그 행위는 '기분 좋고 새로운, 하지만 매우 비밀스러운 놀이' 정도로 여겨지고 있는 것 같았다. 루진은 틈이 날 때마다 디하의 방에 찾아와 '놀이'를 하자고 했고, 디하는 처음엔 망설였으나 한 번도 그것을 거절한 적이 없었다.

사실대로 말해서, 거절할 수가 없었다. 매우 기분 좋았으니까. 아마 자신도 루진과 마찬가지로 그것을 '기분 좋고 비밀스러운 놀이' 정도로 여기고 있는 게 분명했다. 그래도 되는 걸까 싶었지만 하지 말아야 할 이유도 없었다. 엄마 몰래 사탕을 훔쳐 먹는 아이처럼 나쁜 장난의 달콤한 맛에 흠뻑 빠져들어 버렸다.

주의한다면 분명 잘못된 일은 아닐 것이다. 하지만 문제가 있다면, 루진이 이런 어른의 일에 무지하다는 사실이었다. 가끔 어린아이를 희롱하는 것 같은 죄책감이 들어 디하는 멈칫거렸다. 그의 성장 과정이 보통 사람과 달라 이런 비밀스러운 일을 잘 모르는 건 어쩔 수 없었다. 그렇다면 자신이 좀 더 남녀에 대해 가르쳐 주고, 이게 어떤 일인지 알려 줘야 하는 것 아닐까?

하지만 루진이 그 몸과 혀로, 손가락으로 몸을 뜨겁게 물들이면 그저 자신도 그 몸을 물들여 주고 싶다는 생각밖에 들지 않았다. 어쨌든 주로 루진이 자신을 기분 좋게 해 주고 있어서, 디하도 어떻게든 루진을 기분 좋게 해 주고 싶었다.

저번에 우연찮게 구강성교에 관한 책을 발견해 교본대로 혀를 놀려 보다 무라에게 발견된 건 매우 부끄러운 일이었지만, 거기 나온 대로 루진에게 실습해 보자 루진은 아주 좋아했다. 눈물까지 그렁그렁해져서 처음 맛보는 경험을 표현하는 루진을 보면 조금 뿌듯하기까지 했다.

그런 날을 거쳐, 처음에는 민감하던 부분이 둔감해지고 둔감하던 부분이 민감해지는 변화를 겪고, 그런 변화에 대해 이야기를 나누고 또 새로운 것들을 찾아내며 밤을 보냈다. 처음과 달리 디하가 먼저 오늘 밤에 대해 루진에게 묻기도 했다.

이제 둘이 보내는 밤은 완연하게 일상이었다.

"그것 봐. 벌써 그렇고 그런 사이다 이거지?"

"쓸데없는 소리 말고."

디하가 무라의 옆구리를 쿡 찌르자, 무라는 신기한 걸 본다는 듯이 눈을 휘둥그레 뜨더니 쿡쿡 웃었다.

"흐응, 그래. 뭐. 뭘로 찾아 줬으면 좋겠어? 좀 색다른 체위를 해 보고 싶어?"

"아, 아니. 그런 거 말고 그러니까…."

"전희나 애무 방법?"

"아, 으."

디하는 민망함에 얼굴을 가렸다.

"그래, 그런 거."

"흐흥. 여자끼리 뭐 그렇게 부끄러워해. 왜, 그이가 아직 여자에 대해서 잘 모르나 봐?"

"아니, 그런 건 아니지만."

"으흥."

알았다는 듯한 소리를 내며 무라는 디하의 손을 붙잡고 앞장 섰다.

"자, 여기에는 남자를 즐겁게 해 주는 법. 그리고 겸사겸사 여 자를 즐겁게 해 주는 법."

"여, 여자를 즐겁게 해 주는 법은 필요 없는데…."

무라가 덥석덥석 건네는 얇은 책자를 받으며 디하가 말하자, 무 라는 손가락을 흔들며 혀를 찼다.

"자기 몸이니까 자기는 다 잘 안다고 생각하겠지? 절대 그렇지 않아요, 우리 보송보송한 새끼 양 아가씨."

"하지만 그런 거 만져 보면…."

"흐흥."

디하가 슬쩍 여자에 대한 책을 내려놓으려고 하자, 무라는 디하 의 손목을 붙잡더니 슬쩍 고개를 들이밀었다. 고양이 같은 무라 의 나긋한 손길과 몸놀림에 디하는 몰리는 것도 모르고 밀어붙여 졌다.

"디하 못 믿는구나~. 못 믿겠으면, 내가 알려 줄 수도 있는

데?"

"뭐? 히익?"

무라의 손길이 턱 선을 따라 주욱 흘러내려 온다. 도착한 턱에서 손가락이 힘을 주어 디하의 턱을 들어 올렸고, 가까워진 무라의 모습에 디하는 바짝 긴장했다. '너 무슨 소리를 하는 거야'라고 하려 했지만 입술이 너무 가깝다. 머뭇댄 순간, 무라는 갑자기 풋하고 웃음을 터트렸다.

"까하하, 새빨개졌어!"

"무라, 너!"

"아유, 순진해라, 우리 디하. 그이가 아주 고생하시겠어."

"너 정말!"

찰싹하고 등을 내리쳤지만 무라는 멈추지도 않고 웃어 젖혔다. 결국 그 웃음소리를 듣고 찾아온 사서 덕분에 둘 다 꾸지람을 들었다.

───❀───

"루진하고 젬므 어디있냐!"

"여기!"

"여기요~."

멀찍이서 부르는 소리에, 막 부상당한 등산객을 구조한 후 쉬고 있던 산림 경비대원들 중 두 명이 손을 들었다.

한 명은 바닥에 앉아 있는 덩치 큰 남자였고, 한 명은 힘이나 쓸 수 있을까 싶을 정도로 가느다란 몸을 가진 남자였다. 그 둘을 향해 산림 경비대장이 다가갔다.

"마논 산의 바위 정령께서 전갈을 보내셨다."

"아, 바위 정령이면서 성미도 급하네."

가느다란 남자가 불편한 표정으로 머리를 긁적였다.

남자는 자세히 보니 도저히 산림 경비대원이라고 보기 힘들 정도로 화려한 복장을 하고 있었다. 머리는 레몬 빛깔로 탈색하고, 귀에는 골을 따라 작고 큰 귀걸이가 서너 개 주르륵 달려 있다. 옷 또한 보호 장구는 규정에 따라 충실히 갖추었지만 총천연색에 멋쟁이들이나 쓸 법한 장신구가 여기저기 달려 있었다. 하지만 그 복장을 보면서도 산림 경비대장은 눈살 한 번 찌푸리지 않았다.

"3주 가까이 기다렸으면 충분히 기다린 거지! 거, 정령님! 지금 애들 여기 있습니다. 이야기하실래요?"

"뭐야, 오늘 정해지는 거야?"

"어? 정해진 거 아니었어?"

산림 경비대장이 손에 쥐고 있던 돌에 대고 말하자 주변에 앉아 있던 산림 경비대원들이 슬금슬금 그 주변으로 몰려들었다. 그들은 이 일이 어떤 일인지 알고 있는 듯했다.

"대장님, 저번에 정해진 거 아니었습니까?"

"아니야. 그건 그냥 바위 정령님이 보고 싶다고 하셔서 데리고 간 거였어. 봐야지 안다고."

"거 참, 그럼 우리는 갈 필요 없었잖아."

"훈련 겸해서 간 거지! 정상까지 간 지 몇 년 지났냐, 너희?"

잠시 대장과 대원들의 투덕거림이 있었다. 곧 대장이 쥔 평범한 회색 돌에서 연한 빛이 배어 나오기 시작했고, 울림이 깊은 목소리가 그 돌에서부터 흘러나왔다.

[그래, 오랜만이구나, 수호자들아.]

젊은가 하면 늙었고, 남자인가 싶으면 여자 같은 목소리였다. 모든 것이 모호한 목소리가 돌에서부터 흘러나오자 대장은 돌을 바닥에 내려놓았고, 그 돌을 향해 수호자라 불린 두 명이 인사했다.

"쩝. 안녕하쇼."

"안녕, 할아버지!"

"젬므, 태도가 불량하다."

"아, 뭐 어때요. 그래서 정령님, 무슨 일이십니까 그래."

젬므라 블린 남자는 껄렁한 태도로 돌을 쳐다보며 물었다.

[대리자에 대한 일 때문이다만…. 그것 이전에 나비의 아이야. '특징'이 갖춰져 있지 않구나.]

"예? 돌 세 개에, 색 세 개, 물 건너의 물건 세 개. 다 갖추고 있는뎁쇼?"

[네 목에 두르고 있는 게 물 건너의 물건이 아니야.]

"아, 이런."

불쾌한 표정으로 젬므는 목에 두른 스카프를 벗어던졌다. 이국적인 무늬와 알 수 없는 글자가 빼곡히 그려져 있는 그 물건은 어딜 봐도 먼 나라에서 온 것으로 보였다. 하지만 지금 바위 정령은 그것이 먼 곳에서 온 물건이 아니라고 했다.

"할아버지, 나는?"

[늑대의 아이는 잘하고 있다. 사실 나비의 아이가 정한 특징이 까다롭기는 하지. 네 눈으로 정말로 물 건너의 물건인지 아닌지 파

악할 수 없지 않느냐.]

"이거 말이죠. 사라사 물건이라고 해서 꽤 비싸게 주고 샀는데 말이죠."

젬므는 이를 갈며 발끝으로 벗어던진 스카프를 뭉갰다. 얇은 천은 금세 올이 나가 해졌다.

[내가 도움을 줄 수 있으면 좋겠다만 그럴 수도 없으니…. 나나나무 정령은 느긋해서 상관이 없다만, 독수리 정령이나 사슴 정령, 풀 정령들은 아주 민감해. 조심하거라.]

"그런 의미에서 제가 조심할 사람은 사기 치는 상인이겠죠."

도시는 정령들의 도움 없이 성장한 인간들만의 공간이다.

하지만 인간이 발붙이고 사는 자연은 정령들의 영역이다. 도시라는 것은 결국 주변 정령들의 허가만큼 확장될 수 있었고, 그 영역을 함부로 침범하면 벌을 받았다. 디하가 사는 도시 역시 마찬가지로 주변 정령들의 인정으로 존재할 수 있는 도시였다.

이런 사람들의 도시에 루진이나 젬므 같은 마을을 잃어버린 수호자들이 흘러들어 오는 건 드문 일이 아니다. 그들은 정령과 연계된 수호자들이 있는 마을에 머무르지 못했다. 때문에 그들은 필연적으로 도시로 올 수밖에 없었으나, 도시에 들어오면 이번엔 그 주변의 정령들이 그들을 경계했다.

수호자들은 열화(劣化)되었다 하나 정령의 능력을 가진 자들이었다. 수호자들도, 정령들도 그들이 자신의 영역을 빼앗을 것을 경계했던 것이다.

물론 수호자들이 정령이 될 수는 없다. 하지만 그들은 빈 공간—인간이 머물 영역—을 만들기 위해 살해당한 정령의 저주를 무효화시키거나, 임시적으로 정령인 척하며 그 영역을 빼앗을 수 있었다. 드문 일도 아니었다. 때문에 정령들은 외부의 수호자들이 영역 근처를 맴돌면 살펴보고는 죽였다.

살해당하는 걸 피하기 위해, 수호자들은 자신이 숨을 의도가 없으며 언제든지 그 눈에 띌 준비를 하고 있다는 '특징'을 몸에 둘렀다. 특징이라고 하지만 반드시 그 정령과 합의해야 하는 건 아니고, 그저 수호자가 정해 그렇게 행하기만 하면 되는 것이었다.

젬므의 경우는 돌 세 개에, 색 세 개, 물 건너의 물건 세 개를 몸에 지님으로써 특이점을 가지기로 했다. 루진은 야생성을 지킴으로써 특이점을 가지기로 했다. 원래 수호자들은 정령의 성향을 지녀 야생성을 가지지만 그보다 더한 성질을 지니겠다는 뜻이었다. 즉, 인간 사회와 크게 섞이지 않겠다는 뜻이기도 했다.

디하는 좋아하지 않는 것 같았지만, 당시 루진으로서는 제일 간단하게 지킬 수 있는 '특징'이었다.

[그래서 어쩔게냐. 누가 내 자리를 지킬지 결정했느냐?]

"에, 그게."

"난 안 돼!"

젬므가 머리를 긁적이며 입을 열려고 한 순간 루진이 상쾌하게 말해 버렸다. 그 목소리에 젬므의 얼굴이 일그러졌다.

[그럼 나비의 아이밖에 없는데.]

"아, 아니, 잠깐. 잠깐! 야, 너 그렇게 말하면 내가 떠맡게 되잖아!!"

"그치만 나 안 된다. 자리를 지키게 되면 5년은 산에서 못 내려오잖냐."

"너 원래 그거 하기로 하고 여기 들어온 거 아니었어?"

"젬므도 그거 하기로 하고 들어온 거 아니냐?"

"아니, 그건 그렇지만. 야, 그런 문제가 아니라!"

젬므가 머리를 움켜쥐고 비명을 지르자, 보다 못한 산림 경비대장이 젬므의 어깨에 손을 얹고 그를 뒤로 밀어냈다. 그리고 루진의 앞에 섰다.

"아니, 그래도 그렇게 말하면 안 되지. 루진. 일단 너 자리를 지키는 이야기를 듣고 산림 경비대로 옮긴 거잖아. 옮길 때 이야기도 거의 다 되어 있었고."

"응, 그렇다."

루진은 고개를 끄덕였다. 그의 말대로, 루진은 수호자들의 '정령인 척'할 수 있는 능력으로 바위 정령을 대리하기 위해 그 임무에 적합한 액수를 약속받고 산림 경비대로 옮겼다. 물론 바위 정령의 대리 일이 아니더라도 이 일이 루진에게는 훨씬 맞는 일인 탓도 있었다. 산림 경비대 역시 루진을 그렇게 받아들였다.

"그런데 왜 갑자기 그런 소리를 해?"

"젬므도 있잖냐."

"젬므는 네가 없을 때 임시방편으로 마련했던 거고. 젬므는 나비야. 산에 맞는 정령의 속성이 아니란 말이다."

"하지만 못 하는 건 아니다."

"적임이라는 게 있다, 루진."

대장은 입맛을 다시더니 손을 비비며 루진과 시선을 맞췄다.

그러고는 목소리를 작게 낮췄다.

"혹시 너희 형이 대박이라도 터트렸냐? 집 대금 다 갚았대?"

루진이 이 일을 수락한 건 별 이유 없었다. 늘 아민이 신경 쓰는 대출금을 줄이고자 한 것뿐이었다. 그 점을 잘 아는 대장은 조심스럽게 루진의 눈치를 살폈고, 루진은 시원하게 고개를 가로저었다.

　"아니다."

　"그럼 왜?"

　"내가 가면 디하가 혼자 있어야 한다."

　잠깐, 대장과 젬므의 입술이 붙었다. 둘은 서로 시선을 마주보더니 고개를 갸웃했고, 곧 젬므는 새끼손가락을 들어 보였다.

　"루진, 설마 이거냐?"

　"응?"

　젬므가 까딱거리는 새끼손가락을 보며 루진은 고개를 갸웃거렸다. 그 모습을 보고 대장이 루진의 머리를 딱 내리쳤다.

　"여자냐고, 임마!"

　"당연히 여자다."

　맞은 머리를 감싸며 루진이 잔뜩 일그러진 표정으로 대답한 순간, 잠깐 주변에 놀라운 기색이 감돌았다.

　"쟤가 지금 여자가 있다고 한 거지?"

　"세상에. 젖통이 우유통인 줄 아는 놈도 여자가 생기긴 하는구나."

　껄껄거리며 다가온 사내들이 루진의 뒤통수를 턱턱 쳤다. 나름의 축하하는 방법이었다. 하지만 루진은 왜 주변 사람들이 놀라워하며 휘파람을 불고 야유하며 농을 거는지 몰랐다.

　[늑대의 아이는 이전에 5년 정도는 괜찮다고 하지 않았느냐?]

"예전엔 두고 갈 수 있었는데, 지금은 그럴 수가 없어졌다."

루진의 대답에 바로 주변이 또 술렁술렁해졌다.

"오, 최근에 그렇게 된 거야?"

"산에 갔다 온 게 2준가 전이니까, 그 사이에?"

"이야, 뜨겁구만 뜨거워! 젊은 것들이란."

"야! 시끄러워! 너희들 저리로 가! 바위 정령님 말씀하시는데 하나도 안 들려!"

대장이 주변의 시끄러운 대원들을 쫓아냈다. 그 사이, 젬므는 바닥에 떨어진 돌을 향해 자세를 낮추고 말했다.

"정령님, 언제 떠나야 하는 거요?"

[최대한 빨리.]

"그럼 내일 이야기할 수 있는 거요? 제가 일단 애랑 이야기 좀 해 볼 테니까."

[일주일 후에 이야기 하자꾸나. 무린 산의 나무 정령은 오래 버티지 못해. 어서 새로운 정령을 놓고 와야 해.]

"예예."

돌이 빛을 잃자 젬므는 그것을 잽싸게 주머니에 챙겼다. 이 돌은 빛을 잃으면 평범한 돌과 다를 게 하나도 없어 반드시 따로 챙겨야 했다.

"야, 루진. 이야기 좀 하자."

"뭐냐?"

젬므는 루진의 어깨에 손을 턱 얹었다. 루진이 훨씬 컸기 때문에 잘못 보면 매달리는 것 같았지만, 어쨌든 젬므는 그를 길 가장자리를 향해 데리고 가며 속삭였다.

"너, 그 여자 뭐냐. 진지한 사이야?"

"응?"

"2주고 자시고, 그런 건 중요한 게 아니잖아. 뭐, 어디까지 생각하는데. 대리 자리를 걷어차는 거 보면 보통은 아닌데."

"응…. 어쨌든 혼자 내버려 둘 수 없다."

"아, 정말. 그렇게 내버려 둘 수 없으면 출근은 대체 어떻게 하냐."

젬므는 루진에게서 떨어져 깊게 한숨을 내쉬더니 이마를 짚고 신음을 한껏 질렀다.

"으으으, 젠장할. 왜 하필 지금이냐, 너도!"

"왜 그러냐?"

"어쨌든, 루진 너. 그 여자랑 그럼 같이 살 거지? 그 정도 생각하니까 그러는 거지?"

"이미 같이 살고 있다."

루진은 당연하다는 듯이 대답했고, 그 대답에 젬므는 잠깐 말이 없었다.

한참 침묵이 이어졌다. 그 후에야, 젬므는 '하'하고 깊은 한숨을 내쉬며 고개를 떨궜다.

"이해는 된다."

사실 산림 경비대원들은 루진의 집안 사정을 잘 몰랐다.

애초에 루진이 산림 경비대에 들어온 지도 그리 오래되지 않았고, 루진이 별말이 없으며 사람들도 크게 관심이 없었기 때문일 것이다. 그저 루진이 집을 살 때 꾼 돈을 갚고자 들어왔고, 집을 산 사람은 형이라는 것 정도가 대부분 알고 있는 사항이었다. 당연히 그 집에 또 누가 사는지 알 리가 없었다. 시골과 달리 도시는 넓다.

"그러니까—, 그 사이 그 여자가 딴 남자랑 눈 맞아 버려도 뭐 방법이 없다는 거지? 밤마다 달래 줄 수 있는 것도 아니고."

"그러고 보니 요즘 디하가 나 없으면 잠들기 힘들다고 말했다."

이마를 짚고 있던 젬므가 곁눈질로 루진을 쏘아보았다. 사실 디하는 별 의미 없이 한 말이지만, 듣는 사람들에겐 오해를 심하게 불러일으키기 좋은 말이었다. 당연히 일반인인 젬므는 순순히 그말을 오해했다.

"너 그래 봬도 좀 할 줄 아나 보다?"

"뭔 소리냐."

"아, 잠깐 지금 이야기가 그게 아니라…. 그러니까 요는 질투라는 건데."

"질투? 질투가 뭐냐."

루진이 고개를 갸웃거리자 젬므는 땅이 꺼져라 한숨을 내쉬었다.

"너 그 여자 옆에 다른 남자 있는 걸 생각해 봐."

"응."

"그 남자가 그 여자 손잡는 거 생각해 봐. 좀 짜증나지 않아?"

젬므의 주문에 루진은 아민이 디하의 손을 잡는 장면을 생각해 보았다.

"아니."

"아, 이런 관대한 놈을 봤나! 늑대는 일처일부제 아니었어? 그래, 너 그럼 그 여자랑 너랑 밤에 하는 거 다른 놈이랑 한다고 생각해 봐. 좋냐?!"

루진은 잠깐 벗은 디하의 몸을 떠올렸다. 상대로 형이 생각나지는 않았다. 형의 모습은 거기에는 어울리지 않았다. 대신 부정형의 남자의 모습이 디하의 몸 위에 얹어졌다.

순간 울컥한 기분이 들었다. 왜지?

"그래, 그런 게 문제다 이거잖아…. 야, 잠깐. 잠깐. 왜 나한테 으르렁대."

디하의 몸 위에 얹어진 남자의 모습에 젬므의 얼굴이 겹쳐졌다. 자신도 모르게 으르렁댔던 루진은, 화들짝 놀라 뒷걸음질 치는 진짜 젬므의 모습을 확인하고는 자신이 생각에 빠졌던 걸 깨닫고 드러낸 이를 감췄다.

"아, 진짜. 뭐, 그래. 그럼 지금 같이 살면 다 끝난 거잖아? 정 걱정되면 임신이라도 시키든지."

"임신?"

젬므는 이번엔 이를 갈았다. 이 녀석은 대체 왜 이리 멍청한 걸까? 아니, 바보는 아닌 것 같은데 그 말의 맥락을 이해 못 하는 경우가 너무 많다. 젬므는 다시 한 번 바보라도 알 수 있도록 1부터 10까지 주르륵 설명해 주었다.

"어차피 같이 살잖아? 그럼 사실상 볼 장 다 본 거 아냐? 그런데도 걱정되면 임신시켜서 코 단단히 꿰고 결혼해! 결혼하고 애 낳으면 되잖아! 어차피 형 있다며. 돈 넉넉히 나올 텐데 형한테 맡겨. 뭐, 형하고 눈 맞는 일도 있다지만 너희 형 바쁘다고 했잖아. 걱정은 안 해도 될 거 같네."

"으응…."

루진은 잠깐 생각에 빠졌다. 사실 루진은 젬므가 말하는 게 무슨 뜻인지 잘 몰랐다.

루진은 그냥 디하를 혼자 내버려 두고 싶지 않았다. 같이 놀 수 없게 되는 것도 싫었다. 그래서 거절한 것뿐이지만, 젬므가 말한 것처럼 딴 남자와 디하가 있는 모습은 왠지 싫었다. 굉장히 싫어서 견딜 수가 없었다.

"젬므, 아이 가지면 디하 딴 남자하고 못 있나?"

"말 그대로 이해하지 마라. 바람피우기 매우 힘들다는 거지. 뭐, 하는 놈들도 있지만."

"바람이 뭐냐?"

순간 젬므의 얼굴이 일그러졌다.

"…아까 말한 그대로. 너랑 하던 거 딴 놈들이랑 하는 거. 특히 밤에 하는 거."

"싫다."

루진이 딱 잘라 얼굴을 일그러뜨렸다. 그 모습에 젬므는 깊게 한숨을 내쉬며, 근처 나무에 기대 머리를 긁적였다.

"알았으면 얼른 해. 내가 바위 정령을 대리했다가는 온갖 짐승들에게 5년 내내 쫓겨 다녀야 한다고. 난 절대 산을 제압 못 해. 당연하지, 나비가 어떻게 산을 제압해?"

"그럼, 애기 가지면 디하는 딴 남자랑 바람 안 피는 거냐?"

"그렇다고 이해해."

"그럼 젬므."

루진이 젬므에게 다가가 그의 옷깃을 잡아당기며 물었다.

"애기 어떻게 가지냐?"

순간, 젬므는 세상에서 정말 볼 수 없는 기이한 것을 본다는 눈빛으로 루진을 쳐다보았다.

"한 가지만 먼저 묻자, 루진."

헛기침을 하고, 숨을 깊이 들이 내쉰 젬므는 루진의 가랑이를 툭 치더니 물었다.

"너 밤에 대체 이거 어디다 쓰냐?"

아무도 없는 집에서 디하는 사과를 깎고 있었다.

저녁은 이미 혼자 먹은 후였다. 아민은 오늘 돌아오지 않을 것이고 루진은 언제 들어올지 몰라도 밤에는 돌아올 것이다. 그러면 오늘 밤은 단둘이 되는데, 루진은 저녁에 자신을 찾아 방으로 올까? 요 며칠간 못 했다. 그럼 오늘은….

"앗."

잠깐, 대체 무슨 생각을 하는 거야. 디하는 얼굴을 붉히며 고개를 휙휙 저었다.

대체 이 무슨 망측한 생각인지. 민망함을 떨치고자 사과 깎는 손을 좀 더 빨리 움직이는 데 집중했지만 머릿속의 생각은 쉽게 떨어지지 않았다. 루진이 침대 위로 올라오고, 자신의 옷을 벗기고, 맨살을 맞대고, 그리고.

"으아아…."

얼굴이 뜨겁다. 디하는 망상을 제어하는 걸 포기하고 손을 멈쳤다.

대체 왜 이렇게 밝히게 된 걸까? 물론 루진과 하는 건 굉장히 좋았다. 하지만 그것보다, 이게 너무나 당연한 하루의 일과이고 습관이 된 것 같은 기분이 들었다. 밤에 당연히 하는 것, 그리고 기대되고 좋은 것.

좋은 거야 그렇다고 치지만, 너무 심취하는 것 아닐까? 혹시 중독… 됐다거나?

'나 혹시 굉장히 욕구가 강한 쪽인가?'

디하는 작게 신음했다. 루진이야 늦게 배운 도둑질에 뭘 몰라 열중하는 것 같지만 어쩌면 곧 자신이 지나치다는 걸 깨달을지도 모른다. 그리고,

'디하, 힘들다. 너무 과한 거 같다.'

라고 말하면.

"으아."

생각한 순간 디하의 손에 들려 있던 칼에 힘이 엇들어갔고, 애꿎은 사과는 껍질과 함께 한 움큼 잘려 버렸다.

"앗!"

하마터면 손도 자를 뻔했다. 사과가 손 안에서 헛돌자, 디하는 '으아아아'하며 사과를 손 안에서 굴려 겨우 붙잡았다. 다행히 사과는 바닥으로 떨어지지 않았고, 디하가 안도의 한숨을 내쉰 순간 디하의 뒤에서 갑자기 널찍한 손이 튀어나왔다.

"히익? 꺅!"

"디이하아~."

그 널찍하고 굵은 손이 디하의 몸을 감싸고 뒤로 확 끌어안았

다. 놀랐지만, 디하는 뒤에서 풍겨 오는 싸늘한 밤공기에 섞인 체취로 그가 누군지 알아차렸다.

이제 목소리보다도 그 체취로 누군지를 알아차린다. 이 팔이 자신을 단단하게 끌어안는 감촉도 낯익었다. 오랜 기간 동안 몰랐지만, 이제 너무나 익숙해져 버린 것. 디하는 자신의 머리에 얼굴을 비벼대는 루진을 돌아보았다.

"아, 놀랐어. 소리 정도는 내고 들어와도 되잖아."

"문 여는 소리 정도는 들렸을 거다. 디하 집에 혼자 있으면 주의 좀 해라."

엉뚱한 생각에 정신이 팔려 있던지라 할 말이 없다. 디하는 자신의 머리와 목과 뺨에 한참 비비적거리는 루진과 같이 뺨을 비볐고, 루진은 만족했는지 고개를 떼고 디하의 뺨에 쪽 소리가 나게 입을 맞췄다.

"오늘 하루 별일 없었냐?"

"응. 루진은?"

"응, 별일 없었다."

그리고 루진은 디하를 빤히 쳐다보았다. 디하가 의미를 깨닫지 못하고 똑같이 멀뚱히 쳐다보자, 루진은 '으응'하면서 조르는 듯한 소리를 냈다. 곧 디하는 루진이 원하는 것을 깨닫고 고개를 좀 더 뒤로 돌렸다. 디하의 입술이 루진의 뺨에 닿았다.

"헤헤."

루진이 만족스럽게 웃으며 다시 디하에게 비비적거렸다.

"그런데 디하, 사과 왜 깎고 있냐? 나 저녁은 먹었다."

"어디서?"

"얻어먹었다. 대장님 댁에서."

"잘 먹었어?"

디하는 들고 있던 칼로 사과를 작게 조각내 루진에게 건넸고, 루진은 입으로 사과를 받아먹었다. 대답 대신 귓가에서 사과 아삭대는 소리가 가득했다.

"웅."

디하가 루진에게 사과를 주고 내려놓자, 루진은 디하를 끌어당기며 불렀다. 돌아보자, 루진은 입에 사과 한 조각을 물고 디하에게 권하듯이 들이밀고 있었다.

"응? 뭐…."

디하가 조금 놀라 고개를 뒤로 빼자 루진은 어서 맛보라는 듯이 '웅'하며 디하에게 사과 조각을 들이밀었다.

"자, 잠깐. 루진."

"우웅."

루진이 어서 받아먹으라는 듯이 고개를 끄덕거린 순간 디하의 얼굴이 간질간질해졌다. 입에 물고 있던 걸 입으로 건네 받아먹는다니, 이건 너무….

'연인, 같지 않나?'

디하는 머뭇거렸다. 이미 잠자리에서 많이, 아니, 많이까지는 아니고 제법 맞닿아 본 입술이지만 잠자리 아닌 곳에서 닿은 적은 아직 없었다. 갑자기 일상으로 다가온 입맞춤에 디하는 망설일 수밖에 없었다. 루진은 이제 이게 당연하다고 여기는 걸까?

하지만 조금 부끄러울 뿐 디하도 거부감은 없었다. 멈칫거리며 루진의 입술로 다가가는 디하의 입술이 어색하게 움직였다. 하지만 결국 디하의 이 끝은 사과 조각을 물었다.

"응."

루진이 건네려는 듯이 고개를 들이민 순간 루진의 입술이 디하의 입술에 살짝 맞닿았다. 부드러웠다. 숨결이 뒤섞인 순간 얼굴이 달아올랐고, 놀라 고개가 뒤로 젖혀졌지만 디하는 침착하게 사과 조각을 입안에 넣었다. 그러자 루진은 디하에게서 떨어졌다. 웃고 있었다. 웃고 있는 모습이,

"달다."

달았다. 입술이 얼얼하게 달았다. 입안에 있는 사과 조각에서는 시큼함밖에 느껴지지 않는다. 분명 아까 맛보았을 땐 달콤했는데, 어째서 지금은 시기만 한 걸까? 혀끝도 어쩐지 얼얼하기 때문일까? 디하는 신맛에 살짝 눈살을 찌푸렸다.

"너, 단둘이 있는 데 말고 이런 데서 그러지 마."

"알았다."

디하가 루진의 옆구리를 툭 치며 주의를 주자, 루진은 싱글싱글하게 웃으며 대답했다. 정말 알아듣긴 한 걸까? 확인할 새도 없이 루진은 디하를 뒤에서 안은 채로 졸랐다.

"디하야, 이거 맛있다. 사과 파이 만들면 맛있을 거 같다. 사과 파이 만들어 줘."

"만들 시간이 없어. 이거 말리거나 절일 거야."

"으응~. 나 간식 먹고 싶다. 먹어 본 지도 오래됐고."

루진이 약한 소리를 내며 졸라대자 디하는 잠시 망설였다. 확실히, 사과 파이를 해 먹은 지 꽤 오래되었다. 어렸을 땐 안 되는 실력으로도 가끔 파이를 만들었고, 그러면 루진은 탄 것이라도 좋

아하면서 잘 먹었다. 디하가 먹인 건 아니다. 디하는 탄 걸 먹으면 안 된다고 혼냈지만 루진은 꿋꿋이 먹었다. 그렇게나 잘 먹었으니 만들어 주면 굉장히 좋아하지 않을까?

디하는 잠깐 고민해 보았다.

"으응. 알았어. 휴일에 되면 해 줄게."

"와!"

뒤에서 굵은 팔이 또 억세게 끌어안는다. 루진은 벌써부터 키스를 날리고, 디하를 이리저리 휘두르며 신이 난 어린아이 같이 굴었다.

"꺄, 그만. 어지러워!"

"디하가 파이 해 준다! 오랜만이다!"

"그만하래도! 꺅!"

디하가 팔꿈치로 옆구리를 쿡쿡 찌르자, 루진은 자세를 낮춰 디하의 다리 밑에 팔을 넣더니 그대로 들어 올렸다. 깜짝 놀란 디하가 새된 소리를 지르며 루진의 어깨에 매달렸고, 루진은 디하의 상체를 들어 올리고는 그 입술에 새처럼 키스했다.

"웃, 그만, 그만! 윽. 되면 해 준다는데 왜 이렇게 좋아하는 거야."

"디하가 해 주는 게 좋은 거다. 디하가 간식 해 주는 거 너무 오랜만이다."

그러고는 또 디하의 입술에 키스했다. 너무나 자연스러운 행동이었다. 이제 입술에 키스하는 건 아무런 것도 아닌 걸까? 마치 오래된 연인처럼 아무렇지도 않게 기쁨을 주고받는 모습에 얼굴이 달아올랐다. 디하는 흐트러진 안경을 고쳐 쓰며 루진의 어깨를 찰싹 때렸다.

"너, 이런 거 하지 말라고 했지. 아민 오빠가 보면 어쩔 거야?"

"으응, 형 오늘 안 들어오지 않냐?"

"그래도, 이런 거 단둘이 있을 때만 하란 말이야."

"지금 단둘이니까 괜찮다."

루진은 그러며 다시 또 고개를 숙였고, 디하는 루진의 입술에 손을 얹어 밀어냈다.

"안 돼."

"끄응."

또 조르는 눈빛이다. 잠깐 흔들렸지만, 디하는 손에 힘을 주어 좀 더 루진을 밀어냈다.

"안 돼, 아무도 안 오는 단둘이 있는 데에서만!"

"한밤중 디하의 침대 같은 데?"

"그, 그래."

하필이면 비유를 해도. 디하가 대답하자 루진은 잠시 신음을 냈지만 곧 납득한 듯 고개를 끄덕였다.

"알았다. 오늘 밤 해 준다."

"오, 오늘 밤 올 거야?"

귀가 쫑긋 곤두선다. 디하가 슬쩍 기대에 찬 목소리로 묻자 루진은 고개를 끄덕였다.

"응. 참, 나 좋은 거 배웠다. 그것도 오늘 밤 해 준다."

"조, 좋은 거?"

"응."

루진이 디하의 뺨에 키스했다. 하지 말래도, 라고 말할까 말까?

디하는 망설이다가 말할 타이밍을 놓쳤다. 루진이 안고 있던 디하를 내려놓았던 것이다.

"자기 전에 간다. 디하 먼저 자 버리면 안 된다."

"으, 응."

디하가 얼굴을 붉혔다. 그리고 잠시 망설이다가 루진의 뺨에 가볍게 키스했다. 루진은 기쁜 듯이 웃더니, 내일 출근 준비를 하기 위해 방으로 들어갔다.

디하도 깎아 놓은 사과를 약간의 물과 함께 약한 불에 올려 두고 내일 출근 준비를 하러 방으로 들어갔다. 방을 정리하고, 세탁거리를 밀어 놓고, 몸을 씻었다.

그러는 동안 계속 온몸이 달아올라 있었다.

밤 약속의 기대감이 몸을 달아오르게 한 건 맞다. 대체 어떻게 자신을 기분 좋게 해 줄지 부끄러운 기대감이 몸 안에 가득 차 있었다.

하지만 진짜 몸을 달아오르게 하는 건 아까 전부터 머릿속을 채우고 있던 자각이었다.

아무렇지도 않게 끌어안고, 서로의 체취와 피부에 익숙해지고, 키스하고, 밤의 밀회를 약속한다. 이 모든 것이 일상적인 일이다. 이건 마치,

'연… 인이지?'

연인 같은 게 아니다. 젖지 않게 틀어 올렸지만 물기를 잔뜩 머금고 습해진 머리카락을 정리하며 디하는 마른침을 삼켰다.

이런 관계라는 건 역시 연인, 이라고밖에 말할 수 없다. 세상 사람들 누구나 그렇게 말할 것이다. 물론 사귀자는 말 한마디 한 적

없지만, 그래도, 역시 그렇게 생각해도 이상하거나 잘못된 건 아니겠지?

'루진이랑 나랑….'

목까지 화끈거리며 달아오르는 게 느껴진다. 갑자기 머릿속이 어지러웠다.

저 네 발로 기어 다니던, 물론 지금도 네 발로 자주 기어 다니지만, 그런 애가 연인이라고? 그의 목소리가 굵어지고 어깨가 넓어졌다는 건 안다. 하지만 볼꼴 못 볼꼴 다 보고 연인이라니. 가능한 건가? 아니, 또 불가능할 건 뭔데? 대체 이 관계를 연인이 아니면 뭐라고 말할 수 있을까? 루진이 좋은 사람인 건 누구보다 자신이 잘 안다. 아니, 하지만 연인으로서 좋다고 여긴 적은 없었다.

머릿속이 혼잡하게 부글부글 끓었다. 온수에서 올라오는 수증기에 머리가 익는 것 같았다. 익은 머릿속에서 시간이 흘러갔다. 어느새 루진과 자신이 아기를 낳고 이 집에서 산다. 주변 사람들이 뭐라고 말할까? 부끄럽지만 나쁘지 않을 것 같다. 아이는 누구를 닮았을까? 남자아이일까 여자아이일까? 루진을 닮은 여자아이는 곤란하다. 대체 어떻게 시집을 보낼지가 암담하니까. 그렇지만 루진을 닮은 남자아이는 키우기 너무 힘들 것 같다. 그러면 역시 자신을 닮은 아이가 좋을까? 하지만 아이는 자신보다 역시 루진을 닮았으면 좋겠고….

"으앗, 잠깐, 잠깐, 잠깐! 대체 지금 무슨 생각을 하는 거야!"

비명을 지르며 견딜 수 없는 부끄러움에 발을 구르던 디하는 잠시 후 자신이 벌거벗고 난동을 부리고 있다는 사실을 깨달았다. 이로써 두 번째였다.

아무도 없는 곳이지만, 부끄러움에 헛기침을 한 번 한 디하는 두근거리는 심장을 진정시키며 따뜻한 물을 쳐다보았다. 루진과 자신이,

"연인… 인가?"

디하는 목에 걸린 달빛의 돌을 매만졌다. 튼튼한 실은 그물처럼 엮여 루진이 준 돌을 감싸 안고 있었다. 어두운 욕실 안에서 은은하게 빛을 내는 달빛을 감싸 안고, 디하는 눈을 감았다.

빛을 잃은 손 안에서 돌이 조금 더 환하게 빛났다.

⁂

진정하려고 했지만, 디하는 안절부절못하며 침대에 앉았다 의자에 앉았다 다시 침대에 앉았다 눕고 뒹굴거리는 등, 굉장히 부산하게 굴었다. 결국 디하는 제풀에 지쳐 침대에 엎어져 버렸다.

"혼자 생각해서 결론이 날 일이 아니잖아…."

연인은 혼자 생각만으로 되는 게 아니다. 디하는 침대 위에 축 늘어졌다. 루진에게 물어볼까? 너는 대체 이 관계를 어떻게 생각하느냐고.

"디하."

목덜미에 따뜻하고 거친 손이 올라온다. 디하는 고개를 옆으로 돌려 어느새 자신의 침대 옆에 다가온 루진을 쳐다보았다.

"어디 아프냐?"

걱정스레 묻는 표정. 디하는 자기도 모르게 피식 웃었다.

"아니, 안 아파."

"다행이다."

루진은 싱긋 웃으며 디하의 이마에 키스했다. 루진에게 묻고 싶었다. 너는 우리 관계를, 이런 걸 대체 어떻게 생각하느냐고.

하지만 루진은 이런 '어른의 관계'에 대해서 잘 모를 테니까 특별한 의미 부여를 하고 있지 않을 게 뻔했다. 생각하니 조금 불안했다. 그렇지만, 조금 더 생각해 보면 결국 이런 관계에 대해 잘 알려 주지 않고 관계를 지속하고 있는 자신이 나쁜 것 아닌가.

디하는 몸을 일으킨 자신의 입술에 기쁜 듯이 키스하는 루진을 시큰둥하게 쳐다보았다.

"루진, 있잖아. 이런… 그러니까 우리 밤에 하는 거, 아무나랑 하는 거 아닌 건 알지?"

"응, 안다. 왜?"

디하의 몸에 키스하던 루진이 고개를 들어 디하를 올려다보며 고개를 갸웃했다. 그 모습에 디하는 눈을 불안하게 굴리며 물었다.

"그러니까…. 루진, '아무나'가 아닌…. 아니, 루진. 나 말고도 누구하고 이런 거 할 수 있어?"

"응? 모르겠다. 생각해 본 적 없어."

"주변에 할 수 있을 것 같은 사람 있어?"

"으―응."

루진이 잠시 생각해 보는가 싶더니 고개를 설레설레 저었다. 약간이지만 안도감이 생겼다.

"아무한테나 몸을 보여 주는 게 아니라고 했다. 그리고 이런 건 아주 비밀스러운 거라고 그랬다. 디하는 이미 아니까 상관없다."

그게 아닌데.

웃는 루진의 모습에 디하는 약간 복잡한 감정을 느꼈다. 자신의 몸을 끌어안으며, 행복하게 웃음 짓는 루진의 모습을 곁눈질하며 디하는 조심스럽게 말했다.

"그, 그러니까 루진. 있잖아. 사실 이런 건 굉장히 중요하고 소중한, 그러니까 애인… 이라거나, 그런 사람하고만 하는 거야."

"디하 중요하고 소중해."

"아니, 그러니까. 그런 게 아니라, 제일 소중하고 좋아하는…. 다른 사람이 대신할 수 없는 그런."

"디하 그런 사람 맞아."

루진이 디하의 입술을 가볍게 물더니 눈을 똑바로 쳐다보며 말했다. 그 모습에 디하는 다시 한 번 안도감을 느꼈다. 이렇게 단호하게 말해 주는 게 고마웠다.

하지만 그가 말하는 게 자신이 생각하는 것과 같지 않을 건 확실했다.

"디하 정말 좋아한다."

"…알아."

그 정도는 안다. 그러니까 기분 좋게 해 주고 싶다고 하는 거겠지. 하지만 여기서 더 따지고 들어가 봤자 자신이 원하는 답은 알 수 없을 것이다. 애초에 루진도 알 수 없을 것을 내가 어떻게 알 수 있을까? 긍정적으로 체념하며 디하는 자신을 밀어 넘어뜨리는 루진의 몸을 끌어안았다.

숨을 깊이 들이쉬자 쌉싸름함이 섞인 짙은 체취가 몸속 가득히 찬다. 디하는 루진의 입술을 물어 그 말랑거리는 입술을 실컷 맛본 다음 혀를 밀어 넣었다. 여전히 자신의 혀끝과 잘 얽히지 못하는 루진의 혀끝이 달았다. 이 다디단 맛에 아마 아까 전 입술이며 혀도 얼얼해졌던 거겠지.

나무 수액처럼 살짝 풋내가 나면서도 씁쓸하게, 그러면서도 밀려오듯 실컷 퍼지는 단맛에 디하는 취한 듯이 그 입안을 훑었다. 루진이 신음을 흘리며 그만하라고 할 때까지 계속.

"으응, 디하, 거칠어…."

"뭐 잘못했어?"

어쩐지 불편한 루진의 표정에 디하가 눈치를 보자, 루진은 고개를 저었다.

"아냐. 너무 빨아들여서 조금 아팠다."

"앗, 앞으로 안 그럴게."

"으응."

몇 번이고 키스하며 옷을 벗는다. 이제 처음 같은 부끄러움은 없이 편안하게 벗어 서로의 나신을 맞댔다. 온몸으로 한껏 서로를 느끼는, 그것만으로도 나른한 안도감이 온몸에 퍼졌다.

"디하 몸 부드러워서 좋다…."

"앗, 흐앗…. 아, 거기 좋아…."

"여기?"

무심코 루진의 손이 스친 곳에 디하가 고개를 젖히며 반응했다. 루진은 디하의 몸을 더듬던 손을 거꾸로 움직여 디하가 반응한 곳을 찾아냈고, 디하는 허리를 떨며 고개를 끄덕였다.

"으응, 루진…."

정성껏 그 손으로 받쳐 든 몸에 키스한다. 목에 입술이 닿자 루진은 크게 떨면서 숨을 들이켰고, 넓은 손으로 디하의 등을 쓸어내렸다. 디하의 몸이 떨리고 신음이 흘러나왔다. 곧 디하의 입술이 루진의 쇄골 위에 얹어졌다.

"으응."

루진의 입에서 가만히 신음이 흘러나왔다. 이 쇄골 아래쪽을 혀로 간질이는 게 기분 좋다는 건 저번 주에 발견한 것이었다. 디하는 루진의 가슴을 손으로 쓸어내리며 그 부분을 혀로 간질였다.

"으응, 디하."

하지만 루진이 디하의 머리카락을 쓸어내리며 움직임을 멈추게 했다.

"거기, 간질간질하지 않다."

"다 흩어진 것 같아?"

"응."

루진이 고개를 끄덕이자, 디하는 손끝으로 루진의 유두를 집어 문질렀다. 바로 루진의 입에서 가벼운 한숨이 새어 나왔다.

"그럼 다른 데를 찾아봐야겠네."

"으응, 디하야…."

루진이 입을 벌리고 키스를 요구하자, 디하는 고개를 숙여 그 입술을 다시 맞댔다.

한 번 찾아낸 성감대가 사라지기도 한다는 건 좋은 걸까, 나쁜 걸까? 몇 번을 만져도 반응하는 곳도 있지만, 분명 어제까지는 기분 좋았던 곳이 어쩐지 둔감해지는 때가 있었다. 디하는 그걸 '다 흩어졌다'고 표현했다. 간지러움이 다 흩어져 남지 않은 곳.

그걸 알아차리면 이제 서로의 몸을 샅샅이 뒤져 그 흩어진 곳이 모여 있는 곳을 찾아내야 했다. 쉽지는 않았다. 많은 인내심이 필요하고 힘들다. 하지만 그때마다 조금씩 더 서로에 대해 알게 된다.

서로 알아 가는 그 느낌이 좋았다. 루진에 대해 아는 것, 알아주는 걸 기뻐하는 것. 그리고 루진이 자신의 몸을 조심스럽게 더듬으며 한껏 신경 쓰는 그 느낌이, 그리고 새롭게 찾아낸 곳을 건드릴 때 루진이 화들짝 놀라며 반응하는 그 모습이 좋았다.

"디하야, 으응."

디하의 어깨가 식지 않도록 쓰다듬던 루진의 손이 가슴으로 옮겨 가더니, 말랑말랑한 가슴을 꾹 눌렀다. 몇 번이고 아프다고 말한 덕분인지 이제는 디하를 아프게 하지 않으면서도 자신이 원하는 만큼 말랑말랑한 감촉을 즐기는 법을 알았다. 내려다본 가슴은 루진의 손 안에서 놀라울 정도로 유연하게 모습이 변하고 있었다.

"흐응, 읏…."

디하가 루진의 어깨에 입 맞추고 그 가슴을 쓸어내리자 루진은 신음하며 디하의 가슴을 입에 물었다. 곧 루진의 입안에서 디하의 젖꼭지가 굴렀다. 디하가 탄식을 토해 내며 루진의 머리를 쓰다듬자, 칭찬이라고 생각했는지 루진은 더욱 열심히 디하의 몸을 입안에서 굴렸다. 교성이 터지며 몸이 떨렸다.

"디하, 아, 하아, 거기, 읏."

입술로 문 귀 뒤쪽의 한 부분에서 루진은 온몸을 부르르 떨며 반응했다. 디하가 그 부분에 뜨거운 숨결을 끼얹자 루진은 다시 한 번 떨며 반응했다.

"여기 좋아?"

"으응, 이상하다…."

몸을 어루만지고 입 맞추며, 디하는 루진의 아래쪽으로 손을 뻗었다. 아름드리나무 같은 허리 아래로, 수풀 사이에서 막 움터 자라나는 가지가 있었다. 그것을 붙잡아 쓰다듬자 루진은 턱을 치켜들며 숨을 삼켰다.

"아, 흐응, 읏. 디하, 좋다…."

루진은 솔직하게 신음을 흘리며 디하의 몸을 끌어안았다. 그 손은 디하의 등 뒤에 얹어져 몸을 따듯하게 데우더니, 등 가운데의 굴곡을 천천히 더듬으며 미끄러져 내렸다.

"읏, 응. 아훗, 앗…."

세심하게 더듬는 루진의 손길에 그만 움직임이 멈춰 버렸다. 허리를 젖히며 신음하던 디하는 숨을 몰아쉬며 다시 루진의 것을 쥐고 위아래로 조심스럽게 움직였고, 루진은 디하의 가슴에 얼굴을 파묻고 비비며 신음했다.

"디하, 디하, 디하…."

"으응, 아, 루진. 응, 거기, 좋아…."

"여기?"

"으훗, 아…. 응, 조금, 위, 응, 거기…."

간지러움이 쌓이는 건 잠시다. 몸이 달아오르며 이제 간지러움보다는 오싹함 같은 것이 몸을 관통하기 시작한다. 이제 조금 거칠어져도 된다는 걸 경험으로 알았다.

디하의 온몸에 열기 섞인 붉은 빛깔이 물들자, 루진은 아래로 고개를 숙여 무릎 꿇고 앉은 디하의 다리 사이로 얼굴을 파묻었다.

"으흣!"

"디하, 늘 여기서 좋은 냄새 나…."

거짓말. 그렇게 생각하지만, 어쩌면 루진에게는 좋은 냄새일지도 모른다. 디하는 신음하며 허리에 힘을 주었다. 루진의 혀는 이제 익숙하게 설익은 열매를 농락했다.

"흐앗, 앙, 아핫, 루진, 아앙…."

"으응, 너무 낮추지 마라, 디하."

들썩거리는 허리에 힘을 주고, 움찔거리는 아랫배가 자꾸 뒤로 빠지지 않도록 앞으로 내밀었다. 그러자 루진은 조금 더 편하게 디하의 열매를 맛보았다.

어쩜 혀가 이렇게 부드러울까? 녹을 듯한 기분에 자꾸 무너져 내리는 자세를, 자신의 다리 사이에 얼굴을 파묻고 있는 루진의 어깨에 손을 대 일으켜 세우며 디하는 울 듯한 신음을 냈다.

루진의 혀 놀림은 너무 빠른 시간 내에 능숙해졌다. 디하는 아직 어떻게 해야 루진이 좋아하는지 잘 모르고, 무엇보다 한참 동안 핥고 있으면 입이며 턱이 아파서 힘들어서 하기 힘든데, 루진도 힘들다고 말은 하면서도 디하가 익고 녹아 흐물흐물해질 때까지 애무했다.

"아핫, 앙, 루진, 으응, 하앙…."

"디하, 여기, 으응…. 잔뜩 흘러나왔다."

루진이 디하의 입구를 더듬어 그곳에서 흘러나온 과즙을 손끝에 묻혔다. 입구를 더듬다가 미끄러져 들어온 손길에 디하는 잠시 긴장했지만, 곧 몸의 긴장을 풀곤 루진이 해 주는 대로 받아들이며 거친 숨을 내쉬었다.

"디하, 좋아?"

"응, 좋아…. 으응, 루진, 기분 좋아. 앗."

칭찬하듯이 머리를 쓰다듬어 주자 루진은 디하의 등 뒤로 손을 뻗어 민감한 부분들을 간질이면서 열매를 훑었다. 동시에 두 군데를 자극당한 디하의 입에서 잠깐 소리가 사라졌고, 루진이 손을 엉덩이까지 내린 후에야 다시 디하는 숨을 쉬기 시작했다.

"웃, 하앗, 아, 루진…."

"디하 좋아하는 거 정말 예쁘다."

고개를 든 루진이 디하의 어깨 위에 입 맞추고 그녀를 침대 위에 눕혔다. 엎드린 디하의 등을 루진의 몸이 감싸 안았고, 열심히 디하의 머리카락에 키스하고 냄새 맡던 루진은 흐트러진 머리카락을 걷어 올려 드러난 목에 입술을 올렸다.

"흐아…."

천천히 루진이 디하의 등을 더듬던 손을 앞쪽으로 뻗었다.

손가락이 옆구리를 스쳐 앞으로 다가와 가슴을 한 손 안에 가득 쥐었고 등 위로 루진의 마른 살갗이 닿았다. 엉덩이 사이로 조금 억센 체모가 닿았다. 그 사이로 솟은 단단한 기둥이 루진의 체중과 함께 엉덩이에 꾹 눌렸다.

"아웃…. 루진, 내가 기분 좋게 해 주지 않아도 돼?"

"으응, 조금 있다가. 디하 먼저 해 줄 거다."

"나 하고 나면 지쳐서 안 되잖아, 아, 으응…."

디하의 등 위로 루진의 입술이 닿았다. 루진이 부드럽게 가슴을 주무르면서 날개뼈 옆의 움푹 파인 부분에 입술을 댔고, 그 순간 디하의 몸은 부드럽게 물결치면서 파동을 만들어 냈다. 루진은 그 파동을 붙잡아 자신의 몸으로 눌렀다.

"괜찮다. 지치면 자면 된다. 디하 좋아하는 거 좋다."

"아, 앗."

입술에선 작은 소리가 흘러나왔지만 몸은 그보다 훨씬 크게 요동쳤다.

"루진, 앗… 으응."

신음하며 거기가 좋다고 알려 주자, 루진은 혀로 뼈와 살이 만들어 낸 경사로를 훑었다. 디하의 머릿속이 순간 하얗게 변했고, 신음은 입안에 가득 찬 숨에 막혀 버려 좋다고 알려 주지도 못한 채 흩어져 버렸다.

하지만 루진은 듣지 않아도 디하가 좋아하는 걸 알아차렸다. 그 몸의 흔들림, 들숨과 날숨의 간격, 이젠 전부 어떤 의미인지 안다. 오감을 바짝 곤두세우고 디하에게 집중하고 있는 건 쉬운 일이 아니지만, 이 순간은 그게 가능했다.

"하으, 웃, 루진, 앗."

디하의 손끝에 힘이 들어갔다. 자신도 모르게 밑에 깔린 이불을 말아 쥐고, 자신을 위에서 누르는 루진의 무게를 실감하며 고개를 쳐들었다. 깊게 눌린 숨이 토해졌다.

"디하야, 허리. 조금만 들어 봐라."

"앗, 으응…. 바보야, 그렇게 누르면서 허리 들라고 하면…."

곧장 루진이 끄응대며 디하의 엉덩이를 누르고 있던 몸을 뗐다.

그 바보스러움이 귀여워서 디하는 작게 소리 내어 웃으며 몸을 돌렸고, 조금 기죽은 표정의 루진을 이리 오라는 듯이 끌어당겨 입술에 키스해 주었다. 루진이 금세 헤벌쭉 웃었다.

"디하 입술 좋다."

"으응."

루진이 등허리를 쓸어내린 손을 허리 밑으로 넣었다. 거친 손이 흠 하나 없이 매끄러운 흰 배를 쓰다듬었고, 좀 더 아래로 내려가 부드러운 융단 위에서 잠시 멈췄다. 보들보들한 감촉이 좋은지, 만끽하며 뛰노는 손놀림을 잠시 견디던 디하는 먼저 애가 타 그 손을 붙잡았다.

"으응."

거기가 아니라고 알려 주며 원래 가야 할 길로 성급하게 이끌었다.

도착한 곳은 얇은 꽃잎 같은 살결 위였다. 손은 알았다는 듯이 천천히 몽우리 진 얇은 꽃잎을 한 겹 한 겹 벗겨 내기 시작했다.

꽃잎을 벗겨 내는 손길은 놀랍도록 능숙했다. 꽃이 아파할까 봐 달래듯이 몸에 키스하고, 어루만지면서 루진은 점으로 찍은 듯한 열매를 찾아냈다. 젖혀진 꽃잎 가운데, 파묻힌 열매는 역시 아직 미숙해서 루진은 먼저 놀라지 않게 그 주변을 천천히 어루만졌다.

하지만 그 열매의 주인은 방문자보다 성급했다. 주인은 방문자가 어서 다가와 주기를 바라고 있었다. 디하가 보채듯이 신음하며 손을 붙잡고 움직이자, 루진은 서둘지 말라는 듯이 디하의 몸에 키스해 주고 조심스럽게 그 몸을 쓰다듬었다.

루진은 손가락을 뻗어 입구를 더듬었다. 아직 열매가 익지 않아서인지 즙은 적었다. 그 적은 즙을 손끝에 충분히 묻히고, 루진은 다시 길을 더듬어 올라와 설익은 열매에 풋풋한 즙을 묻혔다.

"흐앙!"

손이 미끄러진 순간 디하의 몸이 놀란 물고기처럼 뛰었다. 좋아서 그러는 건 이미 알고 있다. 좋아하는 게 사랑스러워서 어깨와 목에 키스해 주자 또 찌르르 하고 디하의 몸이 떨렸다. 천천히, 루진은 거칠어진 숨을 가라앉히며 손가락으로 디하의 설익은 열매를 꼼꼼하게 문질렀다.

"흐앙, 앗, 으응, 하아, 앙, 아앙… 루진….."

"으응, 디하야."

디하의 몸이 움찔거리며 좋다고 알려 줄 때마다, 디하의 부드러운 엉덩이 위에 놓인 루진의 몸 중심이 꾹꾹 눌렸다. 그때마다 루진은 잠깐 정신이 아득해졌다가 자신도 모르게 뜨거운 숨을 토하면서 제정신으로 돌아왔다.

"디하, 좋아?"

"으응. 좋아… 앗? 루진, 잠깐, 앗, 아, 세, 앗, 그렇게, 하면!"

겨우 어루만지는 데에 익숙해져 편안한 신음을 흘리던 디하의 목소리가 절음으로 변했다. 루진은 요동치는 디하의 몸을 꼭 붙잡았고 반대 손으로 디하의 열매를 튕겼다. 섬세한 부분이라 세게 치면 안 된다. 좀 더 세게 하면 좋아하지 않을까 하고 세게 튕겼다가 디하에게 발로 걸어차인 적이 있는 만큼 루진은 조심스럽게, 디하가 아프지 않을 정도로 그 부분을 자극했다.

"꺄핫, 루진, 하지 말라고, 했, 앙!"

"이렇게 하면 디하 여기 금방 뜨거워져."

"아항, 앗, 으항! 루진, 꺄앗!"

몇 번 튕긴 후 바로 손가락 사이에 끼우고 비빈다. 이번에는 디하의 온몸에 힘이 쭉 들어가더니 긴장한 듯 바짝 굳어서는 숨도 제대로 쉬지 못했다. 루진이 몸을 옭매던 손으로 가슴을 주무르고, 등 뒤에 입 맞추자 디하는 그제야 부르르 떨면서 가냘픈 신음을 냈다.

"흐아웃, 응…. 아흣, 루진, 아…."

"역시 이렇게 하면 디하 금방 좋아한다."

잔뜩 자극을 주고, 괴롭힌 다음 부드럽게 해 준다. 그러면서 등 뒤를 자극해 주면 디하는 금세 농익어 향기로운 즙을 흘렸다. 그걸 다시 손끝에 묻히고 좀 더 잘 익어 들도록 정성껏 매만지자, 디하는 고개를 뒤로 돌려 루진을 쳐다보았다.

열린 입술은 붉게 물들어 있고 그 사이로 가쁜 숨이 빠져나오고 있었다. 루진은 고개를 숙였고, 금세 둘의 혀가 입술 위에서 얽혀 서로를 핥았다.

"달아…."

디하는 취한 듯이 중얼거리며 좀 더 루진의 혀끝을 빨아들였다. 무심코 강하게 빨아들였다가, 아까 아프다고 한 게 생각나 놓아주었지만 이번엔 루진이 더 깊게 파고들어 왔다. 온몸이 루진에게 속박당한 채 그가 주는 자극에 그저 신음하고 떨면서 그 혀를 얽기만 했다. 안정감으로 온몸이 붉게 물드는 데에는 오랜 시간이 걸리지 않았다.

"흐앗, 루진…."

루진의 손가락은 앞을 더듬는데도 이미 디하가 흘린 끈적한 즙으로 잔뜩 젖어 엉망이었다. 할 수 있다면 그 두툼하고 거친 손을 자신의 농밀한 액으로 잔뜩 적시고 싶었다. 쾌락에 젖어 머리가 어떻게 된 게 아닐까? 이렇게 음란했었나? 디하는 떨어지는 혀를 다시 붙잡아 키스하며 루진을 놓아주지 않았다.

　"디하, 잠깐…. 으응, 아. 디하, 엄청 좋은 냄새 난다. 기분 많이 좋냐?"

　"응, 조금만 더…."

　"그럼 디하 좀 더 기분 좋게 해 줄게."

　루진은 위에서 디하의 몸을 꼭 끌어안았다. 자신의 몸을 완전히 감싸는 그 몸의 느낌, 온기가 너무 좋다. 디하는 눈을 감고 자신의 등 뒤에 닿는 루진의 몸을 가만히 느꼈다.

　푸른 수목에 감긴 바람 냄새 같기도 하고, 늑대의 털끝에 붙은 겨울바람 냄새 같기도 한 체취가 열기 오른 몸에서 한껏 피어오르고 있었다. 그 체취가 묻어나는 피부 아래, 거세게 뛰는 루진의 심장박동을 느끼며 디하는 나른하게 신음했다. 등에 닿는 루진의 가슴이 녹을 것 같이 부드럽다. 엉덩이에 닿는 루진의, 한참 딱딱한 그것도 부드러운 겉의 느낌이 좋았다. 그런데.

　"아? 핫? 루진?"

　"나 이제 이다음에 어떻게 하는지 배웠다."

　"배, 앗, 잠깐, 뭐…."

　뭐하는 거냐고 물을 필요가 없었다. 그게, 루진의 '그게' 디하의 엉덩이 사이로 들어오더니 어떤 부분을 쿡 찌른 순간 디하는 루진이 하려는 행동을 알아차렸다.

"으응, 가만히 있어."

"루진! 잠깐, 안, 앗?!"

디하가 시트를 붙잡고 몸을 일으키려고 한 순간, 루진의 손이 디하의 허리를 눌렀다. 순식간에 자세가 푹 꺼진 디하의 젖은 허벅지 사이로 굵직한 실감이 다가왔고, 그걸 디하가 채 어쩌기도 전에 묘한 동통이 디하의 아래쪽에 퍼졌다.

"아, 하읏!"

디하의 허리에 힘이 들어갔다. 반사적으로 엉덩이가 올라가자, 그 위에 타고 있던 루진의 몸이 곧장 제일 깊은 안까지 파고들어 왔다.

한 번도 벌어진 적 없었던 틈새의 장막을 일일이 몸으로 부딪치고 걷으며 샅샅이 더듬어 들어온다. 빈틈없이 거칠게 긁고 들어오는 침입에 디하의 허리가 저절로 뒤로 젖혀졌다.

"흐앗, 루, 진, 아, 아, 아아아아아앙!"

"으, 흐아, 아?"

디하가 침대에 손을 짚고 허리를 뒤로 젖히자, 루진은 뒤에서 디하의 몸을 끌어안으며 숨을 몰아쉬었다. 둘의 엉덩이와 아랫배가 딱 맞붙어 있었고, 몸을 일으킨 디하의 몸을 루진이 뒤에서 끌어안았다.

"으하…!"

그 움직임에 안쪽이 쿡 찔린다. 제일 깊은 곳이었다.

제일 깊은 곳이면, 그래, 안이다. 들어왔다. 안쪽에서 맥동하는 열기 있는 무언가의 실감에 디하의 머릿속이 열기와 함께 하얗게 변했다.

지금, 루진과 했다. 아니, 여러 번 했지만, 그게 아니라 진짜로 해 버렸다!

"으아, 아…. 디하, 웃, 아, 뭔가, 느낌, 이상하다…."

"루, 루진, 뭐하, 앙, 하앙!"

말이 이어지지 못한 건 루진이 가볍게 허리를 흔들었기 때문이다. 뒤통수에서 느껴지는 루진의 이마의 열기도, 거친 숨소리조차 들리지 않을 정도로 강렬한 감각이 둘이 연결된 부분에서부터 전해졌다.

"아, 하웃, 루진, 루진…! 아, 안 돼, 이, 거…."

"흐아, 디하야…."

뒤에서부터 실려 오는 루진의 무게에 디하의 상체가 천천히 무너졌다. 그러자 루진의 허리가 다시 흔들리기 시작했다.

"흐앗, 앗, 앙, 루진, 앗, 아앗."

"디하야, 디하, 기분, 아, 으하, 아, 이상해…."

이상한 건 이쪽도 마찬가지였다. 얕은 움직임에 새된 신음을 내뱉으며 디하는 이불을 움켜쥐었다.

하면 안 된다. 빼라고, 당장 호통을 치면 루진은 하지 않을 텐데, 그런데.

"안, 루진, 하면, 앗, 아훗."

왜 이렇게 기분이 좋은 거지?

"디하, 엄청난, 좋은 냄새, 아, 흐앗."

"루진, 앗, 하웃, 아! 아, 아앙!"

남자를 받아들인 건 처음이다. 아프다고 했는데. 잘 안 된다고 했는데. 그런데 이렇게 쉽게 루진을 삼켜 버리고는 몇 번 움직이지도 않았는데 금세 쾌락을 느껴 버렸다.

"디하 엄청 좋아하고 있다…."

그래서 도저히 루진에게 빼라거나, 그만두라고 말할 수가 없었다.

귓가에 속삭여진 루진의 가라앉은 목소리에 부끄러움을 느끼지 못할 정도로 머릿속이 쾌락으로 물들어 버렸다. 하지만 하면 안 된다고 해야 하는데, 그런데.

"으핫, 루진, 아, 흐앗, 앙!"

"으, 디하야, 이상, 해, 디하의 몸 안, 뜨거운데, 좋은데…."

이제 완전히 침대 위에 엎드린 디하의 등 위에 정신없이 키스하면서 루진이 거친 숨을 몰아쉬었다. 끄응거리는 신음도 섞으면서 마치 디하의 몸을 음미라도 하듯 천천히 밀어 넣고 빼기를 반복했다. 그 움직임에 디하의 숨이 목 끝까지 차올랐다.

"하웃!!"

"으, 윽, 디하, 안쪽, 그렇게, 움직이면 이상하다, 디하, 아, 웃!"

"아, 안 움직, 엿, 아앙!"

동시에 신음을 토하며 몸을 움츠렸다. 이토록 실감나는 거였나? 루진의 몸이 안쪽을 가득 채우고, 그 단단함으로 젖은 안쪽을 꾹꾹 누르며 헤치고 올라오는 느낌이 되새김할 수 있을 정도로 지독히 선명했다.

그 강렬한 감각에 디하는 그저 입을 벌린 채 신음만 내뱉었다. 루진도 견딜 수 없었는지 신음하며 움직임을 멈췄지만, 그 순간 디하의 몸 안에 있던 그것이 자기 혼자 견딜 수 없다는 듯이 멋대로 꿈틀거리며 디하의 몸 안을 쳤다.

"아흣!"

작은 움직임인데도 머릿속이 순간 하얗게 물든다. 빛이 번쩍이는가 싶으면 루진이 보여 주었던 달빛 돌의 빛깔이 떠오르는 것 같기도 했다.

"디하 아프냐?"

"아, 하아."

대답할 수 있을 리 없다. 그만하라고 해야 하는데, 입을 열면 너무 좋다고, 더 해 달라고 조를 것 같아서 도저히 말을 할 수가 없었다.

"안 아픈 것 같다, 디하 여기… 엄청 좋아하고 있으니까. 즙 엄청 많다…."

"으응, 앗…."

루진이 디하의 몸을 붙잡고 움직이면서 등 뒤에 가만히 키스했다. 나뭇가지 같은 손이 살결을 쓰다듬어 누르고, 가슴을 움켜쥐고는 뜨거운 입술로 귓바퀴를 물었다.

"디하 안에 여기, 엄청 부드럽다…."

"하, 흐아, 아…!"

그러며, 루진이 디하의 안을 자신의 것으로 한 번 문질렀다.

디하의 입에서 가쁜 숨이 튀어나왔다. 다른 소리는 낼 수 없었다. 온 신경이 몸 안에 들어와 있는 것에 쏠리고, 그것이 움직일 때마다 디하는 충실히 반응하면서 몸을 떨었다.

안에 찬 것은 왜 이리 뜨거운 걸까? 그 뜨겁고 단단한 것이 천천히 자신의 빈틈을 벌리며 밀고 올라올 때, 그것은 머금은 열기를 천천히 디하에게 전달해 주었다. 열기가 좁은 길을 한껏 데웠다.

이윽고 그것이 끝까지 닿자 디하는 자신도 모르게 신음했다. 쾌감에 이끌리듯이 몸이 점점 뒤로 젖혀졌고, 루진은 디하를 끌어당기듯이 허리를 밀고 당기며 디하를 붙잡았다. 몸 안에서 루진의 뜨거운 몸이 수없이 마찰해대며 타오를 듯한 열기를 퍼트리고 있었다. 거기에서부터 시작된 열기가, 닿아 비벼진 부분에서부터 시작되어 온몸 구석구석 퍼진다.

터질 것 같이 확산되던 열기는 금세 몸 안에 가득 차, 더는 그 열기를 머금을 수가 없게 되었는데도 루진은 멈추지 않고 디하를 끌어당기며 그 몸에 열기를 전달했다. 더 이상 견딜 수 없게 된 몸 위로 땀방울이 송골송골 맺혔다.

"아, 흐읏, 루진, 하, 아!"

신음이 흘러나오고 몸 곳곳이 긴장으로 팽팽하게 당겨진다. 자신도 모르게 몸에 힘을 준 순간, 아랫배보다 좀 더 아래에서 자신이 루진의 것을 꽉 움켜쥐는 게 느껴졌다.

부끄러울 정도로 실감 나는 감촉이었다. 뻑뻑한 열기에 굵기나 길이마저 느껴질 정도로 선명하고, 맥동하며 핏줄이 꿈틀거리는 것마저 온몸을 간질간질하게 했다. 딱딱하다. 더 옥죄는 게 불가능할 정도로 단단한 그 감각에 새된 소리를 내뱉으면, 뒤에서 루진도 숨을 삼키며 디하의 가슴을 쥔 손에 힘을 주었다.

"디하, 너무 좋다…."

"루진, 으, 앗…."

녹을 것 같았다. 루진이 움직이는 그 부분이, 거기가 너무 부드러워서 녹아 버릴 것 같았다. 그 녹아 버릴 것 같은 기분이 등골

을 타고 일직선으로 쭉 올라와 머릿속을 그저 새하얗고 달콤하게
녹여 버린다.

"디하야, 디하…."

"으응, 아, 하읏, 아…."

"디하 안에 들어간 거, 너무 간지러워, 디하야…."

"하아, 앗…? 루진, 앗, 아, 으홋!"

들썩들썩, 뒤쪽으로 닿는 루진의 움직임이 조금 빨라졌다. 동
시에 디하의 가슴을 쥐던 손이 얽히듯이 교차하며 디하를 천천히
옥죄었다. 조금이지만 답답했다. 등 뒤에 가쁜 숨이 닿고, 그 숨은
점점 뜨겁고 거칠어졌다.

"거칠게 하면 안 좋아한다고 했는데…."

"으핫, 앗, 아잉! 루진, 아, 하읏!"

낮게 중얼거리는 소리와 함께 서로의 살이 치대는 소리가 뚜렷
하게 들려왔다. 동시에 지꺽지꺽대는, 농익어 흘러나오는 즙을 나
뭇가지가 멋대로 뒤섞는 음란한 소리가 아랫도리에서 요란하게 들
려왔다.

"디하 너무 좋다, 여기, 부드럽고 따듯하고…. 못 참겠다…."

"아, 앗!"

거세게 밀고 들어온 것이 느껴진 순간, 더 이상 신음은 나오지
않았다.

느끼고 반응할 시간이 없었다. 몸 안으로 전해진 느낌을 몸이
받아들이고 이해하기도 전에 새로운 느낌이 또 밀고 들어오고 그
것을 또 받아들이지 못한 채 루진은 또 빠져나갔다가 밀고 들어
온다.

너무 빨랐다. 너무 많은 것들을 받아들여 어떤 것도 소화할 수 없었다. 전율할 것만 같은 쾌감에 그저 바들바들 떨면서 디하는 숨 쉬는 것마저 잊어버렸다.

"흐앗, 하아!"

격렬한 움직임에 겨우, 신음을 토하려고 벌어졌던 입에서 숨이 토해졌다.

신음은 만들어지지도 못한 채 몸 안을 맴돌고, 격렬한 움직임에 겨우 입안에 모아졌던 신음은 또 입 밖으로 나설 기회를 잃었다. 결국 갈 길을 잃은 신음들이 다시 몸 안으로 흩어져 쌓이고 또 쌓였다.

"간지러워, 디하, 으응, 미칠 것 같다…."

겨울 늑대만큼이나 거친 숨소리를 내뱉으며, 도저히 참지 못하겠으니까 이렇게 거친 행동이라도 용서해 달라는 듯이 루진이 말했다. 하지만 루진의 움직임을 받아 내는 디하에게는 들리지 않았다. 루진이 주는 쾌감에 이미 몸도 정신도, 그저 아무것도 못 하고 떨고 있었다.

숨이 모자랐다. 온몸에 퍼지는 감각을 조금도 밖으로 내보낼 수가 없었다. 그 감각은 다시 몸에 스며들어 쌓이고, 쌓이고, 쌓이는데 거기에 더해 시간도 주지 않고 격렬하게 밀어붙이는 움직임에 손쓸 여지도 없이 온몸이 루진이 주는 감각으로 가득 차 버렸다.

가득 차서 움직이지도 못하는 감각이 또 밀고 들어오는 감각을 더욱 예민하게 느끼게 하는 것 같았다. 온몸에 소름이 돋는다. 머릿속이, 몸에 도는 모든 것이 그저 달콤하게만 느껴졌다.

결국 도저히 해소할 여지도 없이 차곡차곡 쌓이는 적채(積債)에 온몸이 감당하지 못하고 부스러졌다.

"아, 앗…!"

갑작스러운 일이었다.

한 부분이 삐걱거렸다. 새의 알 껍질 한 부분이 톡 하고 부스러졌다. 그 순간, 가득 차 있던 감각이 그 사이로 거세게 빠져나갔다.

지독히 짧은 순간이었다.

"뭐, 뭐야…. 앗…!"

아주 짧은, 하지만 무언가가 분명 달라진 그 순간이 지나고 디하는 그것이 무엇인지 생각해 보았다. 하지만 생각은 오래갈 수 없었다.

"디하…"

"아, 흐읏, 으응, 루진…!"

갑자기, 아까 전까지의 쾌감이 거짓말인 것처럼 날것 그대로의 감각이 몸을 덮쳤다. 물론 그것도 기분 좋았지만, 하지만 왜 이렇게 갑자기 느낌이 변한 걸까? 갑자기 몸도 축 늘어지는 것 같았다.

"아, 하아, 루진, 으응, 조금, 힘, 들어…. 하읏!"

겨우 말해 보았지만 뒤에서 여전히 짐승처럼 으르렁거리며 거칠게 몸을 놀리는 루진이 움직임을 멈출 것 같진 않았다.

"디하, 여기, 금방 엄청나게 꽉 쥐어서…"

"으훗, 응…!"

"나 숨 막힐 것 같다…"

"루진, 아, 하아, 조금, 천천히…!"

"지금 엄청 부드럽다…."

정신없이 디하의 등과 어깨에 키스하고 귀를 물어 당기며 루진이 허리를 움직여댔다. 디하가 기운이 빠져 버린 이 순간에도 루진의 몸은 여전히 기운차게, 디하의 몸 안에서 움직이며 얇은 내벽에 자신의 몸을 맘껏 비벼댔다.

"흐앗, 아앙!"

"디하야, 디하 좋다. 좋다…."

"아, 하앗, 윽, 응!"

예민해진 몸 위에 콕콕 찌르는 것처럼 짜릿한 느낌이 정신없이 흘렀다. 지쳐 늘어진 몸을 루진이 뒤에서 움켜쥐며 거친 숨소리와 함께 디하의 몸에 자신의 몸을 마음껏 비벼댔다. 그 부드러운 속살을 마음껏 탐하며 자신의 간지러움을 해소했다. 이렇게 기분 좋게 해 주는 디하가 좋아서 꼭 움켜쥐고 정신없이 그 몸을 핥고 예뻐해 주었다.

이윽고 디하가 숨을 거칠게 내쉴 힘도 잃었을 때 루진은 짐승 우는 소리를 내며 디하의 몸에서 자신의 몸을 빼냈다.

"으, 하아, 크윽, 아, 흐아!"

점점이 끊어지는 목소리 사이, 디하를 끌어안은 루진의 팔에 힘이 더 들어갔다. 그리고 그때마다 자신의 엉덩이 위에 얹어진 루진의 몸이 거칠게 꿈틀대며 뜨겁고 축축한 것을 토해 냈다.

"으, 하아, 으…. 으으…. 끄응…."

"아, 하아, 하아…."

디하의 엉덩이에 자신의 것을 몇 번 비비고, 이윽고 축 늘어진 루진이 그렁대는 숨 사이 신음을 섞으며 디하의 뒤통수에 자신의 이마를 비볐다.

"으응, 디하야…."

"아, 흐읏…."

아직 쾌감이 가시지 않은 몸에 루진의 입술은 자극적이었다. 디하는 숨을 삼키며 자신의 가슴 위에 얹어진 루진의 손을 움켜쥐었다. 등 뒤에 닿는 루진의 심장은 거칠게 뛰고 있었고, 그에 맞닿은 자신의 심장도 역시 정신없이 뛰고 있었다. 아직 숨조차 돌리지 못했다.

"이렇게 좋은 건 줄 알았으면 예전에 해 줬을 텐데."

루진의 몸은 따뜻했고, 디하의 몸은 지쳤다. 앞으로 다가와 끌어안는 손길에 디하는 그대로 몸을 맡겼다. 루진이 이마에 키스했다.

"좋았다. 디하도 좋아했고. 너무 좋다."

"루진…."

"한 번 더 하고 싶은데, 그러면 디하 아기 가진댔다."

이마에 몇 번이고 키스하며 루진이 디하를 끌어안았다. 훅 끼쳐 올라오는 땀 냄새, 루진답지 않게 조근조근한 목소리, 넓은 가슴, 따뜻한 체온, 지친 몸. 디하는 자신도 모르게 눈을 감았다.

"디하랑 이런 거 할 수 있어서 행복하다."

왜 행복한 건데?

그냥 기분이 좋아서? 아니면…. 아니, 이건 루진에게 해야 할 질문이 아니다. 그럼 누구에게?

까무룩 해지는 정신 속에서 수도 없이 질문이 몰아쳐 돌았다. 하지만 곧 온몸이 나른해지면서 그 질문도 정신과 같이 물 밑으로 끌려 내려가고 말았다.

—⊱✦⊰—

디하는 자리에서 벌떡 일어났다.

"허."

그리고 주변을 둘러보았다. 아직 해가 뜨기 전 어슴푸레하게 스
며들어 오는 빛, 그리고 신음하는 소꿉친구. 디하는 정리했다. 꿈
이 아니었다.

"내가 미쳤나 봐."

심지어 이번에는 상대도 술에 취하지 않았다. 멀쩡하게 제정신
으로, 쾌락에 취해서. 그래, 쾌락에 취했다. 취한 건 취한 거지. 이
번엔 서로 취했다. 그래, 그러니까 벌어진 일이지. 말이 되네.

"아아아아, 무슨 헛소리야!"

얼굴을 찰싹찰싹 치며 디하는 고개를 저었다. 얼얼한 뺨을 감
싸 쥐고 침대를 내려다보니 코를 감싸 쥐고 고개를 돌린, 그러면서
도 잠에 빠져 있는 루진이 보였다. 벌떡 일어나면서 얼굴이라도 친
걸까? 그러고 보니 머리에 뭔가 부딪힌 느낌이 들긴 했었는데.

"아."

머리에 손을 올리던 디하는 루진의 벗은 몸을 보고 어젯밤의
기억을 떠올렸다.

여느 때와 다름없는 불장난을 하던 중 진짜 불장난을 저질러
버렸고, 그리고 아주 기분 좋았고….

"흐아…."

얼굴이 확 달아올랐다. 온몸이 간질간질해졌다. 루진이 만져 줄 때의 간지러움과 부끄러운 간질간질함이 반쯤 섞여 도저히 가만히 있을 수가 없었다.

루진과, 했다.

다시 깨달은 그 사실에 순간 머릿속이 텅 비었다. 텅 빈 공동(空洞) 주변에는 혼란의 소용돌이가 몰아치고 소용돌이에는 부끄러움과 상실감 같은 것이 뒤죽박죽으로 섞여 있었다.

"으, 아아아아아?"

"끄…? 디, 디하?"

"나, 나가! 나가!"

기어이 디하가 일어나 발광을 하는데 그 소란에 루진이 안 일어나고 배길 리가 없다. 부스스하게 눈을 뜬 그는 상체를 일으키자마자 디하에게 밀려 침대에서 굴러떨어졌고, 상황 파악도 하지 못한 채 디하에게 베개로 얻어맞았다.

"으아? 디하, 왜 그러냐!"

"나가, 나가, 나가!"

"아, 알았다. 나갈 테니까…."

"당장 나가! 얼른, 나가! 가!"

새벽부터 벌어지는 디하의 매타작에 결국 루진은 이불로 몸을 가리고 겨우 집 밖으로 뛰쳐나갔다. 집이 바로 옆이라서 다행이었다.

"흐아, 으아, 와…."

가릴 것도 없이 알몸으로, 오직 베개 하나만 쥔 채 매타작을 하던 디하는 이른 새벽 운동에 숨을 몰아쉬며 자리에 주저앉았다. 어제 저녁 힘이 쪽 빠졌던 탓인지 그리 격렬한 운동이 아니었는데도 벌써 지쳐 버렸다. 이게 대체 무슨 추태인지.

"으아."

하지만 디하는 아무것도 신경 쓸 수가 없었다. 뭔지도 모를 앞일이 너무 깜깜하게 느껴졌던 탓이다.

4. 마음은 눈송이처럼 휘날려 길을 잃고

어떻게 하지?

책을 서가에 나누어 꽂는 디하의 표정은 진지하다 못해 험악했다. 마치 이용자들이 제멋대로 책을 꽂아 넣고 간 서가를 보듯 잔뜩 일그러진 표정으로 책장을 노려보던 디하는 거칠게 책을 꽂아넣고 또 다음 책을 찢어 버릴 듯이 쳐다보았다가 어깨를 축 늘어뜨렸다.

"어떻게 하지…."

한숨이 푹 나왔다.

오늘 아침, 심란하기는 하나 루진을 굶길 수는 없어서 아침을 차려 주었다. 그런데 그때 다 씻은 루진이 뛰쳐나오더니, 쫓겨날 때 몸에 감고 있던 이불을 확 들이밀며 한다는 말이,

"디, 디하야, 혹시 다쳤냐? 혹시 나 잘못해서, 안에 다친 거냐?"

라며 이불의 피가 묻은 부분을 보여 주었다. 그게 뭔지 깨달은 디하의 얼굴이 확 하고 붉어졌지만 디하의 얼굴이 붉어진 것도 모르고, 그리고 왜 붉어진 건지도 모르는 이 멍청한 강아지는 말하기를,

"아파서 미운 거냐? 미안하다, 잘못했다. 앞으로 안 그럴 테니

까…."

라며 손을 싹싹 빌기나 하고 있고 말이다. 디하는 비명을 지르
며 걷어차고 이불을 빼앗아 와 빨래 통에 처넣었다.

지장을 찍은 듯한 앵혈(鴦血) 몇 알이 점점이 이어져 있는 모습
은 다시 생각해도 눈앞이 깜깜했다. 그래, 했다! 해 버렸다! 이제
시집갈 때 하얀 꽃 같은 건 달지도 못할 거야!

―사실, 혼수로 아이를 해 가는 시대에 우스운 소리라는 건 알
지만 여자의 마음이란 또 그런 게 아니다. 첫 경험이라는 거대하고
무거운 관문을 넘었다는 걸 시각적으로까지 확인해 버린 디하의
마음은, 아침, 자신이 '경험'을 했다는 걸 막연하게 인지했던 것과
는 다른 방향으로 심란했다. 허탈하고 불안하고, 그리고 또 무어
라 해야 할까?

대체 왜 나의 세계는 격변했는데 이 세상은 이 모양 그대로일
까. 뒤집어엎고 싶다, 망해 버려라 이딴 세상.

그런 마음까지 포함해서 하여간 도저히 진정이 되지 않았다.
"대체 루진은 그런 걸 어디서 배워 와서…!"
그것도 허락도 없이!
애꿎은 책으로 서가를 후려친 디하는, 정신이 번쩍 들어 책의
장정이 흐트러지지 않았는지 확인한 다음 낭패한 표정으로 책을
조심스레 끼워 넣었다. 조금 찍힌 자국이 남긴 했지만 양장이니
큰 문제는 없을 것이다.

디하는 손수레를 끌고 다음 책을 넣을 곳으로 이동하며 또 한

숨을 내쉬었다.

사실 루진을 탓할 게 아니었다.

루진이 어디서 그런 걸 배워 왔든 그런 건 조금도 중요하지 않았다. 루진은 아무것도 몰랐고, 그냥 그걸 하면 자신이 좋아하리라는 사실만 알았다. 자신을 기분 좋게 해 주고, 같이 즐겁고 싶었던 것뿐이다. 허락받지 않고 합일한 게 문제라고 화를 내 봤자 화풀이밖에 안 된다.

애초에 몸의 어디든 만지게 허락을 했던 사람이 누군데.

기분 좋아서, 그만하라고도 하지 못한 사람이 누군데.

"휴…."

한숨만 더욱 깊어진다. 결국 문제는 자신이었다. 아무것도 모르는 루진이 하는 행동을 단순히 자신의 쾌락을 위해서 내버려 두고, 아니, 그 정도쯤 되면 이용이라고 해야 한다. 이용한 게 맞다. 이게 순진한 여자아이를 희롱하는 아저씨와 다를 게 뭐야.

이렇게 생각하니 연인인가 하며 두근거리던 자신의 태도도 오라로 묶여 질질 끌려가며 '나는 아이를 사랑한 죄밖에 없다!'고 외치는 사람들과 다른 게 없는 것 같아서 소름 끼쳤다. 디하의 손에서 책이 툭 하고 떨어졌다.

"디하."

"히약!!"

안 그래도 온몸이 오슬오슬하던 디하가 옆에서 들리는 목소리에 억눌린 비명을 지르며 뒤로 물러섰다. 돌아본 자리에는 디하가 떨어뜨린 책을 집어 올린 무라가 있었다.

"디하 오늘 이상하네? 무슨 일 있었어?"

"아니, 아니, 아니…."

"책 떨어뜨리고 멍하니 있고, 뭐야. 귀신이라도 있어?"

"아니, 아니, 아냐."

"충격이라도 받았는지 앵무새처럼 말하고."

"아, 아니…."

고개를 설레설레 젓던 디하는 입술을 꼭 붙였다. 또 반복해 말할 뻔했다.

"무슨 일이야. 언니한테 말해 봐요, 디하 양."

"아무 일 아니야. 저리 가."

"뭐얼~까, 우리 디하~."

"무라, 미안한데… 나 화낼 거 같아서 하는 말이야. 그만했으면 좋겠어."

등에 덥석 달라붙은 무라를 떼어 내며, 디하는 자리에 앉아 책을 끼워 넣었다. 넣은 후에야 깨달은 것인데, 이 책은 여기에 분류하는 책이 아니었다. 위치를 잘못 찾았다. 대체 어디에 넣이 팔린 걸까? 한숨을 내쉬며 디하는 자리에서 일어났다.

그때, 무라가 디하를 붙잡았다.

"디하야."

아직 화낼 단계는 아니다. 디하는 심호흡한 뒤 무라를 쳐다보았다. 조금 날카로운 시선이었다.

하지만 그런 시선을 받고도 무라는 디하를 향해 싱긋 웃었다.

"고민 있으면 이 언니에게 와. 나 입 무거운 거 알지?"

그리고 키스를 날리고는 자기 할 일을 하러 사라졌다.

"—아."

남겨진 디하는 잠시 후 조금 미안해졌다.

그리고 부끄러웠다. 오늘 아침, 루진을 베개로 때린 것까지 포함해서 더욱 부끄러워졌다. 책으로 얼굴을 가리고 디하는 고민했다.

"어떻게 하지."

루진을 앞으로 어떻게 보지.

루진과 이런 걸 지속해야 하는 걸까? 이건, 어젯밤 했던 건 여태까지 해 온 불장난과는 격이 달랐다. 이런 건 정말로 진지한, 그런 관계에서나 해야 하는 거였다. 사람마다 기준은 다르겠지만 디하에게는 이런 건 정말 중요한 행위였다.

'잠깐.'

디하는 잠깐 생각을 멈췄다.

'지속해야 하는 걸까, 라니.'

그건 루진이 싫다는 건가?

아니, 그건 아니다. 루진과는 이런 짓을 할 수 없다는 것뿐…. 아니, 잠깐. 실컷 그런 짓을 잔뜩 해 놓고, 정작 정말로 살을 섞는 건 싫다고? 그 '중요한 행위'는 하고 싶지 않다고?

루진은 그런 '중요한 행위'를 할 수 있을 만한 사람이 아니라는 거야? 연인 같다느니 해 놓고선?

—잠깐.

루진과 재미는 볼 데로 다 봐 놓고 중요한 것은 하기 싫다. 마음이 통해야만 허락할 수 있는 그 일은 하기 싫다. 그러니까 이 말인즉슨, 나는.

"그러니까, 나 루진을…."

육체적으로밖에 생각 안 했구나.

한 대 얻어맞은 것 같았다. 이런 음흉한 여자였나. 뒤통수가 얼얼해 눈물이 나올 것 같은 기분에 디하는 입술을 꼭 깨물었다. 하지만 충격으로 다리에 힘이 풀려 주저앉는 건 어쩔 수가 없었다.

둘 다 육체적인 일이니까 어폐가 있을지도 모른다. 하지만 틀린 말은 아니다. 육체적인 재미만 보고 정말, 마음이 있는 무언가는 하지 않으려고 한다는 점에서. 적어도 디하에게 그런 관계는 마음이 있어야만 가능한 관계였으니까, 절대 틀린 말이 아니다.

디하는 주저앉아 이마를 짚으며 잠시 생각해 보았다. 먼저, 루진은 소중한 사람이다. 가족이다. 그리고 루진과 그런 걸 하는 건 기분 좋았다. 하지만 루진과, 하고 싶지는 않다.

그럼 루진은 대체 뭔데?

—루진, 아무나랑 하는 거 아니야. 굉장히 소중하고 중요한 사람하고만 하는 거야.

잘도 그렇게 말했다. 그 질문은 루진이 받아야 하는 질문이 아니었다. 이런 불장난을 한 주제에 루진에게 너는 진심이 아니냐고 탓하는 듯한 질문을 감히 했다. 부끄럽다. 부끄럽고 부끄러워서 당장 땅이라도 파고 들어가고 싶었다. 절망과 혐오와 수치가 한데 삭풍에 휘몰아치는 낙엽처럼 굴러다녔다.

여자가 여인이 된 날, 그 시작은 당연하게도 환란(患亂)에 가득 차 있었다.

"젬므, 젬므."

"으응?"

어제 퇴근하자마자 자신에게 가짜 물건을 판 상인을 가루가 되도록 족쳐서 겨우 저 멀리 티벤트 산 자수 팔찌를 얻어 낸 젬므는 이것도 혹시 가짜가 아닌지 불안해하고 있었다.

이것마저 가짜라면 그저 정령들이 죽이겠다고 눈앞에 나타날 때, 내가 무능력해서 이런 거 구분할 수 있는 능력이 없어서 그런 것이니 용서해 달라고 두 손 모아 싹싹 비는 방법 외에는 없었다. 어떻게 빌어야 효율적일까? 고민하며 의자에 앉아 있던 젬므의 바짓자락을 끌어당긴 사람은 다름 아닌 루진이었다.

"에, 뭐야? 왜?"

"젬므, 어제 가르쳐 준 거."

"어?"

"해 봤는데, 어떻게 하냐. 디하 피 나왔다. 다친 건지 엄청 화났다."

무심코 생리 아냐? 라고 생각했던 젬므는 이 커플이 아직 '그런' 관계를 가진 적이 없었다는 걸 뒤늦게 기억해 냈다. 그럼 여자가 처녀였다는 건가. 어째서 여자는 처녀일 거라고 생각하지 못했던 걸까? 하지만 그보다 처녀에 동정이라는 조합에서 떠오르는 수많은 난항에 젬므는 잠시 눈을 감을 수밖에 없었다.

아무리 생각해도 긍정적인 답이 나오지 않는다. 무엇보다 지금 자신 앞의 남자, 21세, 수호자로서 생존하기 위해 인간의 사회성을 보다 더 포기한 자를 보면 긍정적으로 생각할 수가 없었다.

"음…. 그러니까 루진? 피는 나올 수도 있어. 그런데 너, 그러니까 어…. 준비는 철저히 하고, 그거 했냐?"

주변에 듣는 귀가 있을까 신경 쓰며 젬므가 말하자, 루진은 쭈뼛대며 고개를 끄덕였다.

"으응…. 맨날 하는 거만큼 했는데…."

"마, 처음이면 엄청 아파, 여자들은 그래. 신경 써서 해 주라고 했지?"

젬므가 루진의 뒤통수를 딱 치자 루진은 억울하다는 표정으로 뒤통수를 쓰다듬으며 젬므를 쳐다보았다.

"평소보다 훨씬 신경 썼다. 디하의 온몸이 울긋불긋해지고 좋은 냄새에 코끝이 저려 올 때까지 했다."

"내가 너를 못 믿겠어서."

젬므는 한숨을 꺼져라 내쉬며 루진의 머리를 헝클어뜨렸다.

"뭐, 어쨌든 좀 달래고 예뻐해 줘 봐. 그러면 될 거야."

"어떻게?"

"그건 네가 더 잘 알지, 내가 어떻게 아냐? 네 여잔데. 아, 아파서 그런 거면 며칠간 하기 싫어할 테니까 섣불리 손대지 말고. 화낸다."

"으응, 알았다…."

루진이 고개를 끄덕끄덕하며 주워섬기는 걸 보고 젬므는 한숨을 깊게 내쉬었다. 어쨌든 루진의 연애 사업이 잘되어야 자신이 산에 올라가는 일을 피할 수 있을 텐데.

"아, 그러고 보니 너 어제 그, 애인이랑 할 때."

"응?"

"혹시 안에 했냐?"

"으응."

그러며 루진은 도리도리 고개를 저었다. 그 순진한 모습에 젬므는 순간 신경이 뚝 끊어지는 것만 같았다.

"아니, 왜, 인마! 붙잡아 두고 싶다며! 너 산에 있는 동안 도망 갈까 무섭다며!"

"디하는 도망은 안 갈 거다."

"딴 놈이랑 놀아나는 거 싫다며!"

"디하의 아기도 보고 싶긴 한데, 그러면 디하가 힘들어지니까 안 될 것 같다. 아기 가진 엄마들 아이가 배 속에 있을 때도 힘들 고, 낳은 후에도 힘들다."

"야, 너 그래서 지금 산에 안 올라갈 거야? 너 아니면 산에 올 라갈 사람 없어!"

"형이 버는 건 한계가 있으니까 고민 중이다. 하지만 역시 디하 가 걱정된다."

"아, 나!"

루진의 속 편한 소리에 결국 속이 끓는 사람은 젬므였다. 아무 도 이해해 주지 않는 고통 속에서 젬므는 혼자 머리를 움켜쥐며 괴로워해야 했다. 어차피 정령의 대리 따위, 일반 산림 경비원들에 게는 누가 되든 상관없는 이야기였기 때문이다.

"디하."

"으, 으응."

"디하."

"으응."

"디하아아."

척, 루진은 얼굴을 피하며 반대편으로 빠져나가려고 하는 디하의 앞길을 막고 낮게 울었다. 심지어 어깨마저 붙잡힌 디하는 곤혹스러울 수밖에 없었다.

"왜 그래, 나 출근해야 해."

"디하, 나 피한다."

원망 섞인 목소리였다. 그 목소리에 디하의 어깨가 흠칫 떨렸다.

"사흘째다."

"아니, 그게…."

"왜 그러냐? 아침밥도 같이 안 먹으려고 하고. 혹시…."

말하는 루진의 얼굴이 조금씩 가까이 다가왔다. 디하는 어색한 표정으로 루진의 얼굴을 조금씩 피했지만 붙잡혀 있는 이상 멀리 떨어질 수가 없었다. 디하의 얼굴 코앞으로 다가온 루진이 눈을 굴려 디하의 얼굴을 살펴보았다.

곧 그 얼굴이 갑자기 귀 축 처진 강아지 같은 표정으로 변했다.

"혹시 디하, 내가, 다치게 해서, 싫냐?"

"아, 아니!"

분명 사흘 전 '그날 밤' 일을 말하는 것이다. 디하는 얼굴을 확 붉히며 루진을 밀어냈다.

"그럼 왜 그러냐? 디하 정확히 그날부터 나 피한다."

"아니, 그러니까, 그게…."

"젬므가 디하가 화났을 수도 있으니까 달래 주라고 했다. 하지만 달래 주려고 해도 디하 자꾸 피한다."

"그러니까, 그게…."

자꾸 밤에 방으로 기어들어 오려고 하니까 그렇지.

또 잠자리를 가지려고 하면 어떻게 거절해야 할지 알 수 없지 않은가. 디하는 차마 그 말을 입 밖으로 내지 못하고 '끄응'하고 신음하는 루진을 쳐다보았다가 이마를 짚었다가 고개를 돌리고 한숨을 쉬었다. 그리고 한 번 더 그 행동을 반복했다.

"디하, 역시 화난 거냐?"

"아니, 아니야."

그건 아니라고 설명해 보려고 했지만 자신도 알 수 없는 감정을 설명할 수는 없었다. 그렇다고 이해시킬 만한 변명도 생각나지 않았다. 디하는 연신 한숨만 내쉬며 이마를 짚었다.

"…디하 역시 화났다. 너무 화나서 나 보기도 싫은 거다. 그래서 나 안 본다. 자꾸 시선 피하고."

"아냐, 루진, 아냐. 그런 거 아냐."

"하지만…."

"화난 거 아니야."

손을 내저었지만 납득하는 것 같진 않았다.

루진의 신음에 디하는 눈을 감았다. 화가 난 건 아니다. 아니, 화가 나긴 하는데 루진에게 나는 건 아니다. 그냥 일렁일렁 끓는 이 기분을 어떻게 말해야 할까? 하지만 그 기분은 루진에게 말해서는 안 되었다.

"디하야."

루진이 디하의 손을 톡톡 건드렸다. 눈을 뜨고 쳐다본 루진은 무릎을 꿇고 자비를 구하듯 손을 비비고 있었다. 디하가 놀라 쳐다보자 루진은 손을 번쩍 들었다.

"내가 잘못했다. 벌선다."

루진의 태도에 디하는 크게 당황해 자세를 낮췄다. 루진이 이럴 필요가 없는데.

"잠깐, 루진. 화난 거 아니래도."

"하지만 디하 나 피한다. 디하가 뭐에 화났는지 정확히 모르지만, 그렇지만 디하 화났으니까."

"아냐. 아냐. 잠깐, 루진. 그게 아냐."

루진의 팔을 내리며 디하는 깊게 한숨을 내쉬었다. 루진이 잘못한 건 없었다. 그러지 않아도 심란한데 어째서 루진은 이러는 걸까? 심중에 폭풍이 휘몰아치는 것만 같았다.

"아니, 그런 거 아냐. 그러니까 내가…"

"미안하다. 잘못했다. 디하 다친 거 때문에 화난 거잖냐?"

"그게…"

"앞으로 안 그럴 테니까 용서해 줘라."

"뭘 안 할 건데."

"저번에 한 거. 앞으로 안 한다."

디하는 눈을 들어 루진을 쳐다보았다.

혼란스러움이 사라지는 것 같은 기분이었다. 마음속이 일순에 정리되어 평온해졌고, 걸쭉하게 휘젓는 것 같은 엉망진창인 느낌도 지운 듯 사라졌다. 대체 왜 이렇게 명쾌한 걸까?

그렇지만 갑자기 평온해진 디하와 달리 루진은 아직 불안한 표정으로 끙끙대며 디하의 눈치를 살피고 있었다.

"근데 디하야, 그래도, 나 디하랑 밤에 같이 있는 거 좋은데, 그건 같이 하면 안 되냐?"

"어…?"

디하는 잠깐 망설였다. 그러니까 관계 가지는 건 안 할 거고, 밤에는 같이 있을 건데….

밤에 같이 한다는 게 여태까지 했던 걸 포함하는 건가? 아니면 그냥 끌어안고 자는 정도? 디하는 파악하지 못하고 물었다.

"밤에 같이 있는 건, 그러니까 여태까지 한 것처럼…."

"응. 나 디하 몸 만지는 거 좋다. 디하가 만져 주는 것도 좋다. 디하가 좋아하는 것도 좋다."

루진이 명쾌하게 고개를 끄덕였다.

아쉬울 게 없는 이야기였다. 그래, 문제는 그거지 않나. 루진과의 관계를 어떻게 할 것인가. 자는 건 역시 싫다. 또 루진이 요구하면 어쩌나 싶다. 그런데 루진이 안 하겠다고 한다. 그리고 예전과 같이 그저 불장난을 하는 관계를 지속. 그럼 고민 해결….

─아니.

진짜 고민 해결인가?

―문제는 그게 아니잖아.

마음이 말했다. 디하의 손끝이 움직이지 않았다. 눈동자조차 움직일 수 없었다. 때문에 자신을 두려워하며 쳐다보는 루진의 투명한 눈빛을 피할 수가 없었다. 순간, 죽을 듯이 부끄러워졌다.

저 순진한 눈동자에 대고 지금 무슨 생각을 하는 거야. 문제는 그게 아니었잖아. 혼란스러운 감정에 치우쳐 잠깐 잊어버린 게 분명하다. 그 순간 마음이 다시 말했다.

―디하야, 착각하고 있는 거 아니니.

"디하가 아픈 거 안 한다. 그건 괜찮았으니까 계속해도 되지 않냐? 응? 디하야."

어떻게 그걸 잊어버릴 수 있는 걸까?

―알잖아, 잠자리를 가지는 게 싫은 게 문제가 아니었잖아. 이런 짓 저런 짓 실컷 즐겨 놓고 잠자리는 가지기 싫어하는 자신의 태도에 혼란스러웠던 거잖아. 루진을 그렇게 취급하는 나 자신에게 화가 났던 거잖아. 그래 놓고 루진에게 소중하게 취급해 달라고 한 자신이 우스웠던 거잖아. 혼란스러운 나머지 정신이 나간 거니? 그 와중에 자기가 뭔 짓을 한 건지 잊었니?

―그래 놓고서는, 루진이 잠자리를 안 가진다고 하니까 괜찮다고?

"괜찮을 리가…."

"응?"

그만, 무심코 생각이 입으로 튀어나와 버렸다. 디하는 놀라 입을 손으로 가렸다.

"디하, 뭐라고 했냐?"

"아, 아니…!"

부끄럽다. 죽을 만큼 부끄럽다. 둘이 침대 위에서 벌인 그런 두 근두근한 부끄러움이 아니라 그냥 너무나 부끄러워서 어딘가 사람들도 오지 않을 곳으로 숨어 버리고 싶은 부끄러움. 몇 번이나 이 감정을 더 느껴야 하는 걸까? 그 사이에 마음이 말했다. 책임도 부담도 안 지는 불장난을 계속할 수 있으니까 좋다고? 디하야, 넌 그저 고민만 했구나. 뭘 고민했니? 변명을?

"루, 루진. 있잖아. 루진이 잘못한 거 없어. 이건 그러니까, 내가…"

"으응? 디하…."

"좀, 당분간 내버려 뒀으면 좋겠어."

"디하가 나 멀리하는 거 슬프다."

―그게 아니면 디하야, 루진을 속일 말만 궁리한 거니?

"제발, 잠깐 좀…. 정리되면 이야기해 줄 테니까…."

"디하가 나 미워하는 것 같다. 나 불안하다. 슬프다, 디하야."

"잠깐, 그만 좀 하래도…."

―디하야, 루진을 아끼기는 하니?

"디하가 나 안 미워했으면 좋겠다."

"그만 좀…!!"

아, 이런.

"그만해! 달라붙지 마! 하지 말라고! 나중에 말해 준다고 하잖아!"

―디하, 소리 질렀구나. 밀었네. 넘어졌잖니. 아파하잖아. 왜 그래?

"디하야…."

"아…."

마음의 비웃음 소리가 저 멀리 사라진다. 숨을 몰아쉬며 디하는 자신이 밀어낸 루진이 완전히 처진 표정으로 자신을 쳐다보고 있는 걸 발견했다.

그 눈동자를 마주한 순간 디하는 자신도 모르게 시선을 피했다.

"나중에 이야기해."

"저녁에?"

달려 나온 문 뒤로 루진의 목소리가 따라붙었다. 디하는 대답하지 않고 도서관을 향해 달렸다. 하지만 체력이 그리 좋지 않은 몸은 얼마 달리지도 못하고 숨을 몰아 내쉬며 자리에 멈춰 섰다.

이렇게 숨을 뽑아내는데 왜 가슴에 켜켜이 쌓인 감정은 뱉어지지가 않는 걸까?

"정말 며칠 동안 뭘 고민한 거야…."

고민하긴 했나. 그저 심란해하며 루진을 피하기만 했을 뿐. 디하는 실없는 웃음을 흘리며 고개를 숙였다.

곧 숨을 완전히 가라앉힌 디하는 흐트러진 머리카락을 쓸어 올리더니 동이 터 오는 하늘을 쳐다보았다.

걷기 시작한 디하의 걸음은 무척 빨랐다.

"오늘 휴무 신청할게요."

"어?"

이 여성 전용 도서관의 사서 사무관으로 여성 보조 사서의 관리도 맡고 있는 니아는 출근하자마자 휴무 신청을 하는 디하를 잠시 얼빠진 얼굴로 쳐다보았다.

"최소 3일 전에는 신청해야지."

"갑자기 부모님이 돌아가셔서."

"네 부모님 돌아가신 거 10년 전인 거 안단다."

"아직 10년 안 되셨어요."

"즉 10년은 안 되었다는 거네."

"오늘 돌아가셨어도 10년은 안 되었죠."

눈은 거의 풀렸으면서도 또박또박 영혼 없는 대답을 하는 디하의 태도에서 니아는 범상치 않은 일이 일어났음을 예감했다.

이런 사람은 쉽게 해 주어야 했다. 이런 사람이 일해 봤자 사고만 생기고 파괴의 현장만 남는다는 것을, 니아는 10여 년간의 경험으로 알고 있었다. 하지만 여기는 직장이고 규정이 있었다.

"3일 전에 신청해야지."

"그럼 병가 신청할게요. 당일 신청 가능하죠?"

"어, 음. 그렇긴 한데 뭘로?"

"생리통요."

"생리통이냐…."

니아는 깊게 한숨을 쉬더니 팔짱을 끼었다.

"뭐, 그래, 알았어. 그럼 진작 병가로 신청하지 그랬니."

"한 나흘 쉬려고 했거든요. 내일까지 쉴 수 있나요?"

"…그래, 알았다. 내일까지라 이거지. 그럼 푹 쉬고 그 썩은 동태눈 어떻게 좀 하고 오렴."

스케줄 표를 수정한 니아는 디하에게 손사래를 쳐 보였다.

"됐어, 가. 너 없어도 잘 돌아가."

이건 좀 슬픈 이야기였다. 하지만 디하는 조금도 슬퍼하지 않고 고개를 숙였다.

"그럼 모레 뵐게요."

"그래, 날 추워지니까 감기 조심하고."

"네, 사무관님도요."

마치 희극처럼 휴가를 신청하고, 디하는 잠시 생각 없이 거리를 쏘다녔다. 하지만 시장통에 들어선 순간 곧 목적이 생겼다. 디하는 건식량이나 고체 연료 같은 것을 조금씩 샀다.

한참 번화가를 돌아다니던 디하는 정오가 되어 가자 집으로 향했다. 집에는 인기척이 없었지만, 디하는 혹시 하며 소리를 죽여 자신의 방으로 들어섰다. 먼저 챙긴 것은 두꺼운 옷, 물통, 필기구. 간식거리들도 조금 챙긴 다음 디하는 집을 나섰다.

생각을 정리할 시간이 필요했다. 루진은 분명히 저녁에 자신에게 와 미안하다거나 용서해 달라며 계속 칭얼댈 것이다. 그걸 견딜 자신이 없었다. 결국 집은 생각을 정리할 수 없으니 다른 곳이 필요했고, 떠오른 곳은 마논 산 입구의 작은 오두막이었다. 사냥꾼이 들르기엔 아직 이른 때이니 조용히 생각을 정리할 수 있으리라.

디하는 외박을 알리는 쪽지를 남겼다. 그리고 오두막을 향해 발걸음을 옮겼다.

"젬므, 젬므."

"으응?"

어제 시간을 내 물색한 모로코 산 금장식 귀걸이를 살펴보며 젬므는 깊게 한숨을 내쉬고 있었다. 아무래도 가짜 상인에게 산 티벤트 산 자수 팔찌는 불안했기 때문에 산 물건이었다. 하지만 이거조차 가짜라면 어째야 할까? 괜히 이런 규칙을 정했나. 뭐, 이것조차 아니라면 이제 그냥 운명이겠거니 하고 목을 닦고 기다려야 할 것 같았다. 그런 자포자기가 섞인 깊은 한숨을 내쉬는 와중, 바짓단을 잡아당기는 느낌에 젬므는 아래를 내려다보았다. 역시 루진이었다.

"어떻게 하냐."

"…야, 야, 야, 잠깐. 왜 울 것 같은 표정이야 왜, 사내새끼가."

울망울망한 루진의 표정에 젬므는 기겁하며 루진에게서 떨어졌다.

"난 여자가 우는 것도 싫지만 남자가 우는 건 더 싫어. 아, 징글징글해. 저리 가. 사내놈이라면 자신의 일은 자기가 알아서! 알았지?"

"디하가 엄청 화났다."

루진의 말에 젬므는 잠시 움직임을 멈췄다. 디하라면 자신의 향후 5년간 운명을 쥐고 있는 여자 아닌가. 상태를 보건대 지금 둘 사이에 문제가 생긴 모양인데 이를 어찌해야 할까?

젬므는 깊게 한숨을 내쉬고 루진을 쳐다보았다. 5년간 첩첩산중에서 생존 게임을 하는 것보다는 잠시 신경 한 번 써 주는 게 나은 건 자명했다.

"…뭐야, 뭔 문제야."

"디하 너무 화나서 내 말 안 듣는다."

"왜 화났는데?"

"모른다."

"그럼 그냥 잘못했다고 싹싹 빌어."

"그런데도 화냈다. 평소라면 조금이라도 화 풀었는데 더 화난 것 같았다."

이건 또 난이도가 높다. 젬므는 신음을 흘리며 허리에 손을 짚었다. 대체 왜 화가 났는지 알아야 해결을 하든 말든 할 텐데. 내 여자라면 예전에 어떻게든 해결되었을 문제가 내 여자가 아니니 이렇게나 힘들다. 젬므는 잠시 고민하다가 물었다.

"또 잠자리 가지자고 막 보챈 거 아니지?"

"안 했다. 절대 안 했다."

"그럼 그냥 심란한 건가…"

"좀 혼자 두라고 소리 질렀다."

"…뭐야, 너 그럼 보챈 거잖아. 그렇게 말했으면 혼자 내버려 둬."

혼자 두라고 소리 질렀으면 이건 답이 나와 있는 것이나 마찬가지였다. 젬므는 눈살을 찌푸리며 루진을 발끝으로 툭 걸어찼다.

"아냐, 안 보챘어! 그리고 어떻게 가만두냐? 디하 저렇게 화났는데."

"이거 뻔하구먼. 화난 게 무조건 상대가 잘못해서 화나는 건 아니잖아. 그냥 자기 기분 이기지 못해서 화가 나는 때도 있는데 옆에서 촐싹대면 기분도 가라앉히지 못하고, 더 화가 나지."

보아하니 첫 경험 이후 심란한 게 확실했다. 이 늑대 수호자도 이렇게나 안절부절못하는 꼴을 보면, 자기 딴에는 자제한다고 했겠지만 불안해하는 여자에게 엄청나게 들이댔을 것이고 그럼 여자는 더 심란해했을 것이다. 뻔히 그려지는 그림에 젬므는 고개를 설레설레 저었다.

"대부분의 사내놈들 초조하다고 여기서 더 들러붙어서 판을 망치는데 내버려 둬. 무조건 들러붙는다고 사랑이 깊어지는 거 아니야. 그렇다고 내버려 두진 말고, 한 하루 이틀 후에 꽃이라도 갖다 주면서 이야기해 봐. 그때쯤엔 진정됐을 거야."

"끄응…."

젬므는 신음에 루진을 돌아보았다. 불만족스러운 표정을 보니 납득하지 못한 듯했다.

"야 인마, 들러붙는 것만 아끼는 게 아냐. 아낀다면 좀 내버려 두고 기다려 주는 것도 필요한 거야."

"끄응…."

"으이구, 이 자식."

여전히 찌뿌둥한 표정을 짓는 루진의 머리에 손을 얹고, 젬므는 그 머리 속을 뒤집어 뭉개 까치집을 만들어 놓았다. 루진은 싫은 표정을 지으면서도 피하지 않았다.

"너 보면 뻔해. 여자가 심란해하니까 불안해져서 막 들이댔지?

그러니까 화를 내면서 내버려 두라고 했지.”

“아, 아니다!”

“아니긴 뭐가 아냐, 자식아. 그거, 불안하다고 막 들이대는 거, 그거 못 믿는다는 거야. 그거 네 여자가 눈치 못 챌 줄 알아?”

움찔, 루진의 눈동자가 흔들리고 머리카락을 정리하던 손놀림이 멈췄다. 그 모습에 젬므는 혀를 찼다. 이것 봐, 뻔하지 뭐.

“넌 네 여자 믿지 못하니?”

“…디하 믿는다.”

“그럼 기다려.”

다시 한 번 루진을 발끝으로 툭 차고, 젬므는 자리에서 내려와 기지개를 쭉 폈다.

“하여간 어린애들 연애란.”

“어린애 아니다.”

“어려, 인마.”

그러며, 자신의 연애 경험과 지식을 과신한 나머지 둘이 아직 정식으로 교제를 하는 것도 아니란 사실을 파악하지 못한 남자는 웃음과 함께 다시 한 번 연애 초보의 머리를 뒤집어 놓았다. 이런 풋풋한 연애를 하고 싶은 건 아니지만, 보면 웃음이 나기 마련이다. 젬므는 주머니를 뒤지더니 작은 약병을 꺼내 루진에게 건넸다.

“기다려서 좋게 해결되면 이거나 써 봐.”

“응? 뭐냐, 이거.”

“남자와 여자가 사이좋게 사랑을 나누는 걸 도와주는 약. 조금만 써야 된다, 기분 낸다고 많이 쓰면 안 돼.”

뭔지는 모르지만, ‘사이좋게’ 사랑을 나누는 걸 도와주는 약이라고 하니 루진으로서는 거부할 이유가 없었다. 날름 챙기는 모습을 보며 젬므는 씩 웃었다. 그래, 잘 쓰고 좋은 시간 가져라. 그렇게 확 붙잡아 버리는 거야. 그러며 다시 젬므는 루진의 머리를 헝클어뜨렸다.

"음, 근데 냄새가 나는데."

"응?"

한참 루진의 머리를 헝클어뜨리던 젬므는 갑자기 무언가 느낀 것처럼 하늘을 쳐다보았다. 겨울의 하늘은 멀건 색으로 파랗고 구름 역시 흐느적하게 흩어져서는 하늘을 덮고 있었다.

"겨울 요정이 올 모양이다."

젬므가 손을 들어 올린 순간이었다. 날이 순식간에 어두워지고 눈송이가 떨어졌다.

저녁이 되자 눈발이 한 송이 두 송이씩 떨어지기 시작했다. 사람들은 겨울 요정의 방문을 축하했고, 이 겨울이 무사하기를 서로 인사하며 기원했다.

루진 역시 길거리를 달려가며 사람들과 겨울을 축하하는 인사를 주고받고 있었다. 어서 가서 디하에게 겨울 인사를 하고 싶었다.

"디하!"

당분간 내버려 두라고 한 것도 잊고, 루진은 디하의 방으로 쳐들어갔다. 불은 켜져 있지 않았다. 혹시 먼저 자나?

"디하! 겨울 요정님이 왔다. 요정님 환영해야지, 따듯하게 데운 사과주 마시자!"

그러며 침대에 털썩 뛰어든 순간, 루진은 푹 가라앉는 느낌에 잠깐 갸웃했다.

곧 그는 무엇이 이상한지 깨달았다. 원하던 것이 없었다. 사람의 몸이 없었다. 체온이 없었다.

차가운 이불만이 그곳에 있었다.

"디하?"

루진은 이불을 짚어 보았다. 하지만 아무리 뒤져 보아도 없는 사람이 생겨날 리는 없었다. 그런데도 루진은 계속 이불을 헤집으며 디하의 모습을 찾았다. 디하가 지금 이 시간에 여기 없으면 대체 어디에 있는 거란 말이야?

"디하, 디하?"

혹시 몰라 집을 뒤졌다. 하지만 형 방에도, 자신의 방에도, 창고에도, 지하실에도, 어디에도 디하의 모습은 없었다.

루진은 옆집 문을 두들겼다. 디하를 봤다는 사람은 없었다. 옆집, 앞집, 건너편 집, 그 건너편 집, 여러 집의 문을 두들기고 돌아다닌 끝에야, 루진은 디하가 마논 산 쪽으로 갔다는 이야기를 들었다.

"산?"

루진은 손을 뻗었다. 조용히 내리는 눈이 손에 내려앉았다 사르르 녹았다.

겨울 요정은 이렇게나 다정하다. 하지만 밤의 산에서 겨울 요정은 다정할 수가 없다. 그 산에서는 아무도 자신을 환영해 주지 않기 때문에 겨울 요정은 화가 잔뜩 나 사나워진다.

루진이야 산을 잘 알아 겨울 요정의 사나움도 버틸 수 있지만 디하는 산을 모른다. 크게 다칠지도 몰랐다. 루진은 하늘을 올려다보고 주먹을 쥐었다.

산 어디에 있는지 찾는 건 불가능하다. 그렇다면 산의 도움이 필요했다.

***

"으아."

닫아 놓은 창문이 덜컹거리는 소리에 디하는 몸을 움츠렸다.

바람은 다행히 새어 들어오지 않고 장작도 연료도 충분해 춥지 않았지만, 하필 산에 올라온 날 눈이 내린다는 게 불안했다. 첫눈이니 그럴 리 없지만 폭설이어서 내일 못 내려가게 되는 거 아닐까?

이 오두막이 그리 멀지 않다고 알고 있었는데 생각보다는 산 속 깊이 들어와야 했다. 그렇다고 해도 산의 입구 부분밖에 되지 않지만 오는 길이 으슥해서 조금 무서웠다. 오두막은 피난처 표시와 산림 경비대 표시가 붙어 있었고, 산림 경비대가 관리하는지 안은 깔끔했다.

디하는 들어오자마자 장작에 불을 피우고 걸려 있던 주전자에 계곡물을 받아 끓인 다음 그것을 마시며 몸을 데웠다. 가져온 육포는 그 물에 불려 먹었다. 몸이 완전히 데워지고, 배가 어느 정도 차자 디하는 완전히 안도해 편안한 한숨을 내쉬었다.

"휴."

세상과 동떨어진 느낌. 평안한 기분에 디하는 잠시 모든 시름을 잊었다.

—아우우우우우.

하지만 곧 들려온 늑대 소리에 디하는 몸을 바싹 움츠렸다. 이 산에 늑대가 있다는 사실은 알았지만, 마을에선 늑대 소리를 들은 적이 거의 없었다. 멀리서 들려오는 소리였지만 바짝 긴장한 디하는 기척을 죽였다.

괜히 여기 온 걸까? 하지만 마땅한 곳이 없었다. 디하는 조심스레 몸을 옮겨 침낭이 깔려 있는 간이침대에 머리를 댔다. 조금 안도하자, 당면한 고민이 몽글몽글 솟아올라 왔다. 지금 고민해야 할 문제는,

"어떻게 하지?"

루진을 어떻게 하지?

잠자리만 안 가지면 괜찮은 게 아니다. 어정쩡한 관계를 가진 게 애초에 잘못이었다. 관두느냐 관두지 않느냐 이전에 그 부분이 문제였다.

'하지만 그건 루진이 먼저…'

아니, 그렇게 말하면 안 된다. 아무것도 모르는 애라는 거 알고 있었잖아. 그러니까 이 부분은 자신에게 책임이 있었다.

그럼 문제는 그 다음. 어떻게 해야 할까? 루진은 이 관계를 계속 이어 가길 원하는데. 디하는 눈을 감고 머릿속을 떠돌아다녔

다. 머릿속은 온통 어두컴컴했다.

"나는 뭘 원하는 걸까…."

루진이랑 어쩌고 싶은 걸까? 계속 불장난은 하고 싶다고 생각하지만, 그건 루진을 좋아해서 그런 건 아니지 않을까?

연인 같다고 두근두근했었지만, 좋아하는데 하나가 되는 걸 피할 리가 없다. 그런 건 '소중한 사람'과 해야 한다고 생각하는 건 루진이 '소중한 사람'이 아니란 소리다. 불장난하는 게 좋았을 뿐이라는 거다.

"아…."

다시 깨달은 사실에 마음이 아팠다. 디하는 몸을 움츠리며 길고 조용하게 신음했다. 가슴이 뜨끔뜨끔, 뜨거운 바늘로 찌르는 것처럼 아팠다. 미안한 걸까? 조금 슬퍼지는 기분은 자기가 잘못한 걸 깨달아서일까? 루진은 분명 슬퍼할 거다. 그 모습을 생각하니 마음이 아프다.

루진은 자신에게 뭘까? 아마 '소중한 사람'은 아닐 것 같지만, 그에 준하게 소중한 사람이라는 사실은 잘 알고 있다. 자신에게도 루진은 그러한 상대였다. 그래서 함부로 대하고 싶지 않았다. 슬퍼하게 만들고 싶지 않았다. 어떻게 하면 이 말을 루진이 슬퍼하지 않도록 전달할 수 있는 걸까? 복잡한 기분에 디하는 무릎을 끌어안고 한껏 몸을 움츠렸다.

"아우우우우우."

웅크리고 있던 디하의 몸이 밖에서 들리는 늑대 우는 소리에 바짝 움츠러들었다. 그 울음소리는 아까와 달리 결코 멀지 않았다.

혹시 늑대가 여기까지 내려온 걸까?

"아우우우."

바로 벽 너머에서 들려오는 것 같은 소리에 디하는 잔뜩 웅크리고 주변의 기척에 바짝 귀를 곤두세웠다. 나무 장작 타는 소리만 한참 동안 타닥타닥 거리더니,

―통통.

문을 가볍게 두들기는 소리가 들려왔다.

"히익?"

디하는 소리죽여 비명 지르며 문을 쳐다보았다. 지금 시간에 여기까지 와서 문을 두들길 사람이 있을 리 없었다. 혹시 잘못 들은 걸까?

―통통.

하지만 문 두들기는 소리는 다시 들려왔다. 잘못 들은 게 아니었다. 디하는 소리를 죽이고 문을 한참 쳐다보았다.

하지만 더는 문 두들기는 소리가 들려오지 않았다. 혹시 문에 뭔가 부딪혀서 들렸던 소리일까? 한참 경계하던 디하는 더 기다렸는데도 소리가 들려오지 않자 긴장을 풀고 다시 침낭 위에 앉았다. 그리고 필기구를 꺼내 여태까지 생각했던 것들을 적었다.

루진과 더 이래서는 안 된다.

한참 생각한 끝에 나온 결론은 이것 외에는 없었다.

그걸 회피해 왔던 건 결국 자신이 나빠서였다. 루진이 슬퍼하는 모습을 보기 싫다는 것도, 사실 핑계 아닐까? 그냥 내가 나빴다는 걸 인정하기 싫은 기분 말이다. 디하는 우울한 기분에 엎드렸다.

그때, 또 문 두들기는 소리가 들렸다.

—쾅쾅.

　"힉?"

　아까 전과는 달리 정확히 사람이 손으로, 문을 세게 두들길 때 나는 소리였다. 디하는 놀라 자리에서 벌떡 일어났다.

　"디하야, 안에 있냐?"

　밖에서 들리는 목소리에 디하는 기겁했다. 그 목소리, 그 말투를 분간 못 할 리가 없다.

　루진이다.

　"어, 어떻게…."

　"디하 안에 있는 거 다 안다. 디하 냄새 난다. 디하야, 얼른 문 열어라."

　그래, 수호자였지. 냄새로 쫓아왔다고 해도 이상하지 않은 상대였다. 하지만 디하는 지금 루진을 볼 용기가 없었다. 안절부절못하며 디하는 자리에서 앉았다 일어났다를 반복했다.

　"디하야, 밖에 지금 눈 엄청나게 온다. 나 춥다. 나 디하가 문 안 열어 주면 얼어 죽는다."

　"나…, 나, 나 지금 너 보고 싶지 않아! 좀 혼자 있게 내버려 둬!"

　"한밤중에 산 내려가는 거 아니다. 앞 안 보이니까 크게 다친다."

　"수호자잖아! 내려갈 수 있잖아!"

　"지금 바람 엄청 분다. 눈발도 거세서 한 치 앞도 안 보인다. 디하야, 나 춥다. 디하 찾느라 엄청 돌아다녔다."

　"찾아 달라고 한 적 없어!"

"추워, 디하야. 엣취, 엣취. 디하야아아."

하여간 잔망스러워 죽겠다. 재채기하는 시늉이 뻔히 거짓부렁인 걸 알면서도 저 성격에 자신을 찾느라 동네방네 쏘다녔을 건 뻔하고 창문은 덜컹덜컹하니 신경이 쓰였다. 들이지 않으면 밤새도록 문밖에 서 있을 텐데 어떻게 해야 할까.

"가, 나 혼자 있고 싶다고 말했잖아!"

"디하, 너무하다. 아무리 내가 잘못했어도 이런 한겨울 밤 산에서 내쫓다니. 여기 피난처다. 디하 혼자만 쓸 수 있는 곳 아니란 말이다. 얼른 열어 줘, 디하야. 이 눈발에 내려가라는 거 나 죽으라는 소리다. 디하, 나 죽기 바라냐?"

루진의 말에 디하는 잠시 망설였다. 밤의 산이 위험하다는 것이야 디하도 많이 들어 알았고, 피난처인 이 오두막을 자신이 독점할 근거는 없었다.

"디하야, 나 손발에 아무 느낌 안 든다. 동상 걸린 걸지도 모른다. 내버려 두면 손발 얼어서 피 안 통하게 된다. 그러면 이제 이 부분은 죽은 부분이라 썩는다. 잘라 내야 한다. 그러면 나 손가락 발가락 없이…."

"아, 아아, 아, 정말!"

결국 디하는 발을 구르다가 문을 열어 주고 말았다. 문을 열자마자 얼음칼 같은 바람이 매섭게 얼굴을 베고 지나갔고, 펑펑 쏟아지는 눈이 열린 문 안으로 휘몰아쳐 들어왔다. 눈이 시려 디하는 잠깐 정면을 쳐다보지 못했고, 그 문틈으로 육중한 체구의 남자가 들어와 디하를 덥석 끌어안았다.

"디하야!"

자신을 덥석 끌어안는 상대에게서는 겨울바람 냄새가 잔뜩 났다. 디하는 코를 저리게 하는 냉기에 신음하며 상대를 확 밀어냈다.

"하지 마! 문 닫아!"

"잠깐, 잠깐."

디하가 문을 닫으려 하자 루진은 문가에 서더니 무언가 부르듯이 손짓했다.

부름에 나타난 건 두 마리의 늑대였다. 그것도 보통 늑대들이 아니라 루진의 허벅지까지 오는, 거의 송아지만 한 늑대들이었다.

커다란 늑대들의 모습에 디하는 그만 굳어 버렸다. 울던 늑대들이 이 늑대들이었던 걸까?

"후긴, 무닌, 둘 다 엄청 수고했다."

[이 누나야? 이 누나야? 이 누나야?]

[형 냄새 잔뜩 난다. 킁킁.]

"히이."

루진의 팔 밑으로 코를 들이대고 킁킁대는 늑대를 보고 디하는 뒷걸음질 쳤다. 냄새를 맡아서 어쩌려고? 아니, 그것 이전에 늑대가 말을 한다. 입을 움직이지 않는 걸로 봐서 사람과 같은 말은 아닌 것 같지만, 혹시 정령인가?

[형의 소중한 사람 내가 먼저 찾았다. 내가 먼저다. 내가!]

"그래, 이번엔 무닌이 이겼다."

[앗싸. 으헤헤헤헤.]

왼쪽의 늑대가 점프하며 텀블링한다. 저 육중한 몸으로 높고 가볍게 점프하는 모습에 디하는 잠깐 두려움도 잊고 감탄했다. 루진은 품에서 꾸러미를 풀어 텀블링하는 늑대에게 던져 주었고, 늑대는 그것을 받아 물고 달렸다.

[씨이, 이쪽 길 내가 먼저 찾았다.]

"하지만 이긴 건 무닌이다. 다음에 이기면 된다. 다음에 사슴같이 잡자."

남은 늑대는 분한 듯이 동동거리더니 루진이 달래 주자 끄릉 하며 울었다. 곧 늑대는 수긍한 듯 주둥이를 까닥했다.

[알았다. 사슴도 잡고 그 나비 형아하고도 놀자.]

"으음, 젬므는 싫어하는 거 같다."

[그 형아 잘 피해 다녀서 재밌다!]

그러더니 늑대는 뒤로 물러서서 눈 쌓인 산을 달리기 시작했다.

[나중에 또 놀자!]

아마 앞서간 늑대를 따라가는 모양이다. 그들이 사라지자, 루진은 바로 문을 닫았다.

"저… 늑대들 뭐야?"

"이 산의 정령들이다. 바위 정령 할아버지 도와주고 있다. 오늘 나도 도와줬고."

따뜻한 공기가 거의 다 빠져나가 버린 방 안은 차가웠다. 디하는 몸을 움츠리며 불 앞에 섰다.

"왜 찾아왔어. 혼자 있고 싶다고 했잖아."

"갑자기 사라졌는데 어떻게 걱정 안 하냐?"

"갑자기 사라지긴, 쪽지 남겼는데."

"못 봤다. 그리고 그거 남겼어도 디하가 없는데 어떻게 가만히 있냐?"

두터운 방한 망토를 벗은 루진은 성큼성큼 디하에게 다가와 옆에 앉았다. 디하는 거북스러운 듯 루진을 곁눈질하며 슬쩍 옆으로 자리를 옮겼다.

"왜 가만히 못 있어?"

루진은 잠깐 말이 없었다. 눈치를 살피듯 굴리던 눈도 차마 디하에게 가 닿지 못하고 입술만 삐죽대던 루진은 무릎을 끌어안고 그 위에 턱을 올린 후에야 어렵게 말을 했다.

"…아침에 그랬는데, 밤에 디하 없으니까…."

"나 내버려 두라고 말했지."

"디하 화 풀어라…."

"화난 거 아니라고 했잖아."

다가오려고 하는 루진을 밀어내고, 디하는 루진에게서 한참 떨어져 앉았다. 그 거리에 루진의 표정이 금세 우울해졌다.

"내일 내려갈 거야. 가. 너 갈 수 있잖아. 저 늑대들 잘만 가는데."

"…못 간다. 디하 정말 너무하다. 눈 몰아치는 거 보면서도 그런 말 하다니."

팩 토라진 티를 내며 루진은 고개를 돌렸고, 디하는 그 모습에 낮게 한숨을 내쉬었다. 대체 어째서 혼자 있을 여유조차 주어지지 않는 걸까? 아직 마음 정리도 완전히 하지 못했는데.

디하는 복잡한 기분에 한 번 더 한숨을 내쉬었고, 루진은 그 사이에도 계속 꿍얼거렸다.

"디하 정말 너무하다…. 혼자 화나서 뭐 때문인지 알려 주지도 않고…."

"좀 내버려 두라고 했잖아!"

대체 내버려 두라고 했는데 따라온 게 누군데. 계획은 엉망이 되어 버렸고 그 와중에 보채는 소리까지 들으니 울컥하지 않을 수 없었다. 디하는 자리에서 벌떡 일어나 소리쳤다.

"내버려 두라고 했는데 왜 자꾸 촐싹대서 사람 심란하게 만드는 거야? 생각할 거 있다고 말했잖아!"

"하지만 디하…!"

"시끄러워, 말하지 마. 제발, 그만 좀 해! 내가 언제 너 속인 적 있어? 나중에 말한다고 했잖아! 왜 못 믿어?"

순간 루진의 얼굴 위로 욱하는 감정이 떠올랐다. 그 표정을 마주한 디하의 움직임이 멈추는 것도 당연했다. 상대는 남자고 수호자였다. 욱하는 기세로 한 대 치기라도 하면 다치는 건 이쪽이었다. 불처럼 타오르던 디하의 기세가 꺾인 순간.

―그런데 디하야.

마음 안의 목소리에 디하는 또 멈칫했다.

―네가 지금 루진에게 소리를 지를 처지니?

앗차. 디하는 무심코 입을 덮었다. 갑자기 얼굴이 확 달아올랐다.

그렇지, 소리 지를 처지가 아니었다. 루진에게 어떻게 말을 하고 이 관계를 해소해야 하나 고민하던 사람이 대체 뭘 잘했다고, 대체 뭐가 그리 잘나서 자기 걱정해서 눈 내리는 한밤중 정령들까지 동원해 산을 뒤지고 온 사람에게 화를 내. 조금 칭얼대는 거 견디는 게 그것보다 뭐 그리 힘든 일이라고.

디하는 당혹감에 눈만 굴렸다. 치맛자락을 쥔 손에 힘이 들어갔다. 아, 정말. 대체 왜 이러는 걸까 나는.

"디하야."

조용한 목소리였다. 디하는 대답하지 않고 입술만 깨물었다.

"디하 내가 들러붙어서 화난 거냐?"

조용하다 못해 풀이 죽은 목소리에 디하는 눈을 굴려 루진을 살펴보았다.

자리에 앉은 루진이 안절부절못함이 그대로 드러나는 얼굴로 이쪽을 보고 있었다. 손가락을 까닥거리고 엉덩이를 들썩거리면서도 루진은 자리에서 일어나지 않았다.

"그러니까, 저기, 디하야. 나 디하 못 믿는 거 아니고, 디하 귀찮게 하려는 거 아니다. 나 집에 왔는데, 디하는 없고, 눈 내리고, 사람들이 산으로 갔다고 해서, 그래서…."

"알아."

걱정되어서 찾으러 온 거 안다. 입술을 씹으며 디하는 침대로 다가갔다. 널브러진 수첩 위에 적힌 말을 차마 쳐다볼 수가 없어서, 디하는 눈을 감은 채 수첩을 덮어 버렸다. 침대 위에 앉을 수가 없었다.

"눈 내리는 밤의 산…. 위험하다…."

루진이 기어들어 가는 목소리로 말한 이후, 더 이상의 말은 없었다. 나무 타는 소리만 조금 들렸을 뿐.

서 있는 게 다리가 아플 때쯤 되어서야, 디하는 루진을 곁눈질하며 겨우 떨어지지 않는 입을 떼어 물어보았다.

"저녁은 먹었어?"

"아, 아니."

루진은 집에 들어오자마자 자신을 찾았을 테니 저녁을 먹지 않았으리라는 것도 예상했다. 디하는 잔에 열수를 담고 육포와 건과일을 꺼내 놓았다.

"일단 그거라도 먹어. 가지고 온 게 그거밖에 없어."

"응, 응."

루진은 디하가 주는 대로 끄덕거리며 받더니, 뜨거운 물을 한모금 넘긴 다음에야 몸에서 냉기가 가시는 걸 느끼고 어깨에서 힘을 뺐다. 그 모습을 보고 디하도 자신이 루진의 상태에 신경 쓰지 못했다는 걸 깨달았다. 분명 속까지 얼어붙을 정도로 추웠을 텐데.

"근데 디하, 내일 해 뜬 다음에나 내려갈 수 있을 거 같은데…."

"휴가 신청하고 왔어."

루진이 조심스럽게 말을 꺼내자마자 디하는 딱 잘라 말했다. 너무 냉정한 어투였다는 건, 루진이 앓는 소리를 내고 난 후에야 알았다. 디하는 머뭇거리며 먼저 말을 꺼냈다.

"너, 넌 어쩔 거야. 너도 해 뜨기 전에 출근해야…."

"후긴과 무닌을 빌려 왔으니까, 다들 무슨 일이 있다는 거 알 거다."

"직장에 놀러 다녀?"

후긴과 무닌이 아까 본 그 늑대 정령들의 이름인가 생각하며 디하는 루진을 곁눈질했다. 쏘아붙이는 것처럼 들리지 않게 하려고 목소리 끝을 내렸지만, 말 자체가 곱지 않으니 눈치를 볼 수밖에 없었다. 또 마음 상했을까?

"난 형하고 디하 아니면 거기 다녀야 할 이유 없다."

말에 마음이 상한 것 같지는 않았지만, 루진은 디하를 흘끔흘끔 쳐다보더니 디하와 눈이 마주치자마자 피하며 앓는 소리를 냈다.

"디하야, 내가 정말 잘못했으니까 화내지 마라….."

다가오지도 못하고 눈치만 흘끔흘끔 보면서 또 아픈 강아지 같은 소리를 내는 루진을 보고 있자니 다시 머리가 아파 왔다. 디하는 얼굴을 가리고 깊게 한숨을 내쉬었다.

"아냐, 루진. 루진한테 화난 거 아냐."

"디하 가만 내버려 둬야 하는데 자꾸 귀찮게 해서 디하 화났다."

귀찮게 해서 화가 난 건 맞다. 하지만 그게 루진에게 화를 낼 이유는 되지 못했다. 디하는 곤란한 듯이 신음하며 얼굴을 쓸어내렸다. 왜 루진은 그런 데에만 감이 좋은 걸까? 눈을 가린 채 잠시 생각하던 디하는 얼굴을 쓸어내리며 한 번 더 한숨을 깊게 내쉬었다. 눈을 뜬 정면에 덮어 놓은 수첩이 보였다.

디하는 손을 멈추고 그 수첩을 잠시 쳐다보았다.

"루진, 있잖아."

"으, 응."

건과일을 깨작깨작 주워 먹던 루진의 자세가 갑자기 뻣뻣해졌다. 무슨 말이 날아올까 무서워하는 모습에 디하의 마음도 착잡해졌다.

"루, 루진은 있잖아. 나…. 어떻게 생각해?"

저번에 이런 건 소중한 사람과 하는 것이라고 했을 때 루진은 디하가 소중하고 중요하다고 답했다. 그 대답이 어떤 의미인지 알고 싶었다.

그런데, 그래서 그 의미를 알면 또 어쩔 것인가. 남녀관계에 대한 개념 자체가 희박한 루진에게 물어서, 좋은 답이 나오면 그럼 한번 해 보자 하고 이 관계를 끌고 나가 보려고? 아직도 이게 잘못되었다는 걸 인정하기 싫은 거야?

—아니, 하지만 잘될 수도 있는 거 아닐까?

웃기지 말아라, 디하야. 그렇다면 애초에 망설이지 않았어. 너 못 해. 안 된다고. 못 받아들이니까 이렇게 된 거잖아. 깨달은 거잖아. 고민한 거잖아. 그런데 왜 물어봐? 왜 유예시키려고 해? 그렇게 부채를 뒤로 미루고 미뤄서 파산이라도 시켜 보려고?

"아, 그러니까, 음. 루진은 저번에 내가 소중하고 중요하다고 했지만…. 그게 아니라, 그러니까…."

"디하 좋다."

횡설수설하는 디하의 말을 루진의 목소리가 끊었다. 디하는 착잡한 표정으로 루진을 쳐다보았다. 그렇게 말할 것이야 알고 있었다. 그리고 디하가 원하는 답은 그게 아니었다.

"그래서 나 지금 초조하고 무섭다. 디하가 나 싫어하는 거 같아서."

"…안 싫어해. 루진 싫어하는 거 아냐. 고민거리가 있는데, 그건 루진한테 말할 수 없는 것뿐이야."

"왜?"

이어진 질문에 디하는 입을 붙여 버렸다. 그 침묵을 불쾌함으로 해석했는지, 루진은 '끄응'하고 작은 소리를 내며 좀 더 몸을 움츠렸다.

"젬므는 달라붙으면 안 됐다. 알고 있는데, 디하 내버려 둬야 하는데 나 너무 무섭고 초조하다. 어떻게 하면 좋을지 모르겠다. 나 디하랑 사이좋게 지내고 싶다."

"루진이 말하는 '사이좋게'라는 건 어떤 거야?"

루진이 말하는 '사이좋음'이린 뭘까? 몸은 쉬지 않고 지금처럼 서로 밤은 같이 보내는 사이? 아니면, 그보다 좀 더 이전의 한집에서 사는 사이? 그리고 나는 어느 쪽이 되고 싶은 걸까? 결론을 내리지 못하면서도 디하는 루진에게 물었다.

"디하가 나한테 화 안 내고, 말 걸어 주고, 같이 놀고…"

그게 아니다. 디하는 고개를 저었다.

"그리고?"

"그, 그리고…"

디하가 재차 묻자 루진은 어물어물하더니 입을 다물고 생각에 빠졌다. 디하는 재촉하지 않고 기다렸다. 한참 동안 루진만 곤란해하는 시간이 흘렀다.

"아, 맞다."

신음하던 루진은 갑자기 뭔가 생각난 듯이 급하게 품을 뒤졌다. 허둥지둥 깊은 주머니 안을 그물처럼 훑어 낸 루진의 손에서 무언가가 떨어져 바닥을 굴렀다. 작은 병이었다. 루진은 굴러가는 병을 집어 그것을 디하에게 들이밀었다.

"디하 이거 마셔라."

"응? 이, 이거 뭔데?"

다가온 루진의 모습에 긴장하며 디하는 루진과 병을 번갈아 쳐다보았다. 엄지손가락 길이만 한 데다가 갈색인 그 병은 약병으로 보였다.

"사이좋아지는 약이랬다."

"뭐? 그런 게 어디 있어."

"젬므는 거짓말 안 해."

대체 이건 또 무슨 사기 약일까? 디하가 잔뜩 경계하며 물러서자 루진은 병의 코르크 마개를 뽑았고, 마개를 뽑은 순간 확 퍼진 달콤한 향기에 디하의 눈이 휘둥그레졌다.

"뭐, 뭐야 이거? 향이⋯."

"꿀 냄새 난다. 꿀인가?"

"꿀물이야?"

루진도 이런 냄새가 나는 줄은 몰랐는지 킁킁 냄새를 맡아 보더니, 디하가 손을 뻗자 병을 건네고 디하가 냄새 맡는 모양새를 가만히 쳐다보았다.

병 안에서는 진하고 달콤한 꽃향기가 섞여 꿀 같은 냄새를 만들어 내고 있었다. 대체 무슨 음료이기에 이런 향이 나는 걸까? 입에 대기에 이상한 향은 아니어서, 디하는 병을 기울여 안에 든 것을 혀끝에 댔다.

"어라."

"왜, 디하야?"

"맛있어."

혀에 닿는 순간 입안이 화해지는 달콤한 청량감이 있었다. 디하는 루진에게 병을 건넸고, 루진도 킁킁 냄새를 맡아 보더니 한 모금 음료를 삼켰다.

"맛있다. 근데 엄청 달다⋯."

"어디서 산 거야?"

"모른다. 나중에 젬므에게 물어볼까?"

디하가 그 음료를 마음에 들어 한다는 걸 눈치챈 루진이 기회라는 듯이 둘의 간격을 줄이고는 눈치를 살폈다. 마치 과자라도 훔쳐 먹고 눈치를 보는 듯한 모습이라, 디하는 그게 너무 우스워 피식 웃어 버리고 말았다.

"앗, 디하 이제야 웃어 준다."

"잠깐. 루진. 끌어안지 마."

"역시 사이좋아지는 약 맞다."

디하가 웃자 바로 근심걱정이 사라진 건지, 루진은 웃으며 디하를 끌어안고 뺨을 비벼대기 시작했다. 떼어 낼까 했지만 잠시 이대로 두어도 나쁘지 않을 것 같았다. 루진에게 쓸데없이 마음고생을 시킬 이유도 없는데, 안심하도록 잠깐 장단을 맞춰 줘도 좋지 않을까?

"디하 그거 얼른 다 마셔라. 마음에 들면 더 구해다 놓는다."

"그렇지만 이거 달아서 한 번에 마시기는…."

"얼른."

반짝이는 눈을 보아하니, 이것 때문에 기분이 풀어졌다고 생각하는 것 같다. 디하는 잠깐 망설이다가 병을 기울여 한 입에 음료를 전부 털어 넣었다. 어차피 장단을 맞춰 주기로 한 것, 그 정도도 못 해 줄 건 없었다.

"윽, 역시 너무 달아."

"디하 다 마셨다."

루진이 기뻐하며 디하의 뺨에 키스했다. 그렇게 좋아하는 모습을 보고 있자니 자신 혼자 고민하던 것도 걱정도 전부 필요 없어지는 것만 같은 기분이 들었다. 물론 그 부분은 분명히 스스로 정리해야겠지만….

"디하야, 나 디하가 나 멀리하면 너무 힘들다. 내가 디하에게 무슨 잘못을 한 건지 걱정되어서 아무것도 못하겠다. 디하도 신경 쓰이는 일이 있겠지만, 그래도 아침저녁 인사는 제대로 받아 줘."

"…알았어."

"약속이다?"

그건 혼자 있을 때 생각하자. 루진이 내민 새끼손가락에 고리를 걸고, 디하는 난로 앞에 자리를 잡고 앉은 루진의 품 안에서 눈을 감았다. 급할 건 없다. 오늘 하루만 유예하자. 루진을 위해서라도, 지금은 잠깐 내려놓을 때다.

그런데 조금 기분이 이상했다.

"으음."

끌어안고 비비적대는 루진의 피부가 유독 민감하게 느껴진다.

"루진, 너무 문질러대지 마. 아파."

"으응. 알았다."

대답하는 루진의 숨결이 목을 가만히 간지럽힌다. 디하는 순간 몸을 움츠리며 작게 신음했다.

"앗…."

"응? 디하, 아파?"

"아, 아니."

얼굴을 붉히며 디하는 고개를 저었다. 숨결에 느끼다니 이건 조금 과한 거 아닌가. 갑자기 아래쪽이 찌르르 울리는 것 같은 느낌에 디하는 다리를 오므렸다.

"근데, 디하 몸 조금 뜨거운 것 같다. 혹시 열 있냐?"

"불 앞에 있어서 그런가?"

"으응, 잠깐…. 열은 없는 것 같다. 그런데 몸은 따끈따끈."

루진이 디하의 이마를 짚어 보더니 열이 없는 걸 확인하고 팔을 주물렀다. 루진의 손이 뜨겁게 느껴지는 걸 보니 열이 없는 것 같지는 않아. 디하는 자신의 목에 손을 올려 보았다. 어딘가 아픈 건 아니겠지만 체온이 높은 건 맞는 것 같았다.

"어…. 좀 이상하네."

어느새 숨도 차오르고 있다. 디하는 목을 울리며 침을 삼키고는 허벅지에 힘을 주었다. 이상하게 아래쪽에 힘이 들어간다. 어쩐지 축축한 것 같기도 하고….

"…디하? 디하 지금 기분 좋냐?"

"응?"

"디하, 기분 좋을 때 나는 냄새 난다."

디하는 얼굴이 달아오름을 느꼈다. 아니, 이미 달아올라 있어서 이것 때문에 달아오른 건지는 모르겠다. 다만 루진이 그 냄새를 맡았다면, 지금 아래쪽의 축축한 느낌은 기분 탓이 아니었다. 갑자기 대체 왜.

"디하, 숨도 가빠."

"아…."

거친 숨을 내쉬는 건 아니지만, 가슴이 오르내리는 속도가 조금 빨라지긴 했다. 그와 같이 점점 아랫도리를 가만히 둘 수 없어졌다.

어떻게 해야 하지? 대체 갑자기 왜 이러는 걸까? 흥분한 것 같다고 생각했지만, 이게 흥분한 게 맞는 걸까? 지금 이건 루진과 해서 흥분할 때의 기분과 너무나 달랐다. 도저히 같은 것이라고 생각할 수 없었다.

루진과 하는 게 온몸이 천천히 한 계단 두 계단씩 밟으며 올라가는 것 같은 느낌이라면 이건 마치, 그러니까 비유하자면 다리만 밧줄로 쑥 끌어올려져 올라간 것 같은 느낌이었다. 몸과 흥분의 박자가 도저히 맞지 않는다. 몸은 이제 열기를 띠는데 안은 절정에 달할 듯이 맥동하고 있었다.

마치 그곳만 따로 움직이는 것 같은 느낌은 그렇게 즐겁지도 않았다. 디하는 입술을 깨물며 신음했다.

안쪽이 펄떡대며 무언가를 찾는다. 굶주려서, 배고픔에 넋이 나가서 침을 줄줄 흘리며 삼킬 것을 찾는다. 참아 보려고 했지만 과즙을 잔뜩 머금고 부드러워진 벽이 꿈틀거리며 그 주인에게 보챘다. 어서 먹을 걸, 삼킬 걸 달라고.

"으, 하앗."

"디하?"

앞으로 무너지던 디하는 자신을 부축하는 루진의 팔을 붙잡았다. 굵고 단단한 팔, 근육이 결대로 드러나 있는 그 피부를 본 순간 자신도 모르게 군침이 돌았다. 디하는 루진을 돌아보았다.

"디하야. 상태 안 좋은 것 같다."

"아… 냐."

고개를 저으며 대답했는데, 입에서 단내가 나는 것 같다. 디하는 잠시 멈칫하며 침을 삼켰다. 하지만 입안이 말라 있었다. 대체 언제.

"으응, 루진…."

"응, 디하야."

탐난다. 이 몸을 갖고 싶다. 이 기분이 어떤 기분인지 안다. 뭘 원하는 기분인지 안다. 그걸 어떻게 해소해야 하는지도 안다.

하지만 하면 안 되는데.

"으응…."

루진의 가슴이며 목덜미에 뺨과 몸을 비벼대며 디하는 가쁜 숨을 내쉬었다.

핥고 싶다. 이 목의 굵은 선을 따라 혀로 간질이고 싶었다. 어떻게 핥아야 떠는지 안다. 어떻게 이 가슴을 만져야 신음하는지 안다. 어떻게 해 주는 걸 좋아하는지 너무나 잘 안다. 당장 이 몸을 눕힌다고 해서 루진은 거부하지 않을 것이다.

하지만 안 된다니까.

"루진…."

안고 싶다. 얼른 마음껏 만지고 입으로 물고 빨고 신음을 듣고 싶어서 미칠 것 같다. 대체 왜 이렇게 된 거지? 속옷이, 아니, 허벅지가 축축해. 왜 이러지. 견딜 수가 없어. 꼭 발정 난 고양이 같잖아. 가르릉대면서, 몸을 비틀고. 그래, 발정. 발정 난 것 같아. 루진이 필요해. 만져 줘. 핥아 줘. 넣어 줘. 얼른, 빨리. 루진. 필요해. 어서.

"으으으응, 루진…."

"앗, 디하."

디하의 입술이 목에 닿자 루진은 놀라 디하를 밀어냈다. 조심스럽게 밀어내는 루진의 눈빛에 의아함이 가득 차 있었다.

"디하 입술 엄청 뜨겁다. 흥분했, 읍, 으읍?"

입술이 막힌 루진이 버둥대며 뒤로 물러섰다. 하지만 디하는 입술이 떨어지는 걸 허락하지 않았다. 물러선 만큼 거침없이 다가가 간격을 좁혔고, 균형을 잃은 디하의 몸이 루진의 몸 위로 쓰러졌다.

쓰러지면서도 디하는 루진의 입안에서 거칠게 날뛰었다. 부드럽게 채찍질하는 것 같은 혀 놀림이 입천장을 긁고 혀를 감싼다. 달콤한 음료의 맛이 남아 있는 디하의 혀가 혓바닥을 긁고 휘감을 때마다 루진은 신음하며 움찔거렸다.

"으하, 디, 하, 으읍. 응, 잠깐, 왜 그러, 읍."

디하는 대답하지 않았다. 그저 거친 숨소리만 내며 루진의 머리카락을 쓰다듬었다.

손가락이 보들보들한 머리카락 사이를 파고들고, 손끝으로 머리를 간질이듯이 긁자 루진의 입에서 흐릿하게 앓는 소리가 흘러나오기 시작했다. 몸을 지탱하던 루진의 팔에서는 천천히 힘이 빠졌고, 먼저 얼굴에 열이 올랐다.

"루진, 나, 이상해."

겨우 입술을 떼고 디하가 말했다. 말하기 위해 허공을 휘젓는 혀가 허전하다. 그 끝에 감기는 것이 없으니 애가 타서 견딜 수가 없다. 무엇이라도 물고 싶어 안달이 난 입술을 핥으며 달래던 디하에게 루진의 입술이 보였다. 결국 참지 못하고 그 입술을 달려들어 물고 간질이며 흐려진 눈동자로 앞을 보았다.

디하와 맞닿은 루진의 눈동자에 가벼운 열기가 감돌았다. 그 열기 일렁이는 눈동자에 비치는 디하의 눈동자는 흐릿했고, 이지가 없어 보인다. 하지만 곧 그 흐릿한 눈빛도 보이지 않게 되었다.

디하는 눈을 감았다. 루진의 입술에 키스하고 그 몸을 쓰다듬었다. 시각이 흐려진 만큼 몸의 감각은 예민해져서 그 감촉을 듬뿍 떠 물은 것처럼 충족하게 느끼고 있는데도 부족해서 초조했다. 얼른 그 초조함을 채워 줄 수 있는 걸 원했다.

"으으으응, 루진, 얼른, 해 줘. 힘들어, 빨리…"

빨리 뭘? 뭘 해 달라는 거야? 해도 되는 거야? 싫다면서.

"디하, 엄청 흥분했다…. 왜 그라냐?"

아아, 알 게 뭐야. 지금 이렇게나 미칠 것 같은데.

"몰라, 루진, 어서…"

머릿속은 흐려져서 '이러면 안 되는데'같은 생각이 보이지 않는다. 배 속이 경련하는 것 같다. 들어오는 입구가 참지 못하고 허우적대면서 어서 달라고 외친다. 뭘 원하는지 알고 있지 않느냐면서. 그래서 그렇게 물고 쥐고 있는 거 아니냐고.

"…어떻게 해 줬으면 좋겠냐?"

자신에게 안기는 디하를 살피던 루진이 그녀를 끌어안으며 물었다. 귓가에 속삭이는 목소리가 조금 가쁜 것이, 디하는 무척이나 반가웠다. 뺨을 쓰다듬고 키스하며 디하는 졸랐다.

"평소 하던 것처럼, 응, 얼른."

디하가 루진의 손을 붙잡아 몸으로 이끌자, 루진은 자연스럽게 가슴 위로 손을 올렸다. 곧 루진이 흥분한 듯한 소리를 내며 디하의 입술을 물었다.

"디하 평소하고 좀 다르다…."

"응, 좀 달라…."

대체 왜 갑자기 이렇게 된 걸까? 루진이 준 음료에 생각이 미쳤지만, 상관없었다. 그것보다는 얼른 이 기분을 해소하는 게 급했다.

디하는 자신과 맞닿은 루진의 입술을 벌리고 그 안으로 혀를 밀어 넣었고, 루진은 디하에게 응해 서로를 뒤섞었다. 서로를 비벼대며 뒤섞는 혀의 맛이 달콤했다. 너무 달아서 그대로 녹아 버릴 것 같았다.

하지만 아직 모자라.

루진의 살 위를 훑던 손끝에 힘이 들어갔다. 단단해서 흠 하나 나지 않을 것 같은 피부를 마음껏 눌러 그 탄력을 손끝으로 핥아내듯이 맛보았다. 그 몸이 어떤 모습인지, 감촉인지 낱낱이 맛보고 있는데도 역시나 도저히 충족되지 않는다.

참을 수가 없어서 거칠게 혀를 휘감아 빨아들여 보았지만, 미칠 것 같은 충동이 멈추는 건 잠깐뿐이다. 그러나 원하는 건 그게 아니다.

"디하, 너무 세…."

"으응."

알았다는 듯이 신음했지만, 이해해서 응답한 건 아니었다.

디하의 손끝이 몸 깊은 곳에서부터 퍼지는 충동을 따라 루진의 허벅지를 쥐었다. 힘이 들어간 허벅지는 손으로 눌러도 들어가지 않을 정도로 단단했다. 하지만 그 몸은 디하가 그 위에 자리를 잡자 힘을 빼고 부드럽게 변해 그녀를 그 위에 앉혔다.

"이상하게 온몸이 간질간질… 해…."

디하가 앉기 편하게 자세를 고친 루진이 부르르 떨며 중얼거렸다. 디하는 루진의 머리카락을 쓸어 올리며 귓바퀴를 물었다.

"간지러워…?"

디하는 속삭이며 슬쩍 루진의 허벅지를 쓰다듬었다. 조금이지만 가운데에 모인 열기가 느껴져, 그 열기를 따라 조심스럽게 손을 움직이자 루진의 몸에 힘이 들어가는 게 느껴졌다. 깔고 앉은 허벅지가 다시 단단해진다.

"웃."

짧은 신음을 흘렸다가 삼키는 루진의 목소리를 따라 디하가 손을 어색하게 움직였다. 어떻게 해야 하는지 정도만 겨우 알 뿐, 능숙하다고 할 수 없는 손길에 바짝 집중한 루진의 모습에 디하도 같이 긴장했다.

어떻게 해야 루진이 더 좋아할까? 디하는 눈을 감은 루진의 이마에 키스하며 옷 위에서 손을 움직였다. 길게 뻗은 것이 느껴지지만 단단하지는 않은 것 같았다. 어떻게 해야 루진이 빨리, 그렇게 될까? 얼마나 해야 루진도 나같이 되지?

순간 눈이 돌아갈 것 같은 충동이 밀고 올라왔다. 디하는 흐트러진 몸을 루진의 몸에 기대고 몸속 깊은 곳에서 솟아올라 온 열기가 섞인 숨을 내뱉었다. 아직 루진이 준비도 되지 않았는데 그렇게 할 수는 없었다. 디하는 억눌러 참으며 루진의 몸에 키스했다.

루진도 자신에게 기댄 디하의 몸을 어루만지며 어깨에 키스했다. 그러곤 고개를 들어, 디하의 귓가에 입술을 대고 디하의 손길이 움직일 때마다 좀 더 해 달라는 듯이 아, 아, 하고 신음을 속삭이며 디하의 손을 이끌었다.

어서 빨리, 좀 더 해 줘. 루진이 몸짓으로 보채자 디하는 루진의 눈두덩에 키스했다. 키스받은 루진이 손에서 힘을 빼자, 디하는 루진의 허리끈을 풀고 옷 안으로 손을 넣었다.

"으응…!"

루진이 소리를 내며 다시 몸에 힘을 주었다. 들이 내쉬는 숨소리가 커지고, 허리가 들썩거리며 디하의 몸을 흔들었다. 디하는 입술로 루진을 달래며 손을 조심스럽게 움직였다. 밖에서 만진 것보다는 훨씬 단단한 것이 위아래로 부드럽게 흔들렸다.

"으응, 응, 디하…."

마음이 급해 바쁘게 움직이려는 손길을 억누르며 디하는 자신을 끌어안은 루진의 머리카락을 손끝으로 헤쳤다. 디하가 부드럽게 손으로 매만져 줄 때마다 루진은 손끝에 바짝 힘을 주고 거친 숨을 디하의 가슴 위로 내쏟았다. 그러면 디하의 손 안에 있는 것이 꿈틀거리며 움텄고, 무른 새순은 금세 물오른 가지가 되어 망울을 맺었다.

"으, 하아, 디하야, 아, 으응."

끝에서 흘러나온 액을 손끝으로 문질러 움직이자 루진은 디하의 품에 파고들며 신음했다. 디하의 손 안에 든 것이 맥동하며 진한 풀 냄새가 나는 수액을 흘렸고, 이윽고 그것이 손을 적실 정도가 되자 그것을 단단해진 가지에 잔뜩 묻혀 움직였다. 루진은 크게 신음했고 곧 숨이 넘어갈 듯이 헐떡대며 디하의 팔을 붙잡았다.

"으, 하으, 디하, 아, 으응, 그거 참기 힘들어, 아, 하아, 으아앗…."

자신이 느끼는 기분을 어떻게 해야 할지 몰라 안절부절못하면서도, 결코 루진은 디하를 밀어내지 않았다. 붙잡은 팔을 움켜쥐지도 않았고, 손을 뿌리치지도 않았다.

　루진은 얼굴을 찡그렸다가 가쁜 숨을 정신없이 내쉬고, 몸을 가만두지 못해 허리를 들썩거리고, 팔을 움켜쥐었다가, 놓았다가를 반복하며 정신없이 신음했다.

　"으하, 디하, 아…."

　루진의 눈빛도 흐려졌다. 열기가 떠오른 눈동자가 자신을 향했다가 감기는 모습을 보며, 디하는 마른침을 삼키곤 손을 더욱 바쁘게 움직였다. 루진의 신음과 함께 싸한 나무 수액 냄새도 진해졌다.

　"으, 하아, 디하, 디하야, 아, 흐아아아…."

　"루진, 앗, 아파, 아…."

　루진이 이를 세워 옷 위로 디하의 가슴과 젖꼭지를 깨물었다. 아프지만 그만두라고 하고 싶지는 않았다. 견디지 못하겠다는 듯이 깨물고는 정신없이 얼굴을 비벼대고, 또 헐떡대며 우는 것 같은 소리를 내는 모습이 사랑스러워서 마음대로 하게 내버려 두고 싶었다.

　좀 더 기분 좋게 해 주고 싶었다. 기분 좋게 자신을 받아들이는 증거로 잔뜩 젖은 손으로 루진의 것을 움켜쥐자 맥동하듯이 펄떡거리는 게 느껴졌다. 그것을 평소보다 조금 더 세게 쥐고, 괴롭히듯이 위아래로 흔들었다.

　"으, 아, 아아아! 앗! 디하, 디하야, 으, 하앗!"

　바로 루진의 턱 끝이 치켜 올라갔다. 디하의 옷 속으로 들어오려던 루진의 손은 더 위로 올라오지 못하고 그 자리에서 굳게 뿌리를 박았다.

버티려는 듯 파고들던 손길은 곧 그게 무른 디하의 몸이라는 것을 깨닫고 힘을 뺏지만, 디하의 거친 손길에 곧 어쩔 줄 몰라 하며 다시 매달렸다.

"디하야, 아, 앗!! 그만, 그만!! 으하, 너무, 강하다, 천천히…!"

사정하듯이 외쳐대는 소리에 디하는 잠시 손 움직임을 멈췄다. 루진은 전력 질주를 한 것처럼 헐떡대며 늘어졌고, 디하는 손 안에서 꿈틀대는 것을 느끼며 늘어진 루진의 입술에 키스했다. 디하를 쳐다보는 루진의 처진 눈꼬리에 눈물이 맺혀 있었다.

힘들게 한 디하를 원망하듯이 축 처진 표정으로 자신을 쳐다보는 것이, 그러면서도 결코 거부하지 않는 게 사랑스러웠다.

"으, 하아, 으… 디하야…"

"루진…"

손 안에 들어오는 감촉을 부드럽게 쓰다듬어 확인하며 디하는 루진의 입술을 물었다. 루진은 기분 좋은 듯이 끄덕대며 몇 번이고 디하의 입술을 받아들였다. 그리고 디하의 입술을 물고, 벌어진 입술 사이로 자신의 혀를 밀어 넣었다.

루진의 혀가 디하의 혀를 부드럽게 감쌌다. 방문자의 부드러운 접촉에 디하는 낮게 신음하며 그를 끌어들였다. 뱀처럼 능숙하게 움직이는 혀끝은 디하의 혀를 훑고 입천장과 혀 아래쪽, 볼까지 고루 훑고는 다시 디하의 혀를 구속했다. 입안에 잔뜩 루진의 흔적이 남았다.

"으읍…"

그 순간 디하의 몸 아래쪽이 갑자기 허기를 과시했다. 입뿐만이 아니라 아래쪽의 입도 채워 줄 것을 요구하는 강렬한 감각에 디하는 잠시 루진과 같이 움직이는 것도 잊어버렸다. 어서 이 느낌을 아래쪽에도 채우고 싶었다.

덮치듯이 루진의 입술을 물고 되레 그의 입안을 침범하며, 옷을 벗고 안의 속옷을 벗어 내렸다.

훅 올라오는 새콤한 향에 눈앞이 핑 돌았다. 루진이 순간 퍼진 강렬한 향기에 킁킁거리는 것도 아랑곳하지 않고 루진의 바지를 내려 그 위에 앉았다. 단단해진 나뭇가지 같은 것이 입구에 닿았다.

―해도 되는 걸까?

이런 거 하면 안 되잖아. 피하고 있었잖아. 이성적인 생각이 잠깐 파고들었다. 하지만 원하는 것을 바로 앞에 둔 몸이 강력하게 요구했다. 어서, 빨리. 이미 뭘 하면 좋은지 알잖아. 어떻게 좋은지 알잖아. 빨리, 미칠 것 같아. 계속 참았잖아.

"디하, 아무것도 안 해 줬는데 좋아해…."

"아, 앗…."

속삭이는 루진의 입술이 닿은 순간 머릿속이 펑 하고 터지는 것 같았다. 혀가 살짝 닿은 순간 모든 생각이 녹아내린다. 이성은 사라지고 본능만, 그저 본능만 남은 새하얀 기분 속에서 디하는 내려앉았다.

입구 아래에 버티고 있던 단단한 나뭇가지가 과즙에 잔뜩 젖어 쉽게 미끄러졌다.

이 정도로 흥분해 있었다. 그리고 이걸 원했다. 어서, 빨리. 마음이 다급해져 몸이 멋대로 움직였다.

"루진, 루진."

조그만 목소리로 이름을 부르며 몇 번이고 입술을 부딪치고, 왼손으로는 루진의 몸을 붙잡고 오른손은 아래로 내려 젖은 가지를 붙잡았다. 아직 무엇을 하는지 모르던 루진은 곧 디하가 자세를 잡자 조금 놀란 듯 어깨를 움츠리더니 디하와 붙인 입술을 떼려고 했다.

"디하, 이거 아프다고 하지 않았냐?"

"으응, 안 아파. 그러니까…."

"아냐, 디하 다쳐."

정색하며 루진이 디하를 밀어냈다.

"디하 아프면 안 된다. 나 싫어하는 것도 싫어…."

"안 아파, 루진, 나 이거 하고 싶어, 으응? 어서…."

"디하 다친다니까."

"아냐, 안 다쳐."

몸이 잔뜩 달아올라서 미칠 것 같다. 루진에게 안겨 아양 부리듯이 보채, 디하는 자신을 제지하는 손을 붙잡고 바짝 선 것 위로 내려앉았다.

"루진, 나 이거 하고 싶어. 루진이랑 같이. 응?"

하지만 끝이 맞물리지 않아 들어가지 않는다. 디하는 루진의 뺨에 키스하며 속삭였다.

"루진도 이거 좋아하잖아…."

손으로 젖은 것을 붙잡고, 그 위로 조금씩 몸을 맞추어 간다. 드디어 맞물린 몸이 서로를 물고 놓지 않으려는 것처럼 하나가 되어 가기 시작했다.

"앗, 흐응…!"

"아…!"

요구하는 디하를 차마 제지하지 못해 머뭇거리던 루진의 손이 디하의 팔을 힘주어 쥐었다.

디하가 루진의 힘 들어간 손을 풀고 깍지 껴 붙잡았다. 루진은 불안하게 디하를 쳐다보았고 디하는 일그러진 루진의 이마에 입술을 얹었다.

그러자 루진은 눈을 감고 디하를 받아들였다.

"아…. 하아, 디하야, 앗!"

"으응!"

어쩜 거치는 것 하나도 없이 이렇게 순조롭게 하나가 될 수 있는 걸까? 루진이 손을 꽉 움켜쥠과 동시에 묵직한 열기가 안으로 밀고 들어왔다.

농익어 부드럽게 부풀어 오른 안쪽의 벽에서 즙이라도 짜낼 듯이 차오르던 것은 곧 그 길의 끝까지 가득히 차올랐다. 감싸고 있는 사람은 자신인데 오히려 압박당하는 것 같다. 아릿한 감각에 신음하자, 안에 꽉 찬 것이 펄떡대며 안을 쳐댔다. 두들겨대는 무게감에 디하는 깊게 신음하며 허리를 젖혔다. 드디어 원하는 것을 맛본 충족감이 온몸에 퍼졌다.

"으흣, 루진, 으응"

"디하, 안, 뜨거워. 미끄러워…."

녹을 것 같다. 녹을 것 같은 달콤한 혀를 몇 번이고 주고받으며, 디하는 루진에게 매달려 그 위에서 허리를 천천히 움직였다.

어떻게 움직여야 할진 모르겠지만, 안이 그저 물고 있는 것만으로는 만족할 수 없다고 재촉해서 움직일 수밖에 없었다. 루진이 했던 것처럼 위아래로 움직여 보았지만, 그게 생각처럼 쉽지 않았다.

"아, 하앙, 루진, 으응, 앗, 좋아…."

하지만 그 어색한 움직임을 멈출 수가 없었다. 입에서 저절로 좋다는 소리가 흘러나와 디하는 수없이 그 말을 루진의 귓가에 속삭였다. 부끄럽지만, 그 부끄러움이 온몸을 더욱 짜릿하게 들쑤셔대 이성을 앗아 갔다. 귓가에서 정신없이 울려대는 루진의 거친 숨소리와 신음도 좋았다.

달콤했다. 둘이 연결된 그 부분이 달아서 죽을 것 같았다.

"으응, 루진…. 루진…. 기분 좋아?"

"디하, 응, 좋다. 디하 해 주는 거 너무 좋다. 그치만, 웃."

아래가 섞이는 것처럼 또 혀가 섞였다. 이미 실컷 섞이고 있는데 왜 남은 부분도 섞지 못해 안달인 걸까? 혀가 섞이며 맛보듯이 소리를 내는 것처럼, 둘이 연결되어 섞여 맛보는 곳에서도 지껄지껄거리는 소리가 났다.

혀가 섞이는 소리보다 더 요란하고 거칠게 나는 소리는 어떻게 막을 수도 없었다. 정신없이 허리를 흔들 때마다 루진의 허벅지가 축축해졌고 그에 맞추어 자신의 허벅지도 축축해졌다.

"흐아, 디하야…."

"아, 하웃, 루진, 앗!"

몸에 찬 쾌감을 견디지 못했는지 아래에서 루진이 허리를 튕겨올렸다. 깊은 곳까지 꿰뚫리는 것 같은 느낌에 디하가 잠시 바르르 떨며 움직임을 멈추자, 루진은 숨넘어가는 소리를 내더니 몸을 아래에서 위로 쳐올렸다.

"흐앗, 앗, 루진, 앗! 아!"

밀려 올라간 허리가 내려가기도 전에 다시 쳐올려진다. 배 속 끝까지 찌릿거리며 쳐들어온 것이 완전히 비우듯 빠져나가고, 쳐들어온 것에 얼얼해졌던 정신을 겨우 챙긴 디하가 빈 곳의 아쉬움을 느끼자마자 루진은 다시 디하의 몸을 띄우며 허전한 곳을 거칠게 채웠다. 질펀하게 흐르는 액을 윤활유 삼아 거침없이 몸 안을 헤집어대는 감각에 높은 신음이 저절로 튀어나왔다.

"하아웃, 아앙! 앗! 루, 진, 앗! 하웃!"

"으, 흐아, 디하, 디하야, 아, 으앗…"

무릎으로 바닥을 짚고 있지만 허벅지에 힘이 들어가지 않았다. 디하의 자세가 무너지자 루진은 디하를 붙잡으며 허리를 밀어 올렸다.

"흐응, 아, 하웃!"

"디하의 안, 기분 좋아. 아, 흐앗, 여기, 너무 간질간질해서, 도저히 못 참겠어…. 디하 좋냐?"

"응, 아, 좋, 아앗!"

좋다고 말하기 무섭게 아래에서 밀고 올라오는 속도가 빨라졌다. 둘이 격렬하게 비벼대는 곳부터 무너져 버리는 것 같은 감각에 디하는 숨을 멈추고 루진의 어깨에 손을 얹었다. 자세가 무너져 점점 루진에게 기대는 자세가 되었다.

"흐앗, 앙, 아앗, 루진, 아, 좋아, 좋아, 으응, 앗, 아아아아아아!"

"디하, 아, 흐아…!"

숨을 들이쉬던 루진의 입에서 숨소리가 끊겼다. 갑자기 그의 몸 위에서 거칠게 움직여댄 디하 때문이었다. 디하는 바닥을 손으로 짚고 그 몸 위에서 춤추듯이 허리를 흔들었다. 마치 본능적으로 익히고 있었던 것 같은 능란한 움직임에 루진의 입에서 소리가 끊겼다. 입안에 거친 숨과 비명이 맴돌았다.

"으, 하아, 디하, 야, 허윽, 읍!"

"아, 핫, 움직이지 마, 나, 아직…. 앗, 아앗, 좋아!"

정신없이 흔들리는 디하의 몸과 같이 머리카락이 흔들렸고 안경도 흔들렸다. 결국 안경은 디하의 코끝에서 조금씩 어긋나 흘러내리더니, 기어이 바닥에 떨어졌다.

하지만 아무도 신경 쓰지 않았다.

"허윽, 헉, 디하…. 디하야, 아, 흐어, 아…!"

"아, 하아, 루진, 흐응! 좋아, 좋아앗, 으응!"

서로 높아지는 신음을 주고받으며 위로 올라간다. 루진의 빈손을 이끌어 가슴을 쥐게 하고, 그 위에서 허리를 흔들며 디하가 헐떡이는 숨소리를 냈다. 거친 몸짓에 연결되었던 부분이 빠지기도 했지만, 디하는 다시 그것을 몸 안에 채워 넣고 루진에게 입 맞췄다. 다시 하나가 되는 건 그렇게 어렵지 않았다.

서로 큰 소리를 내며 혀를 주고받았다. 아무도 듣지 않는다. 아무도 보지 않는다. 자유롭게 마음껏 탐닉하며 마음껏 몰두했다. 디하의 움직임도 물이 올랐다.

"디, 디하, 아, 으하, 이제, 잠깐…!"

루진이 갑자기 고개를 뒤로 빼며 디하의 팔을 붙잡았다. 디하

는 조르는 것 같은 소리를 내며 루진의 입술을 물었고, 루진은 숨이 넘어갈 듯한 소리를 내더니 길게 신음했다.

"디하, 그만해라, 으, 하윽!"

"루진, 좋아…."

"빼야 돼, 디하, 그만, 으하…."

루진이 고개를 푹 숙인 순간 안에 찬 루진의 느낌이 조금 더 명확해졌다. 슬슬 한계가 온 걸까? 하지만 디하는 아직 한참 모자랐다. 무엇보다 한계에 달한 루진의 느낌이 만족스러워서 놓고 싶지 않았다.

"지금 루진, 기분 엄청 좋아, 조금만, 조금만 더…. 응?"

"으앗, 아, 디하, 힘들다…!"

"조금만, 앗, 하웃…."

디하가 허리를 움직이자 루진이 목을 울리며 디하의 팔을 움켜쥐었다. 하지만 곧 너무 세게 쥐었다는 걸 깨달았는지 손에서 힘을 뺐다.

"디하, 야, 아, 허억, 흐으."

"아, 조금만, 더, 으응, 루진."

아직 부족했다. 조금만 더, 아니, 조금만이 아니다. 아직 많이 부족했다. 끝내고 싶지 않았다. 계속하고 싶었다.

"으응, 루진, 조금만, 앗, 좋아…."

"윽, 하아, 디하야, 아, 못 참겠다, 얼른, 빼라, 이거 디하한테 들어가면 안 돼…."

"조금만 더, 루진, 응?"

"흐아, 아…."

참으려는 건지, 신음을 길게 흘리던 루진이 목을 뒤로 젖혔다. 길게 뻗은 목은 땀에 젖어 있었고, 마찬가지로 그 아래 땀에 젖은 가슴을 더듬으며 디하는 루진의 목과 뺨에 키스했다. 안에 든 것이 불끈거리며 디하의 안을 쳤다.

"응, 아앗, 루진, 흐읏."

"디하야, 아, 그만, 나, 도저히 못 참아, 안 된다…. 디하 안, 간질간질하고, 으, 아…!"

흠칫하고 움츠러들었던 루진의 몸이 디하를 아까 전처럼 쳐올렸다. 디하의 숨이 짧게 끊어졌지만 아까 전처럼 주도권이 넘어가진 않았다. 그 움찔거리는 움직임에 올라탄 디하가 능숙하게 리드하며 허릿짓 하자 루진의 입에서 숨이 넘어갈 듯한 소리가 터져 나왔다.

"아, 아, 아, 앗, 아, 디하, 아, 그, 렇게, 꽉 쥐면, 아, 으앗, 아!"

"으응, 아무것도, 안 해, 루진, 흐읏, 아, 좋앗…."

"디하야, 그만, 으하, 안 돼, 그만, 읏, 흐윽!"

차마 디하를 붙잡지 못한 손이 바닥을 움켜쥐었다. 팔에 핏줄이 돋아날 정도로 바닥을 긁으면서도 그 손은 디하를 뿌리치지 않았다. 아직 견딜 만한 걸까? 단단하게 버티는 몸 위에서 실컷 신음하며 디하가 루진의 입술에 키스했다.

"루진, 나, 기분 엄청 좋아…. 조금만…."

"나 이제, 으, 아앗, 디하, 그만, 흐아, 앗!"

"루진, 아, 으응, 조금만 더…. 응?"

"으하, 디하, 나, 아파, 그만, 디하 나쁘다, 아프게 한다, 으읏…."

루진은 버티려는 듯 잠시 이를 악물더니 곧 울 것 같은 표정으로 거친 숨을 내쉬었다. 디하는 흐릿한 눈동자 끝에 매달린 눈물 위에 키스하며 루진에게 뺨을 비볐다. 그러면서도 몸을 움직이는 건 멈추지 않았다.

"미안, 지금 루진 너무 기분 좋아서, 나 도저히⋯."

"나, 나도 안 돼, 흐앗, 디하, 너무 좁아, 꼭 달라붙어서, 흐아, 그만, 그만!!"

잔뜩 느끼고 있는 루진의 모습이 좋았다. 자신에게서 그렇게까지 깊은 감흥을 느끼는 루진의 모습에 더 흥분해 버렸다. 좀 더 느끼는 걸 보고 싶었다. 좀 더 원했다.

"으응, 금방 끝낼게. 응? 루진, 앗, 아앙⋯."

"디하, 으, 하아, 나와, 서, 안⋯!"

"루진의 그게, 가득 차서, 뜨거워, 으응, 기분 정말 좋아, 루진, 앗, 으응⋯!"

고양된 기분으로 루진에게 매달려, 디하는 자신의 안에서 더욱 거칠어지는 루진의 몸에 더 크게 반응했다.

"루진, 앗, 으응! 커, 앗, 꽉 차서, 앗, 아!"

"디, 하아, 하아, 하아, 아, 앗⋯!"

루진이 결국 참지 못하고 디하의 몸을 들어 올렸다. 디하의 안에서 빠져나오자마자 루진은 큰 소리로 울부짖으며 씩씩댔고, 디하는 아래쪽에서 확 퍼지는 뜨거운 기운과 함께 허벅지에 끼얹어지는 무언가를 느꼈다.

"으, 흐어, 허억, 흐어⋯."

이윽고 디하의 허리를 움켜쥐던 손이 힘을 잃었다. 디하는 다시 루진의 허벅지 위에 주저앉았고, 루진은 끄응거리며 디하에게 뺨을 비벼댔다.

"디하야…. 디하…. 디하야…. 으으…. 하아, 디하…. 나쁘다…."

"으응…. 루진."

나쁘다고 하면서도 루진은 디하의 입술을 찾아 몇 번이고 비벼대며 새처럼 쪼아댔다. 하지만 아직 흥분이 가라앉지 않은 몸은 그 이상의 것을 아쉬워하고 있었다. 다행히 루진은 아직 기운이 빠지지 않은 것 같았다.

"루진, 조금 더 안 돼?"

"디하야…."

"응?"

디하가 속삭이면서, 허락을 구하면서 루진을 바닥에 눕혔다. 키스하고, 몸에 묻은 풀과 과일 냄새 그득한 것들을 닦아 내고, 그 몸을 매만지면서 다시 올라탔다.

⁂

거칠게 타닥거리며 장작이 타올랐다.

헐떡거리는 숨소리도 그 옆에서 터지고 있었다. 땀투성이가 된 두 사람이 나신으로 얽혀 세 번째의 정사를 끝내고 지친 몸을 서로의 품 안에 맡기고 있었다.

디하는 나른한 기분으로 루진을 끌어안고 잔뜩 고생한 루진의 머리카락을 쓰다듬어 주었다. 손끝으로 빗어 내린 머리카락은 그 끝까지 축축했고, 땀에 젖은 루진의 가슴에서는 루진의 체취가 가득 피어오르고 있었다.

두터운 피부 건너, 살과 뼈 아래 뛰는 루진의 심장 소리도 마치 귀를 대고 듣는 것처럼 들렸다. 자신의 심장 소리도 그러할까?

"디하 복수하는 거지. 저번에 다쳤다고."

"아니야….."

루진의 목소리는 기운이 없었지만 괴롭힘을 당한 아이 같은 투정이 묻어 있었다. 디하는 고개를 들어 루진의 이마에 키스해 주었다.

"싫었어?"

물었지만, 루진은 끄응 하고 그저 불만족스러운 소리만 내고 말았을 뿐이다.

몇 분이 지나자 마치 거친 소리는 다른 세상 이야기가 된 것 같아졌다. 숨소리는 조용해지고 방 안에 나무 타는 소리조차 숨을 죽였다. 색색거리는 숨소리만 적막하게 흐르는 이곳에서, 곧 잠들어 버릴 것만 같았다. 그때 루진의 손이 디하의 머리카락을 쓸어내렸다.

"있잖아, 디하."

"응?"

거의 잠들었던 정신이 깨어났다. 디하는 눈을 들어 루진을 보았다. 보기 전, 루진이 디하를 끌어안았다.

"나 디하하고 이런 거 하는 건 좋다."

작은 목소리였다. 디하는 루진의 품 안에 안겨 작게 신음했다.

"근데 오늘은 좀 이상했다."

"…아마 사이좋아지는 약 때문 아닐까…."

정황상으로도 그렇고, 그 이름도 그렇고 아무리 봐도 그 약은 춘약인 것 같다.

디하는 루진이 그걸 알고서 자신에게 먹인 건 아닐 거라고 생각했다. 하지만 대체 어디서 그걸 얻은 걸까? 궁금했지만 묻진 못했다. 루진이 고개를 저었기 때문이다.

"그런 게 이상한 게 아니다."

"응?"

"디하."

루진은 잠시 망설이더니, 디하에게서 떨어져 조심스럽게 말했다.

"날 엄청 필요로 했다."

"어… 어?"

필요로 하는 게 이상하다니. 순간 가슴이 철렁 내려앉았다.

"그러니까 꼭, 눈보라치는 한겨울 산에서 이 오두막을 발견한 사람처럼. 가죽 외투를 입지 않은 사람이 이 산에서 외투를 발견한 것처럼…."

아마 자신이 느끼는 바를 제대로 설명하지 못하는 것이리라. 머뭇거리던 루진은 몸을 일으켜 앉으며 말했다.

"너무 배고픈 사람이 먹는 걸 발견한 것처럼…."

"그, 그건…. 필요로 하는 건 좋은 거 아냐?"

디하도 자리에 일어나 앉았다. 먼저 디하는 떨어진 안경을 주워 쓰고 루진을 향해 고개를 돌렸다. 이어 말하기를 기다리는 루진의 눈동자에, 디하 역시 더듬더듬 말을 이어갔다.

"지금 눈 내리잖아. 외투 없이 헤매는 사람이면 얼어 죽을 거야. 꼭 필요한… 거잖아."

잠깐 말이 멈췄던 건 자신이 그렇게 루진을 필요로 하는가 하는 생각이 들었던 탓이다.

오늘 이건 분명 약 때문이었다. 아직 자신의 마음을 어떤 방향으로 둘지 결정을 내리지 않았다. 하지만 필요한 게, 필요로 하는 게 잘못된 건 아니지 않나?

"배가 고프면 기운이 안 나잖아. 굶어 죽잖아. 일용할 양식은 소중한 거잖아."

"아냐, 난 싫어!"

루진이 고개를 저었다. 높아진 루진의 목소리에 디하의 몸이 반사적으로 움찔거렸다.

"나 디하에게 꼭 필요한 거 되고 싶지 않아!"

그리고 이어진 확언에 디하의 마음이 깨졌다.

필요한 게 되고 싶지 않다고 지금 말했다. 그건 자신이 루진을 필요로 하는 게 싫다는 뜻 아닌가. 루진이 자신을 필요로 하지 않는다는 뜻이 아닌가.

"먹지 않으면 굶어 죽는 거 되고 싶지 않아! 급하게 먹어야 하는 것도 되고 싶지 않아! 추워서 꼭 입어야만 하는 거 되고 싶지 않아! 그런 거 싫어!"

마음이 조각나는 것 같다. 그런 거 되고 싶지 않다는 말 한마디에 마음이 수억 갈래로 찢겨진다. 도저히 회복할 수가 없다.

아직 어떻게 해야 할진 몰라도 루진은 소중한 사람이었다. 그런 사람이 자신에게 소중한 사람이 되기를 거부하는 게 마음 아프지 않을 리가 없었다. 도저히 표정을 관리할 수가 없었다. 디하의 표정이 천천히 무너졌다.

너무하다. 그렇게 생각하지 않는 상대가 자신을 소중하게 생각하지 않는다고 울 것 같은 기분이 들다니, 너무 이기적이다. 슬프다. 슬픈 게 또 아프다. 너무 아프다.

"꼭 필요한 거라서 있고 싶지 않아! 없으면 죽는 거 되고 싶지 않아! 그래서, 꼭 있어야 하는 거, 그런 거 되기 싫어. 나는, 그러니까⋯."

"⋯그러니까?"

어쩌지.

울 것 같았다. 그래서 울지 않으려고 말했다. 말끝은 의문형이 되 묻는 것은 분명 아니었다. 그저 말하기 위해 말했다.

적당한 말을 찾지 못하는 루진을 보면서 디하는 빨리 루진이 대답하기를 바랐다. 어서 자격도 없는 눈물이 넘치기 전에 말하기를. 그래야 그 말에 이어 말할 수 있을 테니까. 잠깐이나마 눈물이 삼켜질 테니까.

그저 이어 말하기 위해 애타게 대답을 원하는 디하에게 루진의 시선이 닿았다. 잠깐 서로를 쳐다본 순간이었다. 루진의 눈동자가 무언가를 발견한 듯이 꽂히더니 그의 손이 디하의 목 언저리를 더듬었다.

"이런 거."

루진은 손끝으로 무언가를 들어 보였다. 들어 올려진 것은 목걸이 줄이었고, 그 끝에는 이전에 루진이 주었던 달빛 돌이 대롱대

롱 매달려 있었다.

"나 이런 거 되고 싶다."

"…무슨 뜻이야?"

의미 없는 질문은 아니었다. 정말로 무슨 뜻인지 몰라서 물었다. 루진은 대답했다.

"쓸모없다."

"쓸모없지 않아."

"그게 아니다. 이거, 없다고 죽지 않는다."

무슨 소리란 말인가. 디하는 숨을 탁 놓고 웃어 버렸다.

"루진, 나 도저히 무슨 소린지 모르겠어."

"이거, 보름 동안 달빛을 머금게 해야 겨우 한 시간 빛난다. 그래서 처음에 보여 준 이후로 잘 안 빛나는 거다. 하지만 디하는 이거 정말로 좋아했다. 그래서 이렇게 매일 가지고 다닌다."

"지하실 조명으로는 쓸 만했어."

"조명은 야광주가 더 낫다. 그리고 이건 없다고 얼어 죽지 않는다."

모르겠다. 도저히 모르겠다. 루진은 이해하지 못하겠다는 디하를 똑바로 쳐다보며 평소의 장난기도, 어수룩함이라고는 하나도 찾아볼 수 없는 단호한 표정으로 말했다.

"없다고, 굶어 죽지 않는다."

루진이 디하의 목걸이를 놓았다.

"디하 어렸을 때 사탕 좋아했다."

"…지금은 그렇게 안 좋아하지만."

"그걸 너무 먹어서 아줌마는 찬장 높은 데다 사탕을 숨겼다."

"…내가 널 엎드리게 했었지."

생각난 옛날이야기에 디하는 씁쓸하게 웃었다. 새콤달콤한 사탕이 너무나 좋아서, 착한 일을 하면 상으로 받는 사탕을 먹고 싶어서 의자를 놓고 루진을 엎드리게 하고 그 등을 밟고 올라가 아등바등 사탕 단지를 붙잡았던 일. 그랬던 적도 있었다.

"여러 번 했다. 디하 혼났다. 밥 안 먹는다고, 이 썩는다고. 사탕은 먹지 않는다고 죽지 않는데도, 디하는 사탕을 못 먹으면 죽을 것처럼 굴었다. 그래서 난 디하를 도와줬고, 디하는 사탕을 입안에 넣고. 상으로 나한테도 하나 나눠 주고."

루진이 목걸이를 놓은 손으로 디하의 뺨을 매만졌다. 답지 않게 섬세한 손길에 디하는 잠깐, 그 손에 눈길을 주었다. 투박하고 굵은 손. 거칠고, 두터운. 그 손이 사탕을 마치 입안에 넣는 것처럼 입술을 가볍게 눌렀다. 디하는 잠시 눈을 감았다.

열린 시야 앞에는 루진이 있었다.

"디하는 행복해했다."

아마 그랬을 것이다. 기억나진 않지만 분명 좋아했을 것이다. 루진이 웃었던 기억이 남아 있으니까. 아마 그 얼굴을 보고 자신도 웃었을 테니까.

"사탕은 꼭 먹어야 하는 게 아니다. 한겨울 추위에도, 굶주림에도 필요하지 않다. 없으면 죽는 게 아니다. 하지만 디하가 갖고 싶어 하는 그런 거."

루진은 잠깐 말을 멈췄다. 생각하는 듯한 표정을 짓던 루진은 곧 고개를 들고 다시 디하와 시선을 마주쳤다.

"나, 이런 거 잘 모르겠다. 그런데 나, 디하한테 배가 고파서 꼭

먹어야만 하는 거 되기 싫다. 배고픈 개가 쓰레기통을 뒤져서라
도 먹어야 하는, 그런 필사적인 거 절대 되고 싶지 않다. 살기 위
해 필요한 거 되고 싶지 않아. 나는 나보고 도와달라고 해서라도
꼭 붙잡고 싶은 사탕 단지가 되고 싶다. 배가 불러도 꼭 먹고 싶은
거. 안 먹어도 죽지 않는 거. 야광주보다 못하지만 꼭 옆에 두고
싶은 그거."

쏟아 내듯이 루진이 말했다. 언제 루진이 이렇게 말한 적이 있
을까? 루진은 조금의 흔들림도 없는 목소리로 말하며 디하의 손
을 붙잡았다. 디하를 보는 루진의 눈빛 역시 올곧았다.

루진이 말했다.

"난 디하에게 달빛이고 싶고, 사탕이고 싶다."

달이 멈췄다.

별이 멈췄다.

호흡하는 법을 잊어버렸다.

그래도 어린 시절처럼 소년의 눈동자는 빛났다.

5. 빛을 느낀 순간

　종이를 펜촉이 긁는다.

　지면에 날카로운 상처를 낸다. 새겨진 홈 사이로 잉크가 흘러들어 간다. 검은 선이 만들어졌다.

　그 선이 만들어 낸 모양은 이 땅에 사람들이 살며 약속한 모양이었다. 그것은 세월에 따라 변형되기도 하고, 또는 사라지기도 했지만 모두가 이렇게 쓰기로 약속했고 이렇게 읽기로 약속했으며 이렇게 발음하기로 약속한 것으로, 이런 의미를 가진 것.

　그것을 언어라고 부른다.

　디하는 약속된 발음대로 그 단어를 입안에서 가만히 굴려 보았다.

　그것이 가리키는, 사회적으로 약속된 의미는 별다른 것이 아니다. 하지만 언어는 늘 한 가지만의 의미를 가지지 않는다. 시대에 따라, 상황에 따라, 때에 따라 다르다. 그리고 늘 함께하는 수많은 은유와 비유와 암시들. 때문에 의사소통은 늘 복잡하고 진실은 전달되기 어렵다.

　하지만 그 단어 너머의 뜻을 안다고 해서 고민이 사라지는 건 아니었다.

　"뭐해?"

"꺅!!"

넋을 놓고 있는 디하 앞에 쑥, 사람 머리가 들이밀어졌고 놀란 디하가 비명을 지르며 뒤로 물러났다. 무라의 머리였다. 하지만 디하가 뒤로 물러난 순간, 무라가 얼굴을 감싸 쥐며 뒤로 펄쩍 물러섰다.

"윽, 앗! 눈에 잉크가!"

디하가 들고 있던 펜에 듬뿍 묻어 있던 잉크가 하필이면 머리를 들이민 무라의 눈에 들어간 모양이었다. 디하는 놀라 펜을 놓고 주머니를 뒤졌다.

"앗, 어떻게 해, 어쩌지? 닦을 거 없는데…!"

"아니, 아니, 눈 안에 들어간 건 아닌 거 같아. 됐어. 좀 봐 봐."

크게 당황한 디하에게 손을 흔들어 보인 무라는 비벼 붉어진 눈을 뒤집어 보였다.

"들어간 거 같진 않지?"

"어…. 응. 근데 눈꼬리에 얼룩졌는데…"

"아니, 됐어. 조금 있다 가서 세수하지."

무라는 손으로 닦으려 하는 디하의 손을 거절하더니, 디하가 작성하고 있던 서적현황파악 서류를 흘끔 쳐다보았다. 무라의 시선이 서적 구석의 낙서에 닿았다.

"달빛과 사탕?"

"어, 아니, 그, 그냥…. 그, 근데 무슨 일이야?"

접수대에 놓여 있던 서류를 보이지 않게 정리하며 디하는 어색하게 웃음 지었다. 다행히 무라는 별로 신경 쓰지 않는 눈치였다.

"아아. 뭐, 다른 게 아니라 무슨 일로 쉬었나 해서."

"왜? 나 쉴 때 바빴어?"

디하는 무라의 눈치를 살폈다. 이미 며칠 전 일이지만, 디하가 갑자기 쉰 일에 대해 묻는 이들은 없었다. 아마 사무관 니아가 잘 설명했을 것이고, 대부분은 데면데면한 사이이니 그런 사적인 부분까지 시시콜콜하게 파고 들 이유는 없었다. 하지만 무라는 달랐다.

"바쁘긴 했는데, 늘 하는 대로 바쁘지. 어차피 무원 학원에서 오는 애들도 줄었고…. 잠깐, 그 대답은 꼭 내가 바쁜데 왜 쉬었냐고 따지는 거 같잖아!"

탕! 접수대를 내리치는 손길에 디하는 어깨를 으쓱거렸다.

"그런 의미는 아닌데."

"그럼 됐어. 아무튼 아주 정신이 나가 있는 것 같아서 쉬게 해줬다고 하던데."

"음, 그 정도는 아니었던 거 같은…."

"아무튼!"

탕! 두 번째로 무라의 손이 접수대를 내리쳤다. 으르렁대며 다가오는 육식동물과의 포즈에 디하는 눈살을 찌푸렸다.

"아직 해가 떠 있는데 접수대에서 내려오는 게 좋지 않을까?"

"안경 고쳐야겠다. 노을 내리는 거 안 보여? 문 닫은 지가 언젠데. 그래서 말이야."

"어, 그럼 나 퇴근 시간이잖아?"

디하는 안경을 고쳐 쓰더니 시간을 확인했다. 퇴근 시간이었다. 들고 있던 서류를 잽싸게 서류철 사이에 끼워 넣은 디하는 옷걸이를 향해 성큼성큼 발걸음을 옮겼고, 무라가 그 뒤를 고양이 같이 사사삭 따라왔다. 물론 접수대 위에서.

"야, 디하! 어디 가! 사람이 할 이야기 있다는데!"

"퇴근 시간 되었으니 퇴근해야지. 무라, 너는 오늘 야근이야?"

"야근 아냐! 무슨 일 있었냐니깐? 앗, 같이 가!"

접수대 위에서 폴짝 뛰어내린 무라가 옷걸이에 걸린 자신의 외투를 날래게 낚아채 어깨에 걸치더니 디하의 뒤에 답삭 달라붙었다.

"우리 디하는 정말 고민이 너무 너무 너무 많은 것 같단 말이야."

"아니, 고민이랄 것까진…."

"친구가 무슨 중대한 고민이라도 털어놓은 걸까?"

뒤에서 꼭 끌어안는 손길에 디하는 '윽'하고 신음하며 멈춰 섰다.

"친구라니, 무슨…."

"디하야. 사람의 마음속에는 말이야."

목을 조이던 손길은 무라가 다가오며 다시 느슨해졌고, 귓가에서 속삭이는 무라의 목소리는 나른했다.

"잉크를 뚝뚝 떨어뜨리고 다니는 펜이 있어서 같은 생각을 계속하게 되면 그 펜이 떨어뜨리는 잉크에 결국 새까맣게 물들어 버린다고. 그럴 때는 남과 고민을 나누든지, 아니면 지혜를 빌리든지 하면 되는데, 디하는 정말로 마음이 고운 아이라서 나눈 고민을 자기 안에서 빙글빙글 돌리다가 결국 마음을 새까맣게 물들여 버린 것만 같아."

대체 무슨 소리를 하는 걸까―생각한 순간, 디하는 며칠 전 무라가 한 말을 떠올렸다.

'고민 있으면 이 언니에게 와. 나 입 무거운 거 알지?'

고민이 있어 보였던 걸까? 디하는 조심스럽게 무라를 곁눈질했다. 눈이 마주친 무라는 싱긋 웃더니 디하를 끌어안은 팔을 놓고 그녀의 앞에 섰다. 노을이 무라의 머리 위로 높은 명도를 흩뿌렸다.

"친구가 무슨 고민을 하고 있을까?"

무라가 웃었다. 고양이 같은 웃음이라고 해야 할까? 아니, 여우 같은 웃음이다. 요망하다는 표현이 잘 어울려서, 속내를 들킨 듯한 기분에 디하는 찔린 듯 신음했다.

"응? 디하야. 말해 봐, 어서."

"어, 음, 그게."

"나 입 무거운 거 알잖아?"

알기는 뭘. 삐죽거리면서도 디하는 머뭇거리며 신음했다. 그러더니 포기한 듯이 한숨을 툭 내뱉고,

"어―, 음. 그게."

"오, 그래. 연애 상담은 이 무라 님께 해야지."

라며 말하기 무섭게 구석 난간으로 끌려갔다. 손목이 아팠다.

"아니, 왜 연애라고 생각하는 건데?"

"우리 또래면 슬슬 결혼할 나이니까? 디하야, 우리 아버지가 나 곧 스물셋 된다고 선 자리를 주당 몇 개 주선하는지 알아?"

"아, 음. 그런 문제는 둘째 치고. 일단 연애 문제는 맞긴 한데…."

"그래, 그래."

무라의 눈이 반짝였다. 정말 애에게 말해도 되는 걸까? 물론 무라는 나쁜 친구가 아니었지만, 이런 문제에서 도움이 될지는 도저히 확신할 수가 없었다. 무엇보다 저 반짝이는 눈빛을 믿을 수가 없었다.

하지만 말하고 싶었다. 뭔가, 이 답답하고 꽉꽉 눌려 폭발할 것만 같은 속내를 어떻게라도 하고 싶었다. 그것을 누군가에게 말할 수 있다는 걸 깨달은 순간 조금이라도 물꼬를 트고 편안해지고 싶었다. 망설이면서도, 디하는 조심스럽게 말을 풀어놓았다.

"음, 그러니까 오랜 소꿉친구 사이인 애들이 있었는데 말이야."

"응응."

"그러니까, 어쩌다 보니까 술에 취해서…. 음, 그렇고 그렇게 된 거야. 뭔 말인지 알지?"

"네 친구가 말이지."

히죽 웃으며 무라가 말했다. 디하는 멈칫하더니 고개를 끄덕였다.

"그래서 이 둘이 그런 관계를 좀 오래 가졌어."

"오호라. 둘이 서로 좋았나 보다?"

"어, 글쎄? 그게 좋아서 그런 관계를 가진 건 맞는데…. 음, 그러니까 처음으로 둘이서 정말…. 음, 뭐라고 해야 하지…"

둘이 처음 관계를 가졌다는 걸 어떻게 말해야 할까? 다른 것보다 자신이 경험했다는 걸 밝혀야 한다는 것 때문에 혀가 돌아가지 않았다. 다행히 디하는 곧 무난한 표현을 찾을 수 있었다.

"그러니까 잔 날에ㅡ."

"잠깐."

무라가 손을 들어 말을 중단시켰다.

"디하, 둘이 이미 잔… 관계 가진 거 아니었어? 그 술 취한 날에?"

"어, 어어? 아니, 어, 그땐 그렇게 본격적으로 한 건 아니고…"

'관계'라는 말에 디하의 얼굴이 확 달아올랐다. 디하가 손을 젓자 무라는 한 걸음 다가섰다.

"본격적으로 안 하면 뭘 한 건데? 본격적인 건 대체 뭐고 안 본격적인 건 뭐야?"

"어, 그러니까 그게…"

"그럼 그 긴긴 밤 동안 뭘 한 거야? 대체 뭔 짓을 한 거래?"

"아, 아니, 그게…!"

디하는 엄청난 흥미를 가지고 다가오는 무라를 피했다. 하지만 계속 뒷걸음질 칠 수는 없는 법. 디하는 자신의 어깨를 붙잡으며 달려오는 무라의 입을 막았다.

"무라. 그건 내 이야기가 아니니까 자세한 건 나도 몰라. 난 그렇게 들었으니까."

무라의 눈이 순간 둥그레지더니 이마를 짚으며 '어…'하는 작은 소리를 냈다. 그녀는 천천히 난간 쪽으로 몸을 옮겼다.

"어…. 그래. 친구 일이라 이거지."

"아, 암튼. 그래서 처음 관계를 가지고…"

엇흠, 하고 디하는 헛기침을 했다.

"친구는 그 이전까지는 자기가 남자를 좋아하는 건지도 모른다고 생각했어."

"음, 좋아. 납득했어."

납득한 표정은 아니지만 말이다.

"그래서, 남자 쪽이 자기를 좋아하지는 않는 것 같아서…. 이 관계를 즐기기만 하는 것 같아서 괜한 말을 하기도 했어. 그런데 막상 진짜 관계를 가지고 나니까 피하고 싶은 거야."

"왜?"

"그건…. 잘 모르겠어. 확실한 건 남자랑 이래야 하는 사이가 아니라는 걸 깨달은 거야. 그러니까, 그 남자랑은 그런 걸 할 수 없다는 걸 깨달았어."

"왜?"

똑같은 질문에 디하는 살짝 눈살을 찌푸렸다. 하지만 무성의한 질문이 아니라는 것은, 무라의 표정으로 알 수 있었다. 그녀는 진지하게 듣고 있었다. 그래서 진지하게 대답했다.

"…아마 그렇게 소중한 사람이 아니라서."

디하는 작게 한숨을 내쉬었다.

무거운 말이었다. 부끄러운 말이었다. 안경테를 끌어올리며 디하는 표정을 슬쩍 가렸다.

"친구는 거기서 충격을 받은 거야. 소꿉친구인 남자는 그래도 친구에게 소중한 사람이었거든. 그런데 소꿉친구를 장난감 취급한 자신을 거기서 발견해 버린 거야. 그런 주제에 소꿉친구에게 넌 몸만 관심 있느냐는 식으로 말한 거고."

진짜로 그렇게 말한 적은 없지만, 사실 풀어 보면 다를 것 없는 말이지 않았나. 이런 건 애인이라든가 그런 사람과 해야 하는데, 너는 그런 것도 모르고 그냥 좋아서 하는 거다.

…자신도 별반 다르지 않았으면서.

"그래서 고민을 하다가 휴…."

가, 라고 말할 뻔했다. 디하는 입술을 씹어 말을 삼키고 맞잡은 손을 움켜쥐었다.

"…식을 취하려고, 음, 그러니까 자기 생각을 정리하려고 남자와 좀 멀리 떨어져 있었는데, 남자가 자신을 피하는 줄 알고 안절부절못하다가 찾아온 거야."

"그래도 그 남자 찾아오기는 했네. 여자에게 전혀 관심이 없는 건 아닌 거 같은데?"

"그게 이 둘이 좀…. 소꿉친구잖아. 가족 같은 관계여서 그래서 걱정되어서 찾았을 수도 있어. 여자가 가기 전에 쪽지를 남겼는데 그것도 못 본 거 같고."

"에…. 뭐 그렇게 여긴다면야."

무라는 손을 젓더니 물었다.

"그래서 어떻게 됐는데? 남자는 뭐래?"

디하의 입술에서 작게 한숨이 새어 나왔다. 달빛과 사탕. 그 입술이 읊조리던 말은 감은 눈 안에서 글자의 모습으로 떠올랐다.

언어는 늘 한 가지만의 의미를 가지지 않는다.

"특별해지고 싶다고 말했어."

루진이 조금 더 세속적인 표현에 능숙했다면 내 심장의 주인이나 나의 반쪽이라고 말했을까? 아니, 그래도 루진은 달빛이 되고 싶고 사탕이 되고 싶다고 말했을 것이다.

심장이 없으면 죽는다. 없기 때문에 죽는다면, 살기 위해 꼭 필요한 것이라면 그건 필수품에 지나지 않는다.

필수품이 아닌데도 그저 갖고 싶어서 쳐다보게 되는 쓸모없는 것들. 유리구슬, 귀걸이, 반지, 초콜릿, 색돌, 에나멜, 인형. 기어이 선택하고야 마는 그런 것들. 사랑하는 것들. 루진은 그런 것이 되고 싶다고 말한 것이다.

달빛, 사탕. 그 단어들을 혀끝에서 소리 없이 굴려 보는 것만으로도 입안이 달달해진다. 그건 마음의 맛일까? 그런 마음을 받으면서도.

"하지만 나는 그 애를 그렇게 소중하게 생각 못 하는 것 같은 거야…."

"음, 친구가 말이지."

무라가 정정해 준 순간 디하는 흠칫하더니 잽싸게 고개를 끄덕였다. 난간에 기대 있던 무라가 디하를 향해 다가오고 있었다.

"먼저 확실히 해야 할 거 같은데 말이야."

"뭐가?"

"지금 고민하는 게 안 맞는 것 같아서 깨질까 고민하는 거야, 잠자리 파트너와 정식으로 교제하는 걸 고민하는 거야?"

"어… 사귀지도 않았는데 깨질 수는 없지 않을까?"

"그럼 잠자리 파트너랑 정식으로 사귈까 말까 고민하는 거지?"

"아니, 그것도 좀…."

"결국 사귀고는 싶은데 내가 애를 좋아하는 건가 아닌가 고민이 된다는 거잖아."

"아니, 사귀고 싶어서 고민하는 건 아니고."

"뭐 어쨌든."

디하의 앞에 선 무라는 어깨를 으쓱하더니 말했다.

"한번 사귀어 보지?"

간결한 결론이었다.

장황한 고민에 비해 너무나 단출한 답에 디하는 잠시 눈만 끔뻑거렸다.

"그게 답이야?"

"응."

무라는 고개를 끄덕였다.

디하도 고개를 끄덕였다.

"갈게. 내일 보자."

"디하야, 남이 열심히 듣고 대답해 줬는데 반응이 그게 뭐야."

"미안한데 네 열심과 내 열심이 같은 뜻이 아닌가 보다."

"지금 상황은 어딜 봐도 사귀는 게 최선의 답이거든?"

"무라, 네가 연애 이야기를 좋아한다는 건 아주 잘 알겠어."

한숨을 내쉬며 디하는 몸을 돌려 무라를 쳐다보았다.

"하지만 말이야, 무라. 좋아하지도 않는 사람과 사귈 수는 없잖아. 사귀면, 그러니까… '해야' 하잖아? 그 친구는 남자와 그럴 사이가 아니라고 깨닫고 고민하는 건데…"

"오늘 밤도 예약되어 있는 나한테 그런 말 해 봤자."

"간다."

"아아아, 잠깐, 잠깐."

무라는 바람을 일으키며 냉정하게 몸을 돌리는 디하를 붙잡았다.

"좀 기다려! 대체 농담을 못 하겠네."

"난 진지하거든? 농담할 기분이 아니야."

"아, 그래. 미안. 그래서 원제로 돌아와서, 사귄다고 해서 꼭 자야 하는 건 아니잖아. 뭐 나처럼 자유로운 사람이나, 너… 의 친구처럼 사귀기 전부터 자는 사람들도 있고, 일 년 넘게 사귀면서 안 자는 사람들도 있는걸? 그런 건 각자 조율할 문제…. 잠깐, 혹시."

거기까지 말한 무라는 뭔가 깨달았는지 갑자기 디하에게 바싹 붙어 목소리를 낮췄다.

"있잖아, 디하. 혹시 그 남자 억지로 했던 거야? 막 하자고 강요해? 그래서 그래?"

"아, 아니. 그건 아니야. 절대 아니야. 싫으면 안 한다고 했어. 하지만 그게 문제가 아니잖아."

"그럼 전혀 문제없네!"

"왜 없어!"

애초에 무라에게 상담을 하는 게 아니었다. 또 엄청나게 단순한 결론을 내리는 무라의 모습에 디하는 바로 반박했다.

"싫으면 안 한다고 했다며. 둘의 문제에 대해 조율하고 양보할 의사가 있다는 건 중요한 거야. 너처럼 도망치는 것보단 백 번 더 낫지 뭐."

"도망…."

"아, 친구 이야기지. 참. 미안."

무라가 어깨를 으쓱하며 말을 가로채자 디하는 할 말이 없어졌다. 몇 번 우물거리던 디하는 그대로 말을 잃고 어깨를 축 늘어뜨렸다.

"둘 다 준비는 다 된 거 아니야? 한번 사귀어 보라고 해 봐."

"너…."

디하가 눈살을 찌푸리며 고개를 들자, 손가락 하나가 가볍게 불만을 말하려는 디하의 입술을 눌러 막았다. 디하는 그만 반사적으로 입을 다물어 버렸다.

"사람은 의외로 자기 마음을 쉽게 알지 못해. 감정을 그렇게 단번에 결정 내리려고 하지 마."

"…하지만 그… 소꿉친구는 나한테 그런 감정을 가지고 있지 않을걸."

"특별해지고 싶다고 했다며?"

"특별해지고 싶다고 하긴 했지만 말야, 사실 걔가 말한 건 그러니까, 일반적인 남녀관계의 그게 아닐 거야. 걘 그런 걸 몰라."

고개를 저으며 디하는 무라에게서 물러섰다.

"설명하기 힘든데, 그러니까 그 애는 발달이 느리다고 해야 할까…. 음, 그래. 무원 학원의 박사들 같은 애야. 그중에서도 사회성이 있는지 의심되는 사람들 있잖아."

"하지만 그들도 사랑은 해."

"하지만 자신이 상황에 맞는 말을 하고 있는지 모르는 사람들이 많지."

"하지만 그 사람이 디하의 친구를 소중히 여기고 있다는 건 확실하잖아."

무라가 어깨를 으쓱하며 말했다. 무라의 어깨 위에서 저물어 가는 태양의 빛이 너무 눈부시다. 디하는 고개를 돌렸다.

"…그 애가 사랑이 뭔지 알 리가 없어."

"참, 도망치는 사람이란 답답하네. 일단 네가 그걸 어떻게 확신하느냐는 둘째 치고."

휘휘 손을 내저으며, 무라가 말했다.

"뭐 그 친구도 거의 확실해 보이기는 하는데, 일단 말야. 사랑한다, 만다, 그런 게 뭐가 중요해?"

"당연히 중요하지. 너 지금 그걸 말이라고…."

"넌 그 애한테 관심이 있어. 그리고 그 애도 너한테 관심이 있어."

"나는 그 애를 좋아하는 게 아니고 그 애도 나를 좋아하는 게 아니야."

"좋아해야만 사귀니?"

대체 이게 무슨 소리인지. 디하는 입을 벌린 채로 순간 '허'하고 말 대신 숨을 내뱉었다.

당연히 좋아해야지 사귀는 거 아닌가. 좋아하지도 않는데 어떻게 사귄단 말인가. 디하가 어이가 없어 멈칫했지만 할 말이 없어 멈춘 건 아니었다. 당연한 소리를. 그렇게 말하려고 한 순간.

"너도 날 사랑하고 나도 널 사랑하는 완벽한 상태여야만 둘이 사귈 수 있는 거야?"

나오려던 말이 들어갔다.

"아니지. 왜 서로가 멋진 인연이 될 수 있는지 확인할 수 있는 드문 기회를 저버리려고 해?"

디하는 입술을 붙이고 무라를 쳐다보았다. 아마도 무라가 하려던 말은 자신이 생각한 것과는 다른 것 같았다.

"사랑이 기적이라면 두 사람이 그 기적을 확인하기 위해 도전하는 건 정말로 멋진 일이야. 그리고 이 희소한 기적은 찾으려고 하지 않으면 찾을 수 없어."

무라가 다가와 디하의 양 어깨에 손을 얹었다.

"왜 문 닫아 두고 아닐 거라고 귀 막고 있어? 왜 완벽한 것을 찾아? 완벽하지 않으면 시작할 수 없어? 처음부터 완벽한 게 대체 어디에 있어? 확실하지 않으면 아무것도 할 수 없는 거야?"

아니, 완벽한 걸 찾는 게 아니야. 하지만 이건 아니잖아.

—뭐가 아닌데?

잠깐 혼란스러워하는 사이 무라의 얼굴이 가까이 다가오며 말을 쏟아 냈다.

"자기 싫으면 사랑하지 않는 거야? 그럼 마음의 준비가 되지 않은 연인은 사랑하지 않는 거네? 혼전 순결주의자들은 그 마음을 부정당하는 거고 말이야. 아니, 그런 것보다 사랑하면 반드시 둘이 자야 해? 중요한 건 그게 아니잖아."

갑자기 확 맑아졌다.

자신도 모르게 맑아진 마음에 당황하며 디하는 뒷걸음질 쳤다. 대체 왜 맑아진 걸까? 무엇을 알아서. 무엇을 깨달아서. 너무나 맑아진 마음이 오히려 혼란스러웠다.

"아니지. 아니지, 디하야. 사랑은 그렇게 완벽하게 시작하지 않아. 사랑은 수줍음 타는 장난꾸러기거든. 사랑은 확신에서부터 시작하지 않아. 확신은 결말이지. 그렇기 때문에 마음에 불씨가 당겨진 그 순간을 찾아야만 해. 혼란스럽고 확신할 수 없는 그 순간이야말로 사랑이 너에게 속삭이는 거야. 그걸 시작이라고 말할 수 있다면, 디하야."

말이라는 스푼이 명쾌하게 뒤죽박죽인 찻잔 속을 휙, 한 번 휘젓는다.

가볍게 휘몰아치는 혼란 속에서 정신없이 쏟아지는 말을 듣기도 바빴다. 그 말을 이해하는 순간마다 몸이 흠칫거렸다. 다가온 무라의 입술이 디하의 귓가에서 속삭였다.

그 순간,

"넌 사랑에 빠졌어."

손끝부터 부서진다.

파스스 부스러져 마디마디 공기 중에 하늘하게 산개하고 흩어져 사라졌다. 흩어진 찰나의 시간에 수도 없이 쪼개지고 또 쪼개져 완전히 사라졌다. 자신이 사라졌다. 그러다가 공기 중의 먼지들을 다시 모아 누군가가 이어 붙인다. 재탄생이 완료되는 순간까지 가만히 있던 디하는 무심코 자신의 손을 들여다보았다.

변함없는 손이었다. 주름도, 자잘한 상처도, 벗겨진 모양도 그대로인.

디하는 그 손을 움직여 보았다. 자신의 의사대로 움직인다. 엄지, 검지, 도레미파솔라시도. 연주하는 그 손을 누군가 붙잡았다. 무라였다.

"이미 충분히 사랑에 빠졌어. 하지만 넌 무섭지. 아직 익숙하지 않은 세계의 문을 열어 버렸거든. 그만 세상의 모든 게 변해 버렸지. 넌 변하는 세상의 모든 게 낯설고 무서워 갓난아이처럼 울다가 새로운 세상의 문을 닫아 버렸어."

분명 자신의 손인데도 왜 이렇게 낯설까?

들이쉬는 공기는, 한 번도 세상의 찬 공기에 닿은 적 없는 것 같은 호흡기를 차갑게 베어 내며 몸 안으로 퍼졌다. 세상을 향해 첫 울음을 터트려야 하는 걸까? 그저 들이쉰 숨에 힘을 얻어 어색하게 손가락을 움직이던 디하는 멋대로 들어 올려지는 손을 따라 고개를 들었다. 그 시선의 끝에서 고양이 같이 경쾌한 소녀가 자신을 향해 말하고 있었다.

"의심하는 사이 곧 그 문은 잠겨 버릴 거고 넌 그게 진짜인지 가짜인지 영원히 확인하지 못할 거야."

자신이 사랑에 빠졌다고.

"나는…."

"생은 짧으니, 사랑하라 소녀여!"

디하가 겨우 입술을 움직인 순간, 무라는 물러서며 팔을 벌렸다.

그녀의 등 뒤로 저물어 가는 햇빛이 쏟아져 그녀의 모습은 실루엣으로만 보였다. 붉은 그림자 극장의 무대 위에서 한껏 팔을 벌리며 무라가 선언하듯이 소리쳤다.

"붉은 입술이 바래기 전에, 뜨거운 피가 식기 전에, 내일의 세월은 없으리니. 사랑하라 소녀여!"

그러고는 혼자 신나서 웃으며 시를 읊는다.

막간의 공연을 보는 것 같았다. 손톱만큼 남아 있던 해는 무라의 뒤로 미끄러지듯이 떨어지고 곧, 노을조차 빠르게 퇴장하며 막의 종연을 알렸다.

새까매진 무대 위를 디하는 말없이 쳐다보고 있었다. 뭔가 알 것 같았다. 뭔가 해야 할 것 같았다. 하지만 뭔지 확실히 모르겠다. 그때 막간의 공연을 상연한 여인이 손을 뻗으며 경쾌하게 제안했다.

"디하야, 뭐가 그리 무서워? 잘못 선택할까 봐? 하지만 디하야, 상처 주지도 않고, 상처 받지도 않는 관계 같은 건 없어. 누구나

다 실수하고 누구나 다 실패해. 그리고 그건 잘못된 게 아니야."

그리고 크게 웃었다.

"어차피 내가 남에게 상처 준 만큼 누군가는 나에게 상처를 주겠지."

디하는 가만히 서 있는 무라를 한참 동안이나 쳐다보았고, 무라는 그런 디하를 말없이 기다렸다. 하지만 오래 기다릴 수는 없었나 보다.

"뭐, 다시 말하지만 급할 건 없어."

다가온 무라가 디하의 팔을 붙잡았다. 그제야 디하는 '아'하는 소리를 내며 석상처럼 굳어 있던 몸을 움직였다.

"천천히 해. 초조해할 것 없어. 이 언니가 언제든지 도와줄 테니깐용."

"…아니."

디하는 고개를 저으며 자신을 붙잡은 무라의 손을 떼었다.

"아니야."

초조한 건 아니다. 너무 많은 것들이 휘몰아쳐서 잠깐 멍해진 것뿐이다.

좌초된 생각 속에서 쏟아진 빛을 보고, 디하는 모든 걸 정리했다. 확실하진 않지만 해야 될 것이 있었다.

"고마워, 무라."

"응?"

갑작스레 디하가 이마에 키스하자 무라는 눈을 동그랗게 떴다. 그 모습을 향해 작게 웃어 주고, 디하는 한 발자국 뒤로 물러섰다.

"아주 도움이 됐어."

"헤?"

그리고 디하는 달렸다.

6. 손을 뻗어서

"음."

아민은 입을 가리더니 앞에 앉은 루진을 향해 고개를 들었다.

"예전에도 말했지만 나는 내키지가 않아. 디하가 혼자 집에 있는 시간이 많아지는 것도 걱정이고."

"이미 한다고 말했다."

"돈에 신경 안 썼으면 좋겠어."

"형 혼자 다 할 수 없다. 또 형도 결혼해야 한다."

그러니까 이 집에 얽힌 채무는 빨리 해결할수록 좋다. 아민 혼자의 부담으로만 지워 둘 수는 없다. 그게 루진이 처음 산림 경비대에 들어가기로 결정했을 때부터 한 말이었다.

아민 입장에서 봐도 5년간 대리자 역할을 하는 것으로 제시된 금액을 얻는 건 매우 합리적이고 효율적이었다. 하지만 어딘가 마음 한구석이 걸렸다. 아마도 가장 역할을 쭉 해 온 이로서 피보호자였던 루진이 민감한 집안 사정에 신경을 쓴다는 걸 받아들이기 힘든 탓 아닐까?

하지만 루진도 성인이다. 아민은 깊게 한숨을 내쉬고 테이블에 놓인 물 잔을 들었다.

"혹시나 해서 묻는 건데 디하에겐 말했지?"

"다, 당연하다. 말했다."

루진은 아민의 시선을 피하며 말했다. 하지만 물로 입술을 축이던 아민은 자신을 피하는 루진을 보지 못했다.

"뭐라고 하던? 화내?"

"…화냈다. 그러니까 디하에게 말하지 마라."

"적어도 산림 경비대에게 말하기 전에는 말했겠지?"

끄응 하고 앓는 소리를 내며 루진은 고개를 끄덕였다. 어색함이 있는 표정이었지만, 아민은 그걸 디하와의 다툼 때문이라고 생각했다.

"요즘 아침도 잘 안 먹고 피해 다닌다 싶더니…. 디하가 저번에 하룻밤 외박했던 것도 그거 때문이야?"

"으, 응…. 생각할 시간이 필요하다고…."

뜨끔한 표정을 지으며 루진은 몸을 움츠렸다.

"디하 화내는 거 보고 싶지 않다…."

"너한테 그렇게까지 화난 것 같진 않아. 기분이 좀 복잡한 것 같긴 하지만."

물 잔을 놓은 아민은 루진이 앉은 의자 옆에 놓인 짐 가방을 턱짓했다. 루진의 몸통 반에도 못 미치는 왜소한 짐 가방이었다.

"그것만 가지고 갈 거야?"

"어차피 계속 있어야 하는 거니까, 기본적인 건 산림 경비대가 준비해 준다. 심부름도 해 줄 거고."

"네가 글을 배워 둬서 다행이다."

아민은 쉬는 날이지만, 루진은 일하는 날이었다. 또한 가야 하는 날이었다. 그날을 알고 있었기 때문에 오늘 배웅이라도 하기 위해 휴무를 신청했다. 덕분에 동생에게 이른 점심 정도는 차려 줄 수 있었다.

지겹도록 본 사이인데도 앞으로 그와 같이 지겹게 볼 수 없다고 생각하니 어쩐지 마음이 허전해져서, 아민은 루진의 짧은 머리를 마구 헤집어 헝클어뜨리고는 이마에 입 맞추어 주었다.

"잘 갔다 와."

"알았다. 편지 보낸다."

자리에서 일어나, 루진도 아민의 이마에 입 맞추고 짐 가방을 어깨에 들쳐 멨다. 정오였다.

"지금 가면 디하 점심시간이겠네. 꼭 디하한테 이별 인사 하고."

"응. 알았다."

루진은 웃으며 문을 닫았다. 열린 문틈으로 들어오던 눈부신 정오의 햇살은 사라지고, 아민은 잠시 동생이 나간 문을 쳐다보았다. 시선을 내리자 테이블에 빈 나무 접시가 두 개 덩그러니 놓여 있는 모습이 보였다.

아민은 한숨과 함께 그릇을 정리했다. 달그락거리는 소리만 들리는 집 안은 적막했다.

───※───

산림 경비대의 분위기는 차분했다. 이미 루진이 산림 경비대에 들어왔을 때부터 필요한 준비는 끝나 있었고, 거창한 행사가 필요한 건 아니었기 때문에 대리자가 결정된 이상 절차를 행하기만 하면 됐다.

산행은 저녁에 시작된다. 밤길을 타고 몰래 숨어들어 간 수호자가 그 자리를 지켜 정령의 공백을 숨긴다. 그 밤의 산행을 위해 수호자에게는 조금의 주술적인 준비가 필요했다. 루진은 젬므가 가지고 온 안료로 능숙하게 자신의 몸에 기호를 그렸다.

"그 기호 맞아?"

루진이 그리는 기호를 보며 젬므가 묻자 루진은 돌아보지도 않고 대답했다.

"맞다."

"음, 진짜야?"

"젬므는 다르게 쓸지 모르지만 나는 이거다. 젬므는 어떤 거 쓰냐?"

"어, 아니. 그게 아니라."

젬므는 당황한 표정으로 손을 저었다. 그러더니 길게 신음했다.

"너 열 살 이전에 여기 왔다고 하지 않았어? 그럼 이런 거… 기억나는 거 하나도 없을 거 아냐."

"기억난다. 전사들이 화장하던 법도."

손에 묻은 붉은 안료를 눈두덩에 바르고 루진이 말했다.

"이렇게 하면 적의 피를 정확히 꿰뚫어볼 수 있다. 그리고 목에 이렇게 하면."

루진이 남은 안료로 목 가운데를 긋는 붉은 선을 만들었다. 두 줄을 만들고 파란색 안료를 찍어 지그재그로 그 사이에 선을 그었다.

"금계(禁界)를 만들 수 있다. 육으로 영을 보호하는 거다. 시체를 저주의 도구로 쓰지 못하고, 골수와 뇌를 먹어도 나의 영혼도 지식도 아무것도 얻지 못한다."

"영혼은 여기 있는 거잖아."

젬므가 가슴을 두들기자 루진은 고개를 갸웃하더니 아 하고 깨달은 듯이 말했다.

"그거, 자기가 어디에서 태어났느냐에 따라 조금씩 다르다고 들었다."

"뭐야. 그런 게 어딨어."

"정령들이 그렇다고 그랬다."

"으음."

젬므는 신음하더니 다시 치장하는 루진을 가만히 쳐다보았다.

그는 열 살 넘어 도시에 왔지만 이미 그때 자연과 소통하는 법은 거의 잊어버린 상태였다. 어차피 정령, 또는 전대의 수호자로부터 많은 걸 배우지 못하긴 했지만 그저 정령들의 수런거림이나 들으며 바람을 타는 자신과는 달리 루진은 제대로 된 수호자였던 것 같다.

약간, 허탈했다.

"에이. 뭐 암튼 네가 수호자가 되어서 다행인 거 같네. 나보다 잘할 거 같고."

"그러냐?"

루진은 건성으로 대답했지만, 자신의 몸에 금계의 문양을 열심히 그려 넣는 모습을 보니 화낼 일은 아닌 것 같았다. 잠시 루진을 쳐다보던 젬므는 마침 생각난 것을 물었다.

"아 참, 그리고 보니 네 연인하곤 잘 해결됐어? 기다려 준대?"

"연인?"

"디하인가, 그 같은 집 산다는."

"어…."

의자에 앉아 다리를 들고 문양을 그려 넣던 루진이 잠시 움직임을 멈췄다.

"모르겠다."

그러고는 다시 다리에 문양을 그려 넣고 반대쪽 다리를 들어 문양을 그려 넣는다. 그 모습을 보며 젬므는 눈을 둥그렇게 떴다.

"야, 잠깐. 모르겠다니? 너 걔 때문에 대리자 안 한다고 했잖아. 그런데…."

"누군가에게 필요하고, 그래서 내가 도움을 줄 수 있다는 건 대부분 기분 좋은 일일 거다."

사지에 영혼의 기척을 죽이는 문양을 그려 넣은 루진은 염료가 마를 때까지 조금 기다리기로 했다. 염료가 마르며 온몸의 피부를 잡아당긴다. 이때 영혼의 냄새가 같이 빠져나가는 것이라고, 어렸을 때 늑대 정령이 알려 주었다.

"그런데 그런 느낌이 있다는 것도 알았다. 그러니까…. 나는 필요하기만 하구나, 그런 느낌이라고 하면 젬므는 알겠냐?"

"…음. 이용당하는 느낌?"

"어쩌면 그걸지도 모르겠다."

루진은 고개를 끄덕거리더니 눈을 감았다.

"디하는 그럴 생각이 없었겠지만 난 그런 기분을 느꼈다. 그래서 화가 났다. 하지만 디하한테 화낼 건 아니라는 사실을 알았다.

어떻게 해야 할지 몰라서 꾹 참았다. 아마 디하도 그랬을 거다. 그래서 디하가 왜 날 피해 다녔는지 깨달은 거다."

"응…?"

젬므가 무슨 소리냐는 듯이 쳐다봤지만 눈을 감은 루진에게 보일 리 없었다. 루진은 가라앉은 목소리로 말했다.

"디하 나한테 화난 거다. 하지만 나한테 화내고 싶지 않으니까 멀리했던 거다."

"어, 루진. 그건 아닐 거 같은데…"

"젬므가 알려 준 방법으로 디하랑 했을 때, 이상하고 좋은 기분이어서 디하를 살피지 못했다. 그래서 디하 다치고…"

"아니, 잠깐. 야. 여자애들은 원래 처음에 피 나올 수도 있어."

"나올 수도 있는 거면 안 나오게 할 수도 있는 거 아니냐. 그런 거 신경 못 썼다. 너무 아파하면 무리하지 말라고 젬므도 말하지 않았냐. 그런데 나 그때 그런 거 생각 못 했다."

젬므는 잠깐 생각해 보았다. 하지만 아무리 생각해 보아도 안 나오게 하는 방법은 없을 것 같았다. 애초에 안 나올 수는 있겠지만, 같은 것을 생각해 보던 젬므는 한숨을 내뱉으며 하던 생각을 집어치웠다. 루진은 진짜 디하가 다쳤느냐보다는, 본인이 잘 신경써 주지 못한 점을 후회하는 것 같았고 그건 어떻게 해도 달래기 힘든 부분이었다.

"아니 뭐, 너도 처음이잖아. 처음부터 잘할 순 없는 거고."

"그치만…"

"야, 들어. 원래 남자는 그럴 땐 정신이 없어. 이번에 잘하지 못했다고 사내자식이 축 쳐져 있는 건 정말 볼썽사나운 거야. 다음에 더 잘해 주면 되는 거고…."

"그치만 나, 디하가 나 신경 안 쓴다는 기분 들었을 때 굉장히 슬퍼졌다…."

코 들이켜는 소리가 들렸다. 깜짝 놀라 고개를 든 젬므는 루진의 눈가에 그렁그렁하게 매달려 있는 눈물을 발견했다.

"그래서 디하가 나 피했다고 생각하니까 무서워서…."

"야, 잠깐! 울지 마! 울지 마! 아 나, 사내놈이 왜 울어!"

"디하 나 싫어해…."

"야!!! 화장 지워지잖아!!"

"약 때문에 잠깐 그랬던 거지 사실은 나 싫어한다…."

"아 진짜!"

펑펑 울어대는 루진의 양 눈가에 들고 있던 천 쪼가리와 소매를 대고 눈물을 닦아 주던 젬므는 기어이 번져 가는 화장을 보고 이를 갈았다. 곧 출발해야 하는데.

"디하 그때뿐이지 또 나 피하고…. 나도 디하 무서워서 더 뭐라고 못 하겠다…."

"그래…."

어차피 화장은 자신이 하는 게 아니라 루진이 하는 거다. 자기 고생 알아서 하는 거라는 걸 깨달은 젬므는 한숨을 푹 내쉬더니 머리를 긁적거렸다.

일단 이걸 대체 어떻게 해야 할까? '아아'하고 신음하며 두리번거리던 젬므는 뭉그적뭉그적 루진에게 다가가 그의 등을 두들겼다. 달래야 출발을 시키든지 말든지 할 것 아닌가.

"뭐, 그럴 수도 있는 거지. 괜찮아. 세상은 넓고 여자는 많아.

실패할 때도 있고 성공할 때도 있는 거야. 도저히 마음 못 추스르겠으면 좀 떨어져 있고…"

혹시 그래서 떨어져 있으려는 건가. 젬므는 끅끅거리며 억지로 울음을 멈추는 루진의 등을 두들기며 신음했다. 아무리 그래도 5년은 너무 긴데.

"뭐, 무슨 상관이야…"

"디하는 내가 없는 게 편할 거다…"

"그래, 그래."

어쨌든 루진이 대리자가 된다는 게 중요했다. 자신이 훈수를 둔 탓에 멀쩡한 커플이 깨지는 것 아닌가 하는 생각에 석연찮은 기분도 들었지만, 루진은 대리자가 되어야만 했다. 목적을 위해 젬므는 인상을 구기면서도 루진이 이별을 받아들일 수 있도록 어르고 달랬다.

해가 머리 위에 떠 있는 시간이었다.

집에는 루진이 없었다.

터질 듯한 심장을 안고 집으로 달려온 디하는 숨을 몰아쉬며 왜 루진이 집에 없는지 생각해 보았다. 혹시 저녁 근무인가?

빛 한 톨 남지 않은 집 안에 천천히 야광주의 빛이 밝혀졌고, 디하는 아침에 나갔을 때와는 다른 모습으로 정리된 식기를 보고 식탁에 앉았다.

저녁을 준비해야 할 텐데.

하지만 싱숭생숭해서 도저히 손에 무언가가 잡히지 않았다. 빨리 루진과 얼굴을 보고 이야기하고 싶었다. 그런데 대체 뭐라고 말해야 하지?

"아."

디하는 신음하며 얼굴을 감싸 쥐었다. 감정만 앞섰을 뿐 아무것도 정리가 되지 않았다. 대체 루진에게 뭐라고 말해야 할까? 하지만 감정은 확실하다. 도망쳐서는 아무것도 되지 않는다. 얼굴을 마주 보고 이야기하고 싶다. 확실히 결정 내리고 싶다. 이제는 뭐든지 괜찮다. 충분히 고민했으니까 어떤 결과든지 납득할 수 있었다.

그러니까 그러기 위한 첫 마디는 대체 무엇이면 좋을까?

"디하?"

"히익!!!"

뒤에서 들린 목소리에 디하는 기겁하며 자리에서 일어났다. 벌떡 일어난 탓에 의자가 밀려 쓰러졌고, 뒤에서 다가오던 발자국 소리가 멈췄다.

"…미안. 놀라게 하려던 건 아닌데."

"아, 아뇨. 아뇨."

부스스한 모습의 아민이 머리를 긁적이며 고개를 젓는 디하를 향해 다가왔다.

"뭘 그렇게 고민하고 있어?"

"아뇨, 그냥…. 고민하던 건 아니고요."

디하가 의자를 일으켜 세우며 시선을 피하자, 아민은 그녀를 지나쳐 테이블 위에 있는 주전자를 들었다. 꼴록대며 물이 잔으로 넘어왔다.

"그런데 오빠, 오늘 집에 있었던 건가요? 오늘 쉬는 날?"

"응, 루진 때문에. 밥은 먹여 보내야지…. 음."

밥을 먹여 보냈다니, 아침은 자신이 차렸으니 아민이 점심을 먹였다는 뜻일 터이고 그럼 역시 루진은 저녁 근무였던 모양이다. 디하는 약간 풀이 죽어 손가락만 매만졌다. 빨리 이야기하고 싶은데.

"루진이 걱정돼서 그래?"

"네?"

디하는 화들짝 놀라 물 잔을 내려놓는 아민을 쳐다보았다. 아민에게 독심술이라도 있었던 걸까? 그럴 리는 없다. 혹시 루진이 뭐라고 말했던 걸까?

설마하니, 이런저런 이야기를 다 한 건 아니겠지?

"어, 루진이 뭐라고…."

"뭐, 가면서 또 무슨 소리를 했을지는 모르겠다만, 루진도 자기 나름대로 고민해서 내린 결론일 테니까 너무 그러지 마."

"예… 에?"

무슨 소리지? 맞장구를 칠 수도 없는 소리에 디하는 묘한 반응을 할 수밖에 없었다.

"루진의 정신연령이 열 살 겨우 넘긴 건 사실이지만, 뭐 애초에 사회화가 늦었으니까. 말도 열 살 넘어서 배웠고. 물론 수호자들은 그것보다 정령의 영향으로 정신적 발달이 조금 늦거나, 본질을 구성하는 야성의 영향으로 인해 인간의 사회화를 의식적으로 거부한다는 제성 학원 정령학 라니만 교수의 논문이 있긴 해. 전문 분야는 수호자들과 정령의 연계 구조에 대한 해명이긴 한데 꽤 잘 썼더라고. 아마 수경력 14년 2분기 정령학회 세미나에서 발표한 걸 로 제목이…"

"아, 네."

아민의 이야기가 이런 쪽으로 흘러갈 때면 반쯤은 흘려들으면 좋다. 예전에 한 말이었다고 지적하는 것도 좋지 않다. 디하는 건성으로 대답하며 아민이 내려놓은 잔을 설거지 그릇에 밀어 넣었다.

"하여튼 수호자들에게 사회적 문제가 있긴 하지만 그건 수호자들이 바보라는 뜻은 아니야. 단지 야성이 조금 더 강하고, 조금 순진할 뿐이거든. 루진도 그래. 충분히 사람들과 어울려 살고 있잖아. 무엇보다 충분히 자기 결정에 책임질 수 있는 나이란 말이야. 너무 물가에 내놓은 아이처럼 걱정하지 않아도 돼. 뭐, 너에게 사실상 루진을 맡겼던 내가 할 말은 아니라서 미안하다만…"

"잠깐요, 아민 오빠."

디하는 손을 들어 머리를 긁적, 안경을 들었다 놨다 눈을 굴리며 나지막한 목소리로 읊어대는 아민의 말을 막았다.

"그, 루진이 저에게 뭐라고 말했을 거라고 생각하는 건지 모르겠는데, 루진이 뭐라고 했나요?"

"응?"

무원 학원의 연구자들에게는 돌려 말하는 게 잘 통하지 않는다. 디하는 낮게 한숨을 쉬고 쉽게 말했다.

"쉽게 말하자면, 저 오빠가 왜 이런 말 하는지 모르겠어요."

잠깐 아민이 입을 다물고 디하를 쳐다보았다.

"루진이 아무 말 안 했어?"

"무슨 말을요?"

"음, 질문을 바꿔서, 디하. 루진이 너한테 갔어?"

"왜 루진이 저한테 와요?"

"점심밥 먹고 바로 집에서 나갔어. 그래서 너한테 인사 꼭 하고 가라고 분명 말했는데."

"무슨 인사요?"

아민이 눈살을 찌푸렸다. 안경을 고쳐 쓴 그는 디하를 쳐다보며 말했다. 디하의 미간에도 의문으로 가득 찬 주름이 켜켜이 잡혔다.

"루진 오늘 산에 가는 날인 거 몰라?"

"산에는 매일 가잖아요. 뭐 특별한 일이라도 있어요?"

"오늘부터 대리자 역할을 하잖아."

"대리자가 뭔데요?"

잠깐 아민의 입술이 우뚝하게 붙었다. 미간에 주름을 잡은 아민의 표정이 왠지 무서워서 디하가 움츠러든 사이, 아민은 일그러진 얼굴을 손으로 가리더니 고개를 숙였다.

잠시의 침묵 후, 그는 깊은 한숨과 함께 디하를 향해 고개를 들었다.

"혹시말이다, 디하."

디하는 직감했다.

"루진이 아무 말 안 했어?"

저건 개를 한 열 번은 더 잡고도 남을 표정이었다.

지푸라기라도 잡는 것 같은 심정이었다. 아민에게 간략한 이야기를 듣고 그만 굳어 버린 디하는 해가 이미 예전에 져 버린 창밖 하늘을 보고, 해 진 후 등산한다는 이야기를 떠올렸다.

이미 늦었다고 생각했다.

하지만 누가 그랬던가, 늦었다고 생각한 때가 제일 빠른 거라고. 단지 확인이라도 하기 위해서 디하는 산림 경비소를 향해 달렸다. 없을 것 같았다. 없을 것이다. 하지만 혹시 모르니까.

도착했을 때는 이미 달이 휘영청 뜨고 별이 오종종하게 군청색의 하늘에 흩뿌려진 뒤였다. 디하는 숨을 몰아쉬며 눈앞의 불 밝혀진 오두막을 쳐다보았다. 간판에 산림 경비대 기호가 그려져 있고, 그 밑에 '마논 산림 경비소'라고 적혀 있었다.

찬 공기를 잔뜩 들이마신 가슴이 저리다. 입가를 닦아 들러붙은 머리카락을 쓸어 내고, 디하는 천천히 산림 경비대 사무소를 향해 걸었다.

사무소라지만 산 입구에서 한참 올라와 등산길 초입까지 올라와야 하는 곳이라, 그곳까지 달려온 디하로서는 걷는 것만으로도 몸이 천근만근 무거웠다. 코앞에 있는 문은 걸어도, 걸어도 가까워지지 않는 것 같다. 겨우 손을 뻗어 닿은 단단한 나무문을 디하는 힘겹게 두들겼다.

"계세요…."

숨이 차서 목소리가 잦아든다. 디하는 잠시 움직임을 멈추고 숨을 고른 다음, 자세를 바로잡았다.

"계세요!!"

"아 이, 대체 뭐야."

문을 쾅쾅 두들기자 문이 벌컥 열렸다. 불행히도 바깥쪽으로 열리는 문에 한 대 얻어맞은 디하가 신음하며 뒤로 물러섰고, 문을 열던 남자는 움직임을 멈췄다.

"엇, 뭐야. 이봐, 괜찮아?"

"아… 으, 코가 좀…."

"아니, 뭐 그리 가까이 붙어 있어서…. 그리고 문을 두들겼으면 들어오면 되지 뭐 여기가 사가인 줄 알아? 사무소라고 사무소."

찡한 코를 감싸 쥐며 디하는 고개를 들어 문을 연 남자를 쳐다보았다. 산림 경비소에서 나왔으나 장신구며 꾸밈새가 화려해 산림 경비대원이라고 보기 힘든 남자가 거기 서 있었다.

"근데 뭐야. 아가씨가 이 시간에, 이런 데는 왜? 등산할 차림새도 아니고."

"그쪽도 등산할 차림새는 아닌 것 같은데요…."

디하가 남자의 복장을 보고 말하자 남자는 눈을 가늘게 뜨더니 자신의 복장을 흘끔 훑었다.

"이 복장이 어때서? 산림 경비대 정복 규율 그대로 갖춘 건데."

"그럼 산림 경비대원인가요?"

코를 감싼 손을 내린 디하가 자세를 바로 하고 눈앞의 남자와 시선을 맞췄다.

"그래. 이 겨울에, 이 밤중에, 이 산에 와서 문을 두들긴 거 보니 무슨 일은 있나 본데 뭐야? 이불에 오줌 쌌다고 혼낸 남동생이 마논 산으로 떠난다고 편지라도 써 두고 가출했어?"

"으음…. 솔직히 기분상으로는 좀 비슷한 것 같은데…."

"우리는 그런 거 취급 안 해."

디하가 우물우물 중얼거리기 무섭게 산림 경비대원은 등을 돌렸다. 문을 닫는 것도 순식간이었다. 디하는 놀라 닫힌 문의 손잡이를 잡았다.

"아니, 잠깐, 그게 아니라…!"

문을 벌컥 열고, 쏟아지는 빛에 눈부셔하면서도 디하는 목소리 높여 말했다.

"루진 있죠? 여기서 일하는 루진 만나러 왔어요!"

눈이 순식간에 빛에 익숙해졌다. 경비소 안에는 족히 열은 되어 보이는 남자들이 양쪽의 의자에 앉아 발톱 사이에 낀 때를 빼거나, 장비를 점검하며 휴식을 취하고 있었고, 그들은 모두 디하를 쳐다보고 있었다.

침묵과 함께 자신을 응시하는 다양한 남자들의 눈동자에 디하는 반걸음쯤 뒤로 물러섰다.

잘못 들어온 건가, 여기.

"지금 저 아가씨 루진이라고 했나?"

"루진 찾아온 여자라고?"

"그럼 혹시 저번에 걔가 말하던, 이거?"

남자들의 퀴퀴한 냄새와 수군거림이 화로의 온기와 함께 방 안에서 술술 빠져나왔다. 말로 할 수 없는 압력이 디하를 뒤로 밀어냈고, 디하가 결국 도망쳐야겠다는 생각을 한 순간이었다.

참으로 산적의 규범이라고 할 수 있을 것 같이 생긴 중년 남자가 디하의 손목을 덥석 붙잡았다.

"야, 아가씨가 루진의 그거요?"

"히, 예?"

"이야, 그놈 숙맥인 줄 알았는데 실력도 좋네. 어휴. 어디서 이렇게 이쁜 아가씨를 꼬드겼어."

그러고는 와하하 웃었다. 한겨울에 대체 어디서 흘린 땀인지, 땀 냄새며 입 냄새에 디하가 찌르는 듯한 두통을 느낀 순간이었다. 아까 디하에게 문을 열어 주었던 남자가 옆에서 다가와 디하의 손목을 붙잡은 손을 걷어 냈다.

"아 진짜. 거 아가씨 손목을 뭐 그렇게 힘껏 붙잡고 계쇼. 아파하는 거 좀 보쇼."

"응? 어이쿠. 이거 참, 맨날 사내놈들이랑 놀다 보니. 미안하네, 아가씨."

하하, 하고 중년 남자가 사람 좋게 웃었다. 그러자 뒤에서 신발 끈을 고쳐 꿰던 남자가 시시덕거렸다.

"사내놈들이랑만 놀아? 거 마누라가 집 안에 없나 보네. 드디어 도망갔어?"

"에라이, 마누라가 여자냐!"

"침대 안에서도 그 소리 하나 보자. 야, 다들 내기하자! 안 한다에 밀주 한 잔."

"안 한다가 뭐냐, 못 한다지."

"좋아, 나도 못 한다에 건다! 내가 제수씨한테 물어볼게. 붙어, 붙어."

"넌 그만 좀 꼬발라라 좀!! 아, 그래서. 아가씨. 어쩌다 이렇게 늦었어?"

"예, 예??"

냄새하며 이리저리 튀는 화제에 정신을 못 차리던 디하가 코를 가리며 얼굴을 들이미는 중년 남자에게서 슬쩍 물러섰다. 중년 남자는 걱정스러운 표정으로 벽 너머를 턱짓하고 있었다.

"만나기로 했던 거지? 이미 해 지자마자 대장 팀이랑 올라갔어. 따라가려고 해도 이미 한참 올라갔을 테니 만나기도 힘들 거고."

"모, 못 따라 가는 건가요?"

"힘들지~. 우리도 못 따라가. 애초에 루진은 산에 사는 늑대 정령의 수호자잖아. 거기다가 지금 최정예들만 뽑아서 동행 중인데."

어쩌나 하며 남자가 다시 디하를 쳐다보았다.

디하는 중년 남자를 쳐다보았다.

늦었다.

남자의 눈 안에 자신이 서 있었다. 멍하니 서 있었다. 달려온 자신이 그냥 가만히 멍하게 서 있었다. 그렇게 열심히 달렸는데. 집에서 산림 경비대 사무소까지 달렸다. 노을 져 가는 도서관에서부터 집까지 달렸다. 이렇게나 열심히 달렸는데.

디하는 아무 소리도 내지 못하고 앞을 쳐다보았고, 뚫어질 듯한 시선에 중년 남자는 머쓱한 듯이 헛기침을 했다.

그 소리에 갑자기 이유도 없이 서러워졌다.

"흑…"

"아이고."

흐느끼는 소리가 들리자마자 중년 남자가 한탄하며 뒤로 물러섰다.

이렇게 많은 사람들이 보는 곳에서 우는 건 꼴사나우니까 하면 안 되겠지만, 서러워서 눈물이 펑펑 솟아나는 걸 막을 수가 없었다. 디하는 입술을 꽉 깨물고 소리를 내지 않으려고 애썼다.

루진이 없다. 이미 늦었다. 이렇게나 열심히 달려왔는데. 나한테는 말도 안 하고 가 버렸다. 단 한마디도 없이.

"으…. 흐으, 읍, 윽…."

고개 숙인 디하의 눈에서 뚝뚝 떨어진 눈물이 바닥을 적셨다. 그 모습을 곤란하게 여기며 쳐다보거나 외면하던 대원들은 어느새 한 명에게 시선을 주기 시작했다. 그 시선에 디하의 앞에 서 있던 중년 남자도 동참했다. 중년은 옆에 서 있던, 디하에게 문을 열어 주었던 젊은 남자의 옆구리를 쿡 찔렀다.

"젬므. 어떻게 안 되냐?"

"뭔 소리요?"

"아니, 너도 일단은 수호자 아니냐?"

"무슨 수호자가 마법사인 줄 아나. 어떻게 늑대를 따라가?"

"물론 루진 혼자면 못 따라가겠지. 그래도 지금 사람들이랑 같이 올라가잖아."

"난 나비지, 늑대가 아니라고."

"하여튼 날 수 있잖아. 우리보단 낫지."

"아니, 사람 태우고 날 수 있는 거 아니란 말요."

"야, 그래도 너 대신 가느라 찢어지는데 도움은 줘야 되지 않겠냐?"

중년 남자의 한마디에 안 그래도 불편하던 젬므의 표정이 완전히 구겨졌다.

어쩌야 좋을지 모를 표정으로 한참 얼굴을 구기며 한숨을 내뱉던 젬므는, 결국 크게 심호흡을 한 번 하고 디하를 향해 다가섰다.

"거, 잠깐. 울지 말고. 그, 혹시 아가씨 이름이 디하요?"

"읍…. 네, 흑…."

"하아, 뭐 이거 대체 어떻게 된 건지…."

젬므가 애꿎게 자기 머리를 뒤집어엎자, 옆에서 다가온 누군가가 젬므의 옆구리를 찔렀다.

아마 이 사람도 중년 남자와 같은 생각인 것이겠지. 젬므가 눈을 부라리며 쏘아본 순간, 이번에는 반대편에서 옆구리를 찌르는 게 느껴졌다.

"뭐해, 남의 연애 안 도와주고."

"아니, 내가 왜…."

이를 갈며 돌아본 순간이었다. 옆구리를 찌른 중년 남자는 방한 코트를 내밀었고 젬므는 반사적으로 그것을 받았다. 중년 남자가 물러서자 그 뒤에 서 있는 산림 경비대원이 방한 코트 위에 귀마개를 놓았다. 젬므는 어쩔 수 없이 그것을 받았고, 다음은 마스크가 걸쳐지고, 그 위에….

"어?"

어느새 한 짐을 가득 품에 안게 된 젬므가 고개를 들자, 중년 남자는 젬므의 엉덩이를 걷어찼다.

"얼른 가 봐! 안 늦었을지도 모르잖아!"

"우엇!"

균형을 잃고 허우적대던 젬므는 결국 문에 코를 박은 자세로 무너졌다. 체중에 밀린 문이 조금 열렸고, 그 틈새로 새어 들어오는 바람에 디하가 조금 추운 듯 재채기를 했다.

　문 앞에 서 있었던 디하였지만 허우적거리는 젬므를 피하지 못할 정도로 우는 데에 집중하고 있진 않았다.

　"크, 하. 아니 젠장, 이게 뭔 꼴이야?"

　"가, 얼른 가."

　"아니, 밀지 마! 그리고 나 수호자인데 루진 가는 샛길에 함부로 끼어들면 안 되는 거 아냐? 그래서 내버려 두고 간 거고!"

　"상관없잖아. 길에 무슨 짓을 해 둔 것도 아니고."

　"뭔 소리야, 길이 숨김길이잖아!"

　"아 됐어, 가 봐. 오늘 실패하면 내일 가면 되는걸."

　"더럽게 속 편하네!"

　자리에서 일어나며 젬므는 옆에 선 디하를 곁눈질했다. 눈물이 맺은 디하가 코를 훌쩍이며 붉은 눈가를 문지르고 있었다.

　"아, 씨. 진짜. 내 탓은 아닌 거 같지만, 뭐 또 쌍으로 울어 젖혀선…."

　한탄과 분노와 포기를 섞어 혼자 머리를 긁고 왔다 갔다 하던 젬므가 탁 하고 구두 굽으로 바닥을 찼다.

　"아, 젠장할. 그래, 내일 가는 것보단 오늘 가는 게 덜 가도 되니까 지금 가 봅시다, 그려."

　"예?"

　"코트 걸치쇼. 추워."

　"아, 네."

밤의 산에 디하가 입고 있는 옷은 어울리지 않았다. 살갗을 찢어 파고들 듯한 냉기에 몸을 움츠리며, 디하는 젬므가 건넨 코트를 걸쳤다. 곧 디하에게 귀마개가 건네지고, 마스크가 건네지고….

"따라오쇼."

"네?"

"아, 가자고. 멀리 안 갔을 테니까."

젬므가 머리 위로 손을 빙글빙글 돌렸다. 휙 하고 불어온 바람이 디하의 머리를 훑고 지나가 젬므의 손 위로 얌전히 내려앉았고, 곧 그 바람은 디하의 발밑에 가만히 자리 잡았다.

바람이 보였던 건 아니다. 하지만 곧 발바닥이 땅에 닿지 않는, 기묘한 부유감에 디하가 허둥거렸다.

"으하? 으아아?"

"아, 버둥대지 마쇼. 걷기 편하게 해 주는 것뿐이니까. 거친 길도 평지 걷듯이 걸을 수 있을 거요."

손을 설레설레 젓던 젬므는 디하가 자세를 바로잡는 걸 확인한 후 앞장서 걸었다. 그 뒤를 따라 디하도 발걸음을 옮겼다.

걷는 게 산길 같지 않았다. 또 자기 몸 같지 않았다. 지쳐 축 늘어졌을 몸이 전혀 무겁지 않았고 발밑은 불편한 게 하나도 없었다.

"저기, 혹시."

"꼭 붙어 오쇼."

손등을 켜고 앞장서는 젬므 뒤에 바짝 붙으며 디하는 그를 곁눈질했다.

"저, 혹시 수호자… 신가요?"

"뭐, 허접하지만 일단은."

댁 애인보다, 라고 할까 하다가 울던 루진의 모습이 생각나 접어 둔 젬므는 디하를 슬쩍 곁눈질하더니 한숨을 내쉬었다. 이게 그 '디하'란 말이지.

"말 많이 하지 마쇼. 아가씨 같은 사람은 입안부터 얼어붙을 거야."

"네?"

"체온 떨어진다고."

혀를 차며 젬므는 디하에게서 시선을 돌렸다. 뒷사람도 신경 쓰지 않고 걸어가는 전문 산림인의 걸음을, 지금 어색해진 오감에 적응하기도 바쁜 디하가 따라가기 편할 리가 없었다.

───※───

"근데 꼭 젬므 보낼 필요 있었나?"

산림 경비원 사무실, 제일 구석에 앉아 있던 머리 벗겨진 검은 머리 사내가 방 안의 찬 공기가 따듯하게 데워진 후 말했다.

"그 아가씨 지쳐 보이던데 이런 밤에 산행도 힘들 거고."

"아, 남의 연애 도와줘야지."

"하이고, 지 것도 간수 못 하는 주제에."

문을 닫고서도 한참 동안이나 창문 너머를 쳐다보던 중년 남자가 말하자마자 옆에서 바로 핀잔이 들어왔다.

"대체 왜 남의 연애를 도와줘야 해?"

"난 우리 마누라가 뭘 원하는지도 모르겠구만."

구석구석에서 낄낄거리며 웃는 소리가 퍼졌다.

그저 웃는 소리가 아니다. 비웃는 소리도 아니다. 강산이 변할 때까지 함께 살아온 반려가 있는 이들이 노쇠한 안온함과 지겨움을 섞어 농지거리에 풀어 너도 나도 다르지 않아 서로 알고 그러려니 하며 주고받는 웃음소리였다.

"알았던 시절도 있었잖어."

"어휴, 언제 적인지 기억도 안 나네. 젊은 것들 알아서 붙었다~ 떨어졌다~ 하는 게 세상의 이친데 뭐 그렇게 신경 써. 걔들 얼마나 가."

"네가 제수씨랑 연애할 때도 세상 사람들 다 그렇게 말했다."

"3일 만에 차인다는 데 식사 내기 했는데, 덕분에 내가 밥 다 샀지."

그 시절을 기억하는 사람들이 그래, 그랬지 하고 웃었다.

"저 자식 그때 하던 짓 기억하냐. 광장에서 무릎 꿇고 큰 목소리로, 흠흠, 나의 아름다운 숙녀여! 나는 당신에게 지금 맹세하니…!"

"야야야, 그만, 그만! 야, 그렇게 하면 성공한다고 한 사람이 누군데!"

"어이고, 이제 부끄러운 줄 아냐?"

"조용히 해, 이것들아. 그게 어때서."

얼굴이 시뻘개져서 말을 막으려 애쓰는 이가 있고, 그를 놀리는 이가 있다. 웃어대는 친구들 사이로 걸어 들어가며 중년 남자가 말했다.

"뭐가 자기 짝인지는 모르는 거야. 기회는 줘야지. 마침 한가하기도 하고."

사실 그걸 모르는 사람이 있을 리가 없다.

"뭐가 진짜 날 특별하게 만들어 줄지는 알 수 없는 노릇이야. 사랑이라는 게 그런 거 아니냐. 세상이 날 위해서 도는 것 같고, 소설 속 주인공이 된 거 같고. 그런 게 인생에서 흔한 경험은 아니니까 젊어서 한 번은 해 보라고 도와주는 게 어때서."

"어이구. 거 참 로맨틱해서 죽을 거 같은 소리네."

하지만 알면서도 낯간지러운 일. 그래서 없는 척 모르는 척 웃고 떠드는 것들.

"애새끼 낳기 전에는 로맨틱해서 뒈져도 돼."

"그래 놓고선 마누라가 여자냐고 그러셨수?"

"아 깜빡할 뻔했네. 저놈 입 좀 꿰매라!"

"여러분, 저 겨털 안 깎은 지 5년 넘는 입 냄새 나는 놈이 자칭 세기말 낭만주의자인 거 아십니까! 아이고 세상 말세다. 낭만주의자 다 뒈졌네!"

"아 저거!"

그 범상한 기적들의 나열. 그것들을 겪고 한 사람과 운명을 만든 예사로운 이들이 이곳저곳에 모여 각자 지금까지도 이어져 가고 집 안에서 기다리고 있을 기적을 떠올리며 시끄럽게 웃었다.

올려다본 하늘의 달이 새하얗다.

이 추위에는 달조차 얼어 버리는 걸까? 평소의 노르스름한 빛깔 없이 하얗게 질려 버린 달을 올려다보며, 디하는 달빛 돌을 옷위로 짚어 보았다.

방한 코트를 입고 있는데도 온몸이 오스스하게 떨린다. 입김은 하얗게 설어 마스크 너머로 맺히고 가벼웠던 몸도 금세 다시 피로를 잔뜩 머금고 무거워졌다. 대체 지금 어디를 가고 있는 걸까? 마치 짐승들이 다니는 길처럼 작고 어두운 길을 따라 걸으며 디하는 약간의 어지러움을 느꼈다.

　─우우우우우.

하지만 멀리서 들리는 늑대 울음소리에 어지럽던 정신이 바짝 날 섰다. 기분 탓이겠지만 마른 풀 밟히는 소리까지 들린다. 바람 소리일까? 디하는 주변을 불안하게 두리번거리더니 발걸음을 서둘러 앞장서 가는 남자의 뒤에 붙었다.

"저, 저기."

"벌써 힘들다고 하지는 마."

"아니, 그게 아니라…."

힘들기는 하지만 저렇게 말하니 투덜댈 수 있을 리가 없다. 아직 걷지 못할 정도도 아니어서, 디하는 쭈뼛대며 물었다.

"늑대 우는 소리 들리는데…. 그, 괜찮은 건가 싶어서요."

"적어도 이 길에 늑대들이 올 일은 없어. 못 와."

어째서 그렇게 확신하는지는 모르겠지만 그걸 물을 상황은 아니었다. 디하는 남자에게 바짝 붙어 그의 옷을 붙잡곤 목소리를 낮췄다.

"하지만 그, 뭔가 풀 밟히는 소리 같은 게 들렸는데…."

"주변에 있을 순 있어."

그러더니 남자는 디하의 손을 떼어 내고 다시 앞장서 걸었다.

아무리 마음을 곱게 먹으려고 해도 얼굴이 저절로 일그러진다. 마치 귀찮은 짐짝 떠안아 들고 가는 듯한 저 태도는 무어란 말인가. 물론 자신이 산행에 익숙하지 않은 데다가 갑자기 생긴 일이니 귀찮을 수는 있다. 하지만 최소한의 예의는 지켜야 할 거 아닌가. 여태까지 오면서 얼굴도 제대로 보지 못했다. 당연히 대화도 없었다.

물론 산림 경비원이 가게 직원처럼 사근사근해야 할 이유는 없겠지만 불편했다. 길 가기 바빠 그럴 수도 있겠지만 은근히 꺼리는 느낌이라 불쾌하기까지 했다.

하지만 불쾌해서 뭐 하나. 자신의 기분 탓일 수도 있는 것을. 어쨌든 상대는 산림 경비원이고 수호자이니 자신보다는 자연을 잘 알 것이다. 그리고 아까 듣기로, 루진이 간 길은 특수한 길이라고 했었다. 어쩌면 동물들이 다가오지 못하는 마법을 걸어 둔 길인지도 모른다.

스스로를 타이르며 디하는 낮게 한숨을 내쉬었다. 깊은 한숨은 안도감에서 내쉰 숨은 아니었다. 피로감이 가득 차서, 머릿속에 가득 낀 피로감을 그렇게라도 빼내지 않으면 안 될 것 같았다. 빠져나온 날숨이 하얗게 변해 흩어졌다. 앞으로 내딛는 걸음이 무거웠다.

그때 디하는 뒤에서 잡아당기는 것 같은 느낌을 받았다.

진짜 무언가가 잡아당기는 게 아니라는 건 곧 알 수 있었다. 아마 주변의 낮은 나뭇가지에 옷자락이 걸렸을 것이다. 지친 디하는 뒤도 돌아보지 않고 겉옷을 들어 끌어당겼다.

"끄응."

작게 신음하며 디하는 앞장서 가는 남자를 따라 발걸음을 옮겼다. 그러고 보니 이름도 모른다. 이름이나 물어볼까 하며 디하는 발을 앞으로 뻗었다. 그렇지만 이번에도 뒤에서 방해하는 힘이 있었다.

"윽, 안 빠졌…."

대체 어디에 어떻게 걸린 걸까? 디하는 인상을 구기며 몸을 돌렸고, 옷이 걸린 모습을 보고는 눈을 둥그렇게 떴다.

사실 옷은 걸린 게 아니었다. 물려 있었다.

늑대한테.

"헤."

그것도 송아지만 한 늑대한테.

[아, 역시 그 누나다.]

"히야아아아아아악!!"

자신의 허리까지 오는 늑대를 한밤중의 산에서 만나 편안할 수 있는 사람은 없을 것이다.

디하 역시 그랬고, 그래서 비명을 지르며 도망쳤다.

"뭐, 뭐야…. 으헉?!"

"느, 늑대! 늑대!"

비명을 지른 디하를 돌아본 남자는 숨을 멈췄고, 혼비백산해 달려가면서도 디하는 성실하게 굳어 버린 남자의 손목을 잡아끌었다.

"뛰어요!"

뛴다고 해서 도망갈 수 있을까? 하지만 그 순간, 디하는 앞에서도 사부작대는 소리가 들리는 걸 보았다. 아니, 들었다. 본 것은 짐승 모양의 그림자였다.

헛것을 본 것이길 바랐지만, 그것은 디하를 향해 다가왔다. 곧 뒤에 서 있는 늑대와 비슷한 크기의 밝은 회색빛 늑대가 달빛 아래 모습을 드러냈다.

"느, 늑대들은 못 들어온다면서요."

디하는 남자를 곁눈질했다. 그 눈매에 다소 원망이 섞인 건 어쩔 수 없으리라. 남자는 당황했는지 주춤대며 눈앞에 나타난 늑대를 경계하고 있었다.

"이거 곤란한데…."

[와! 나비 형도 있다!]

그때 앞에 나타난 늑대가 그들을 향해 달려들었다. 디하는 놀라 비명을 지르며 주저앉았고, 뒤에 서 있던 남자도 디하의 손을 뿌리치며 높게 소리 질렀다.

"우와앗! 야, 으악!"

[팔랑팔랑! 으헤헤헤.]

[신난다! 그헤헤헤.]

두 늑대가 동시에 남자를 향해 달려들었고, 남자는 바람 같은 동작으로 늑대들을 피했다.

디하는 한참 동안 그 광경을 쳐다보았다. 그 후에야 디하는 남자가 비명을 지르고 있기는 해도, 절체절명의 위기감을 가지고 있지 않다는 사실을 깨달았고 늑대들 역시 남자를 잡아먹으려고 하는 것 같지는 않다는 사실을 깨달았다.

뭐라고 해야 할까? 짓궂은 놀이를 하는 동네 꼬마들을 보는 것 같달까?

"그러고 보니…"

늑대가 말을 하고 있잖아.

정말 늦게 깨달았다. 디하는 눈앞에서 커다랗게 살랑살랑 흔들리는 먼지떨이 같은 회색 꼬리를 멍하니 쳐다보았다. 다리에도 힘이 없고 머리도 무거웠다.

[와! 예전보다 더 빨라졌어!]

"야, 이것들아, 헉, 그만, 인마! 힘들어! 아, 정말 이것들 때문에!"

[잡았다!]

"크후허학!"

정신없이 남자를 덮쳐대던 늑대 중 한 마리가 드디어 남자의 가슴에 두툼한 앞발을 턱 얹었다. 쇠망치에 맞은 듯 숨 멎는 소리를 내며 쓰러졌다.

[잡았다! 내 거!]

[나도, 나도!]

"야 인마, 악, 이것들아, 하지 말래도! 너희들은 장난이지만 난 아프다고! 하지 마!"

자리에 엎어진 남자를 향해 늑대들이 달려들자, 남자는 악다구니를 쓰며 팔다리를 미친 듯이 버둥댔다. 보기 추하긴 했지만 늑대들이 입질을 그만둔 걸로 봐서 효과가 없지는 않은 모양이다.

[젬므 형아가 너무 오랜만에 왔다.]

[나비 형아랑 노는 거 재미있는데.]

"너희들만 재미있지! 야, 난 사람이라고! 너희들 이빨이며 발톱으로 할퀴고 물어대면 어쩌라고!"

디하는 늑대들의 말 속에서야 겨우 남자의 이름을 알았다. 젬므라. 어디선가 들은 것 같은 이름인데. 여하튼 젬므가 화를 내자 늑대들은 무겁게 붕붕 흔들어대던 꼬리 움직임을 멈추며 끄응 하는 소리를 냈다.

[형아도 수호자잖냐?]

[루진 형아는 안 아파하는데.]

[하지만 루진 형아가 물면 아파.]

대체 루진은 평소에 뭘 하고 노는 걸까? 서로 동의한다는 듯이 고개를 끄덕이는 두 늑대의 대화를 들으며 디하는 몸에서 힘을 뺐다. 잠시 쉬어도 될 것 같았다.

"걔는 늑대고, 나는 나비라고! 같겠냐, 응? 같겠냐고! 몇 번을 말해야 해!"

[하지만 요즘 루진 형아도 잘 안 놀아 주고.]

[그런데 오랜만에 형아 냄새가 나서 와 봤더니만.]

두 늑대의 시선이 등 뒤로 옮겨졌다. 그 뒤에는 당연히, 축 늘어져서 한숨 돌리고 있는 디하가 있었다.

"헤, 에, 나?"

[이상한 누나가 있다.]

[이상한 누나 아냐. 큰엄마다.]

"크, 큰엄마?"

엄마도 아니고, 물론 엄마가 될 만한 일을 한 적이 없, 아니 있기는 했지만.

하여튼 큰엄마라니. 난데없이 뭔 소린가 싶어 디하가 되묻자, 디하를 이상한 누나라고 말한 옅은 회색의 늑대가 되물었다.

[큰엄마? 그럼 루진 형아 언제 짝짓기 했냐?]

[바보야. 저번에 형이 소중한 사람 찾아 달라고 했잖아.]

으르렁대며 짙은 회색의 털을 가진 늑대가 밝은 회색 늑대의 콧잔등을 물었다.

[우 씨, 왜 물어!]

[네가 멍청하니까 그렇지!]

"아, 진짜. 그만해. 너희들 때문에 너희들 큰엄마 놀랐잖아. 다리에 힘 빠져서 못 일어나는 거 안 보여?"

서로 콧잔등을 물려고 펄쩍펄쩍 뛰는 늑대들의 머리를 툭툭 치며 젬므가 디하에게 다가왔다. 다가오기 전, 바닥에서 버르적거리느라 묻었던 마른 풀들을 털어 내는 건 기본이었다.

"거 괜찮은 거요? 뭐 삐끗해서 넘어진 거 아니지?"

"아, 네…. 그렇긴 한데."

눈앞에서 아직도 서로 으르렁대는 늑대들은 저번, 루진이 자신을 찾으러 왔을 때 본 적 있었던 늑대들이었다. 그중 한 마리는 자신을 기억하고 있었던 모양이다. 디하는 팔에 힘을 넣어 땅을 짚고 일어나려고 했다.

"아."

잠깐 디하는 당황했다. 디하는 다시 땅을 짚고 다리에 힘을 주었다. 그 모습을 보고 있던 젬므가 상황을 이해한 듯 슬쩍 눈살을 찌푸렸다.

"다리에 힘이 안 들어가?"

"어, 왜…."

어디 다친 걸까? 하지만 통감은 느껴지지 않는다. 놀라서 다리에 힘이 안 들어간다는 느낌도 아니다. 순수하게 힘이 들어가지 않는 무거운 다리를 느끼며 디하는 당혹스러워했다.

"바람 다루는 게 몸을 가볍게 해 준다고 쳐도 몸의 피로감을 완전히 없애 주는 건 아니지. 보아하니 허용치를 넘었구만. 꺾었어."

정작 젬므는 아무렇지도 않은 듯 뒤통수를 긁적긁적 하더니 으르렁대는 늑대 중 밝은 회색 늑대의 뒤통수를 한 대 더 쳤다.

"야, 니들은 너희 큰엄마가 힘들어하는데 니들끼리 으르렁대고 앉아 있냐?"

[어? 큰엄마 아프냐?]

"아파. 그리고 지금 가야 될 데 있거든? 태우고 가자."

[어디 가냐?]

"음…."

젬므는 잠깐 생각하는 듯한 표정을 지었다. 그러더니 씩 웃고는,

"일단 바위로 가야 돼."

라고 말했다.

처음에는 늑대들의 등에 탔었다.

하지만 다리가 끌렸다. 늑대들이 크기는 하나, 사람의 다리가 땅에 끌리지 않을 정도로 큰 건 아니었다. 그렇지만 그것 때문에 등에서 내려온 것은 아니다.

[무닌, 큰엄마 태우는 거 힘들어한다.]

[아니다! 안 힘들어!]

[느린걸!]

[안 느려! 봐라, 나 너럭바위까지 먼저 올라갈 거니까!]

무닌이 앞발에 힘을 주고 엉덩이를 들었다. 등에 타고 있던 디하가 어라, 한 순간이었다.

"흐에에엑!!"

칼바람이 얼굴을 할퀴고 지나갔다. 얼얼한 눈을 제대로 뜨지도 못하고 디하는 뒤로 밀려나는 자신의 몸을 낮추며 무닌의 털을 움켜쥐었다. 아마 무닌은 그런 고통은 처음이었을 것이다.

[캐캥!]

높게 비명 지르며 무닌이 멈춰 섰다. 관성의 법칙에 의해, 등에 올라타 있던 디하는 뒤로 나가떨어졌고 말이다.

"야 인마, 이 멍청이들아!"

달려온 젬므가 무닌과 후긴의 뒤통수를 뻑뻑 갈겼다. 무닌과 후긴이 깨갱거리며 휘청거렸고, 디하 역시 휘청거리며 자리에서 일어나 앉았다.

"거 아가씨 괜찮어?"

"으, 돌부리에 코를 좀 찧은 거 빼고는…"

"야 이놈들아! 니들이 말도 아니고 안장도 없고 안 그래도 자세

불안한데 달리면 어쩌라고! 여기가 절벽이었어 봐, 너희 큰엄마 절벽에서 굴러 떨어져서 영영 안녕이야!"

[끄엥.]

[깽!]

젬므에게서 한 대씩 더 맞은 늑대들은 젬므를 향해 으르렁거렸다. 아무래도 얻어맞은 게 기분 나쁜 모양이다. 그 모습에 젬므는 잠깐 움찔거렸지만 곧 허리에 손을 얹고 당당하게 루진을 팔아먹었다.

"야, 나니까 이 정도로 끝나지 루진이었으면 너희들 벌써 물어뜯겼다?"

[끙.]

대체 루진은 늑대들과 어떻게 노는 걸까? 디하는 두 번째로 궁금해하다가 의문을 접기로 했다. 피곤했다.

"으음. 이쪽 길이 빠르기는 한데 험하고. 너희들 하는 꼴을 보자니 등에 태우는 건 안 되겠고. 방법이 없네."

"가야 돼요."

눈앞이 흐릿하다. 이마를 짚으며 디하가 말하자, 턱 끝을 긁적이던 젬므는 디하를 곁눈질하며 움직임을 멈췄다.

"…안 간다고 한 적 없어."

[큰엄마 괜찮냐?]

[미안하다.]

무넌과 후긴이 다가와 앉아 있는 디하의 팔을 핥았다. 옷 위라 혀의 느낌은 닿지 않았지만, 걱정하는 것은 느낄 수 있어서 디하는 늑대들의 머리를 쓰다듬어 주었다. 장갑 너머로도 뻣뻣한 털의 감촉이 느껴졌다.

다가온 늑대들의 털에서는 겨울바람 냄새 같은 것이 났다. 늑대의 모습을 하고 있지만 정령이기 때문일까? 늑대들에게서는 동물들의 누린내가 나지 않았다. 그 냄새는 루진과 살을 맞댔을 때 그의 피부에서 올라왔던 냄새와 비슷하기도 했다.

'루진.'

품에 안고 피부를 더듬었던 것이 생각난다. 손끝에 가만히 힘이 들어간다.

대체 루진 때문에 이게 무슨 고생이란 말인가.

피곤하고 코도 저리고 얼굴도 얼얼하다. 손이 움켜쥐어지려는 걸 온 힘을 다해 막으며 디하는 이를 갈았다. 죄 없는 늑대들의 털을 또 뜯을 수는 없었다.

"으음. 태우는 건 아무래도 안 되겠고. 마법 양탄자를 만들어야 하나."

"마법 양탄자요?"

"그렇게 부르는 거 있어. 야, 무닌, 후긴, 이리 와 봐. 그리고 아가씨는 이거 좀 먹고."

자리에 앉은 젬므가 가방을 풀어 디하에게 무언가를 휙 던졌다. 받은 것은 사탕이었다.

"아무리 지쳤다고 해도 기운이 엄청 없어 보이는데… 저녁은 먹긴 한 거야?"

"안… 먹었네요."

"이거 참 나. 그거라도 먹어. 더 있으니까."

젬므가 가방에서 가느다란 밧줄을 꺼내더니 사탕을 두세 개 더

던졌다. 디하는 그 사탕을 받아 깨물었고, 끈적하게 녹은 단맛이 목구멍을 넘어간 후에야 허기를 느꼈다. 저녁을 먹지 않았다는 사실을 깨달은 후에야 배가 고프다니.

디하는 나머지 사탕도 까 허겁지겁 입안에 밀어 넣고 씹어 삼켰다. 그 모습을 보고 늑대들의 몸에 밧줄을 매고 있던 젬므는 사탕을 더 꺼내 물통과 함께 디하에게 건네주었고, 디하는 물통을 받아 급히 넘겼다. 물은 적당하게 따듯했다. 따스한 물이 배 속까지 흘러들어 가 몸을 데웠고, 찌르는 듯한 허기도 천천히 사라졌다. 디하가 안도의 한숨을 내쉬자 젬므가 혀를 찼다.

"어쩌다가 루진 같은 놈이랑 만나서 이런 고생이야, 아가씨는."

"그러게요. 어렸을 때 엄마가 옆집 애랑 잘 지내라고 했을 때 싫다고 했어야 했는데."

한탄하듯 한숨을 내쉬며 디하가 몸을 늘어뜨렸다. 멍하던 머리는 맑아졌고 몸에 힘도 조금 돈다. 하지만 아직 자리에서 일어날 기분은 들지 않았다.

"뭐야, 소꿉친구?"

"네…. 젬므라고 했나요? 같은 수호자면 루진과 좀 친한가요?"

"음…. 뭐…."

[우리랑 형아랑 같이 잘 놀아 준다!]

밧줄이 단단하게 묶인 후긴이 깡충거리며 디하에게 다가왔다. 목부터 몸통까지 단단하게 묶인 밧줄이 후긴 뒤로 길게 늘어졌다.

"시꺼, 임마. 자, 무닌도 됐고. 아가씨, 이리 와 봐."

젬므가 손짓해 디하를 불렀다. 거기엔 침낭이 하나 놓여 있었고, 머리와 발 부분의 끝이 밧줄에 묶여 있었다. 물론 그 밧줄은 각각 후긴의 몸통에 연결되어 있는 것이었다. 덤으로 후긴에게도.

"…이거 짐… 짝 같은 느낌인데…."

"아니, 늑대 썰매지."

"썰매라기엔…."

"우리 환자 생겼을 때 이렇게 이송하거든. 채이거나 구를 일은 없어. 내가 띄울 거니까."

이걸 가지고 마법 양탄자라고 한 걸까? 하지만 아무리 봐도 생김새가 양탄자라기보단 짐짝이었지만, 하여튼 그 생김새는 지금 말할 바가 아니었다. 그게 늑대들에게 연결되어 있는 모습을 보니 그 안에 도저히 들어가 누울 생각이 들지 않는 게 문제였다.

"아 정말, 뭘 꾸물거려. 얼른 타. 그래야 시간 늦지 않게 만나지."

"아니, 내 몸의 안전이 좀…."

[이쪽으로 가면 앞질러 갈 수 있다!]

[먼저 가서 놀라게 해 주자!]

"금방 미안하다고 하던 애들이, 아, 안전은, 읍."

젬므는 망설이는 디하를 밀어 침낭 안에 넣고 밖에서 끈을 묶었다. 인신매매당하는 게 이런 기분일까? 옴짝달싹하지 못하는 디하를 늑대들이 질질 끌기 시작했다.

"으엑, 잠깐…."

"바람 들어간다, 안에서 꼭 묶고. 야, 너희들! 움직이지 마! 잠깐!"

디하가 기겁한 표정을 지은 순간, 등에 닿아 있던 단단한 바닥이 멀어졌다. 젬므가 띄운 걸까? 디하가 걸을 때보다 확연히 높게 침낭을 띄운 젬므는 '음' 하더니 만족스러운 표정과 함께 박수를 쳤다.

"됐어! 좋았어, 이제 달리자!"

[간다!]

[내가 먼저 갈 거다!]

"으아아아아아아!!!"

짝 하는 박수 소리와 동시에 확 끌려가는 느낌이 들었다. 일상적이지 않은 몸의 이동 속도에 겁부터 더럭 났다. 얼마나 달리는지 보지 못해 알 수는 없었지만 몸에 전달되는 속도부터가 결코 완만하지는 않은 것 같았다.

올려다보는 별과 달의 움직임은 느슨했다. 하지만 달과 별을 가린 나뭇가지들은 형체도 알아볼 수 없이 뭉뚱그려져 하나인 양 길게 이어진다. 날카로운 바람이 또 얼굴을 훑고, 그보다도 날카로운 나뭇가지들이 디하의 코를 튕기고 지나갔다.

"엣퉤퉤."

"어, 나뭇가지? 생각을 못 했네. 좀 더 입가까지 뒤집어써. 눈 감고. 눈 다친다."

"큽, 저 좀 걱정되는, 데, 안전한 거 맞아요?"

"안전해, 안전해."

무심하게 말하는 젬므의 모습에선 신뢰감을 도저히 찾아볼 수 없었다. 디하는 젬므를 불안하게 곁눈질하며 침낭을 끌어올려 얼굴을 가렸다. 수호자라 그런지, 젬므는 나뭇가지들이 정신없이 녹아내리는 이 속도를 아무렇지도 않게 따라오고 있었다.

"젬므… 라고 했죠?"

"어? 어."

눈앞을 스쳐 지나가는 나뭇가지들을 보고 있자니 눈이 어지럽다. 디하는 눈을 감았다.

모든 걸 베어 버릴 것만 같은 무서운 바람소리가 들렸다.

"그…. 많이들 저에 대해 알고 계신 것 같아서 여쭤 보는 건데, 루진이 저에 대해 사람들에게 많이 이야기 했나요?"

"으음, 뭐 그렇게 많이는."

"그, 그래요…."

묘하게 상심해서 풀이 죽는다. 디하는 앓는 소리를 내며 어깨에서 힘을 뺐다. 등 밑으로 돌과 나뭇가지가 부드럽게 스쳐 지나갔다.

"거, 대체 무슨 일이 있었던 건지는 모르겠지만."

젬므는 슬쩍 디하의 눈치를 보았다. 물론 그는 둘 사이에 무슨 일이 있었는지 알고, 예상도 대충 하고 있었지만, 제삼자가 그런 사적인 일을 알고 있다고 해서 좋은 취급을 받을 수 있을 리가 없다. 그래서 적당히 뭉뚱그렸다.

"원래 당신 때문에 갈까 말까 했던 애요. 그런데 갑자기 간다고 맘 딱 정했다고 하니, 나도 그렇고 대장님도 그렇고 얼른 보내려고 하지."

"…갈까 말까 했다고요?"

"그래. 거, 이런저런 일 있겠지만 너무 애한테 차갑게 굴지 마쇼."

자기가 이런 말 할 처진가. 혀를 차면서도 젬므는 결국 아가씨에게도 말참견을 해 버렸다.

"난 별로 안 그렇지만, 기본적으로 수호자라는 것들은 순진해."

헥헥거리는 늑대 정령들의 숨소리. 하늘에서 하늘하늘 흘러내리는 눈송이가 그 사이에 섞이는 모습을 보며, 젬므가 말했다.

"멍청하다는 거랑 동의어란 말이요."

반박할 수가 없었다. 바보 늑대. 멍청한 늑대. 늑대도 아니지. 그게 어디가 늑대야, 개지. 말 잘 듣는 개. 아니, 말도 안 듣고 사고나 치는 개.

"…루진이 뭐라고 말했나요?"

"아가씨가 자길 싫어하니까 대리자가 되겠다고 했어."

아, 하고 작은 신음이 나오고 미간에 주름이 잡힌다. 손은 또 달빛 돌을 옮겨쥔다.

피해서 싫어한다고 생각한 걸까? 멍청하게. 하지만 그렇게 생각할 수밖에 없는 행동을 한 사람은 자신이었다.

기죽은 루진의 모습이 생각났다. 웃던 루진의 모습이 생각났다. 혼나던 루진의 모습이 생각났다. 하여간 그런 것들뿐이다. 그 모습에 건네야 할 말이 있는데. 그 말이 대체 무엇이더라.

막막해진 머릿속을 갈팡질팡하며 더듬었다. 한순간, 발을 헛디뎌 까무룩한 잠 사이로 빠져 버리는 건 순식간이었다.

———✦———

"야, 이거 눈 오네."

"눈 와도 상관없지 않냐?"

"너야 상관없지, 난 상관있어."

이맛살을 찌푸리며 루진의 뒤를 따라가던 대장이 긴 한숨을 내쉬었다. 마스크 위로 허연 입김이 뻐끔거리며 피어올랐고, 눈가에 흐르는 땀을 닦은 대장은 흘끔 루진의 상태를 살폈다.

"근데 진짜 괜찮냐?"

"안 춥다. 얼른 가자."

루진이 입은 옷은 방한복이 아니다. 평범한 겨울 옷, 그것도 실내에서 입을 법한 얇은 옷을 입고 그 위에 겨우 산림 경비대 복장을 걸쳤다. 땀이 들어차 안료가 녹아내리는 걸 막으려고 그렇게 입은 것이지만, 그게 춥지 않을 리가 없는데 루진은 아무렇지도 않게 성큼성큼 일행을 앞장서 나아갔다.

"어이구. 그래도 산 늑대의 자식이라는 건가."

자기 혼자 멋대로 나아가는 루진의 뒤를 따라 대장이 발걸음을 옮겼다. 어차피 이 행렬은 루진까지 합쳐 네 명밖에 되지 않는다. 루진 혼자 올라가게 돼도 되겠지만, 저 얼빠진 늑대가 뭔 짓을 할지도 모르는 데다가 바위 정령님을 모시고 내려오기도 해야 해서 혼자 보낼 수도 없었다.

"너럭바위 거의 다 왔다."

"벌써? 거 참, 뭐 그리 급해 가지고."

너럭바위가 보이는지, 루진이 자리에 멈춰 서서 일행이 있는 쪽을 향해 말했다.

좁은 오솔길 넘어 무엇이 있는지 보통 사람들에게는 보이지도 않는다. 어쨌든 너럭바위가 있다는 건 거의 다 왔다는 소리여서,

대장은 거기서 조금 쉬었다가 나머지 길을 가기로 결정했다.

"자자, 너럭바위란다. 조금만 힘내, 바위에 도착하면 자리 깔고 좀 쉬자!"

"예에~."

"왜? 그냥 바로 올라가자. 얼마 안 남았다."

"아 좀, 다 너 같은 줄 아냐! 넌 그냥 가면 끝이지, 우린 내려가야 되거든!"

앞장선 대장이 버럭 소리 지르는데도 루진은 듣지도 않은 척 앞장서 달렸다.

사람처럼 두 발로 걷다가 짐승처럼 네 발로 달린다. 동물과 사람 사이를 자유자재로 오가며 루진은 물처럼 수풀 사이를 흘러갔다. 빨리 바위 정령과 만나고 싶었다. 약간의 조급함이 루진의 발걸음에 힘을 실어 주었다. 빨리 가야 했다. 그래야 얼른 저 밑에서 멀어질 수 있으니까.

멀어져야 했다. 돌이킬 수 없을 정도로, 다시는 볼 수 없을 정도로.

저 눈 앞에 있는 너럭바위는 거의 다 왔다는 증표였다. 그러면 조금만 더 가면 된다.

그때였다. 눈앞에 무언가 거무스름한 것 두 개가 달려들었다.

[와! 형이다!]

[와!]

"엇!"

달리던 루진의 앞가슴에 두 뭉텅이가 뛰어들었다. 루진은 그것을 받아 안고 그대로 뒤로 넘어졌다. 헥헥대는 소리도, 손 안에 가득 담기는 감촉도 워낙에 익숙한 것이어서 루진은 웃었다. 멀리 바람에 실리는 냄새에서부터 대충은 알고 있었다. 으르렁대며 루진은 두 늑대의 뾰족한 주둥이를 물었다.

"위험하다고 했잖냐."

[끼잉.]

"그러다가 나 뒤로 쓰러져서 뾰족한 돌에 찔리면 영원히 못 놀아 준다."

[안 된다, 우리 아직 저번에 약속한 사냥도 못 했는데!]

[맞아, 요즘 잘 안 놀아 주고!]

"그래, 그래."

정신없이 헥헥대는 후긴과 무닌을 밀어내고 루진은 자리에서 일어났다. 요즘 놀아 주지 못한 탓에 불만이 많이 쌓였는지 둘은 계속 팔짝대며 루진에게 매달렸고, 루진은 두 손으로 바쁘게 둘을 쓰다듬어 줘야 했다.

그런데 어쩐지 둘에게서 묘한 냄새가 났다. 어디선가 많이 맡아 본 것 같은 냄새. 하지만 옅어서 무엇인지 알 수가 없다. 루진은 늑대들을 향해 코를 킁킁거렸다. 뭘까? 이건.

[참, 형아가 좋아할 거 있다.]

[맞다. 놀랄 거 있다.]

루진이 그 냄새가 무언가 생각하고 있는데, 늑대들은 주둥이 끝으로 루진의 얇은 옷자락을 잡아당겼다. 잠시 냄새에 관한 건 잊고 루진은 그들이 끌어당기는 쪽으로 발걸음을 옮겼다. 너럭바위 쪽이었다.

"뭔데 그러냐?"

루진은 너럭바위 쪽으로 시선을 옮겼다. 이 어둠 속, 저 먼 곳도 루진에게는 보였다. 달빛이 닿지 않아 어렴풋했지만 사람 모양의 그림자가 움직이고 있었다. 누굴까? 늑대들이 이끄는 대로 달려가면서도 루진은 조금도 거리낌이 없었다. 그저 조금 궁금할 뿐이었다.

달리는 루진을 향해 찬바람이 세게 불었다. 산 위에서부터 아래로 내려오는 강한 바람. 그 바람이 열기 오른 몸을 훑고 지나갔다. 싸한 냉기가 열기와 같이 사라지고, 바람에 실려 온 냄새들이 가슴 깊이 가득 담겼다.

차가워 전해지지도 않는 냄새. 하지만 그 바람에 실려 온 한줄기 기척이 닿은 순간, 루진은 자리에 멈춰 섰다.

[끄잉!]

루진의 옷을 물고 같이 달리던 후긴이 나동그라졌다. 무닌은 비틀비틀 일어나 앞발을 핥는 형제는 신경 쓰지도 않고 멈춰 선 루진을 돌아보았다.

[형아 왜 그러냐?]

"너희들 혹시…."

"아!"

루진이 긴장한 표정으로 말한 순간, 너럭바위에 앉아 있던 사람 그림자가 벌떡 자리에서 일어났다. 루진은 흠칫거렸다. 아는 목소리였다. 아는 모습이었다. 그 모습이 이쪽을 보자마자 허겁지겁 달려왔고, 루진은 그 모습을 보자마자 기겁하며 뒷걸음질 쳤다.

"으아, 왜 있는 거냐!"

[형아 어디 가냐?]

루진은 도망치려는 듯이 몸을 홱 돌렸다. 그 모습에 달려오던 그림자는 그 걸음을 조금 더 빠르게 했다.

"몰라, 안 만날 거다! 숨을 거야!"

루진이 주변을 두리번거린 순간이었다. 뒤에서 달려오던 그림자는 큰 목소리로 소리쳤다.

"무닌, 후긴, 물어!"

[와!]

[와!]

곧장 늑대들이 루진의 앞뒤를 막고 옷을 붙잡고 늘어졌다. 루진은 도망치려고 했지만 늑대들은 옷이 찢어지자 손과 발을 물어 묶어 두었다. 물론 루진이 많이 아프도록 문 건 아니었다.

"야, 너희들 놔라!"

[헤헤헤, 형이 우리들 때리진 못한다.]

[물긴 하지만.]

[벼랑에서 밀긴 하지만.]

"내 키만 한 게 무슨 벼랑이냐?"

이 상태에서 뿌리치려면 늑대들을 멀리 던져 버릴 정도로 힘을 줘야 한다. 그러면 늑대들이 크게 다칠지도 모른다. 하지만 뒤의 사람이 다가오고 있다. 루진이 날려 버릴까 고민하는 사이, 달려온 그림자가 루진의 뒤에서 헉헉댔다.

"너, 너, 너, 너…"

"히익."

뒤에 다가온 목소리를 듣고 루진은 흘끔 고개를 돌렸다.

역시나 거기에는 예상했던 모습이 있었다. 어깨를 심하게 들썩거리며, 흐트러진 머리카락을 정리하고 안경을 고쳐 쓰는 오래된 소꿉친구. 자신의 달빛이자 사탕.

디하가.

"너어어어어, 누가 네 맘대로 이런 거어어어어얼!!"

"히이익."

순간적인 판단력으로, 루진은 발을 문 무닌의 앞발을 차고 팔을 문 후긴의 턱을 쳤다. 깽, 깽 하며 늑대들이 입을 벌렸고 자유가 된 루진은 허둥대며 주위를 둘러보더니 주변의 나무 뒤로 쏙 숨어 버렸다.

덩치에 비해 가느다란 나무 옆으로는 루진의 어깨가 비죽하게 드러났다. 머리만 숨기고 꼬리는 드러낸 개가 생각나는 모습에, 디하는 울컥함을 억누르며 목소리를 높였다.

"루진, 너, 나랑 이야기 좀 해!"

"왜, 왜, 왜 디하가 여기 있냐?! 왜!"

당황한 건 한눈에 봐도 알 수 있었다. 디하는 성큼성큼 나무를 향해 다가갔다.

"대체 너 왜 이런 중요한…."

[누나, 누나.]

[사탕!]

"아, 응, 잠깐."

품을 뒤져 늑대들을 부린 대가를 지급한 디하는, 신나서 텀블링하며 사탕을 으적으적 깨먹는 늑대들을 뒤로하고 다시 척척 나무를 향해 다가갔다.

"하여튼 그러니까 너, 나한테 말도 없이 대리자인지 뭔지…!"

"으아아!"

다가가자마자 루진은 기겁하며 다른 나무로 옮겨 갔다. 디하는 쫓았고, 루진은 도망쳤다. 다시 디하는 따라갔고, 루진은 도망쳤다.

"너…!!"

몇 번 그 술래잡기를 반복하고 디하는 잠시 멈춰 섰다. 디하는 배우는 게 빨랐다. 이번에 디하는 아무 말 없이 루진을 향해 다가갔다. 루진 역시 말없이 다음 나무로 이동했다.

역시 디하는 배우는 게 빨랐다. 그래서 끝이 없으리라는 걸 깨달았다.

"…좋아."

디하는 자리에 멈춰 서서 말했다.

"나 안 움직일 테니까, 너도 움직이지 마."

"모른다, 안 들린다. 안 들려."

"귀 막아도 다 들리잖아!"

"왜 디하 여기 있냐?!"

흘끔, 뒤를 돌아보며 루진이 소리쳤다. 당황하는 것 같기도 하고 슬퍼하는 것 같기도 한 목소리.

그 목소리에, 디하는 좀 짜증이 났다.

"네가 말도 없이, 수호자인지 하는 바람에 5년 동안 못 본다고 하잖아! 그래서 산림 경비대로 달려왔는데 넌 없고, 그래서 나는…!"

"신경 안 쓰면 되잖냐! 내가 가든 말든 무슨 상관이냐?!"

"루진, 너…!"

"디하 어차피 나 피하는데, 무슨 상관이야?"

울컥해서 내딛었던 한 발이 멈췄다. 동시에 왼쪽으로 기울어지던 루진의 몸도 멈췄다.

[헤에. 형이랑 누나랑 싸운다.]

[안 되는데. 큰엄마가 없으면 애기들 누가 키우냐.]

[그러게 말이다.]

멀리서 루진과 디하의 하는 꼴을 보고 있던 두 늑대들이 갸웃갸웃하며 서로 중얼댔고, 뒤늦게 걸어온 젬므는 머리를 긁적대며 젊은 커플의 티격태격대는 꼴을 관람했다. 그 뒤에 루진과 함께 올라가던 대장이 다가왔다.

"뭐야 이거? 어떻게 된 거냐? 저 아가씨는 뭐냐, 젬므?"

[아저씨 안녕!]

[안녕!]

늑대들이 반갑다는 듯이 팔짝대자 대장은 성의 없게 늑대들의 머리를 쓰다듬어 주었다.

"그래, 어제도 봤는데 오늘도 보는구나. 얘들은 또 왜 여기 있는 건지."

"뭐 별거 아뇨. 젊은 애들 사랑싸움이니까 좀 기다려 봐."

"걸 또 왜 데려와?"

"아, 나도 데리고 오고 싶었던 건 아냐."

에잉, 하며 이맛살을 찌푸리는 대장을 향해 젬므 역시 이맛살을 찌푸렸다. 하지만 대장은 더 이상 따지지 않았다. 벌어진 일, 더 따져서 무엇한단 말인가. 대장은 그냥 몸을 돌려 선언했다.

"야, 20분 휴식!"

그 말에 따라오던 두 명의 대원이 금세 자리를 잡고 쉴 준비를 했다.

구수하고 따듯한 음료 냄새가 퍼지자 늑대들은 얻어먹을 게 있나 싶어 그쪽으로 쫄랑쫄랑 걸음을 옮겼고, 젬므도 잠시 둘을 쳐다보다가 휴식하는 이들을 향해 발걸음을 옮겼다. 남의 연애사, 트러블 구경하고 있다고 해서 뭐 빵이 나오는 것도 아니고.

덕분에 그 자리엔 루진과 디하, 둘만이 남게 되었다.

"그, 어, 그건, 피한 게 아니라⋯."

디하는 잠시 말을 망설였다. 피한 건 아니다. 왜 피했느냐면, 그건, 그러니까.

주변을 둘러보니 다행히 사람은 없었다. 하지만 디하가 주변을 살피는 사이 바통이 루진에게 넘어가 버렸다.

"디하, 나 싫어하니까 없으면 좋은 거 아니냐?"

"싫어하는 거 아냐!"

"하지만 디하 생각하게 내버려 달라고 하고선, 잠깐이라고 했으면서 계속 그랬다!"

"그건 네가 생각할 틈을 안 주니까 그런 거 아냐! 더 고민만 얹어 주고!"

젬므가 말했었다. '아가씨가 자길 싫어하니까 대리자가 되겠다고 했어.' 그렇게 생각할 수 있었다는 건 안다.

"생각할 시간이 필요하다고 말했잖아. 난 혼자 있고 싶었을 뿐이야."

"그게 싫어하는 거랑 뭐가 다르냐⋯. 거짓말이다⋯."

"루진."

억지 부리지 말라고, 딱 잘라 부르자 '끄응'하고 움츠러든 소리가 나무 너머에서 들려왔다.

"원래 대리자 안 하려고 했다며. 그런데 왜 한 거야? 대체 이게 뭐야? 말도 없이 몇 년이나 볼 수 없는 데로 가 버리면 나는 어쩌라고? 어떻게, 너, 나한테 이렇게 말도 없이 이럴 수 있어?"

"디하 얼굴 보고 싶지 않았다! 디하가 나 싫어하니까!"

"내가 왜? 대체 내가 왜 널 싫어한다고 생각하는 건데!?"

"내가 디하 생각 안 해 줬으니까! 그래서 디하 나 싫어하게 됐잖냐?!"

무슨 소리야.

잠깐 디하는 숨을 골랐다. 계속 소리를 질러대 목이 칼칼했다. 차가운 공기가 목 안을 베는 것만 같았다.

"젬므가 가르쳐 준 대로 한 날, 나 혼자만 좋아서 디하 상태도 잘 못 살피고, 그래서 디하 다쳐서 피 나고…."

"어, 야, 그, 그건…! 목소리 낮춰…!"

디하는 당황해서 주변을 둘러보았다. 루진의 목소리가 저 멀리 온수를 나눠 마시는 일행들에게 들리지는 않을 것 같지만, 순간 심장이 오그라드는 줄 알았다.

"그런데 디하, 사이좋아지는 약 마시고 혼자 좋아서 내 상태 잘 못 살폈잖냐."

하지만 이번엔 얼굴이 익었다. 그건 부끄러움 같은 게 아니었다. 아니, 부끄러움은 맞지만 그건 수줍음 같은 것이 아니라 수치심이었다.

혼자 좋다는 걸 루진 역시 느끼고 있었구나.

"그래서 나 알게 된 거다. 디하가 무슨 기분이었는지, 왜 그 이후로 나 피했는지!"

"그, 그건…."

"디하가 일부러 그런 거 아니라는 거 알아. 하지만 나 굉장히 슬펐다! 디하가 날 그냥 필요로만 하는 거 같아서, 응, 배고파 급하게 허겁지겁 먹기만 하는 것 같아서 화나고 슬펐다. 디하도 그랬을 거다."

아니, 그건 아니지만. 하지만.

"나 디하가 나한테 그런 감정 가지는 거 싫어!"

꽉 얽매인 것 같은 목소리가 소리친 후, 잠깐 공기가 움직이지 않았다.

뭐라고 말할 수 있겠는가. 수치심으로 녹아내릴 것 같은 입술로. 죄책감에 절여진 혀끝으로.

"그러니까 나 디하랑 떨어질래…."

울먹거림이 섞인 목소리가 들리고, 루진이 나무에 기대 스르르 주저앉았다.

다가가야 할까? 망설이다가 디하가 발걸음을 옮긴 순간이었다.

"오지 마라."

딱 잘라 말하는 거절에 디하는 갈 수 없게 되었다.

하지만 뒤로 물러설 수도 없었다. 경계선에서 오도 가도 못하게 된 디하는 머뭇거리며 걸친 망토를 움켜쥐었다. 주변을 둘러본다고 해서 도와줄 사람이 있을 리 없다.

말해야 하는 순간이었다.

"루진. 나, 나…. 나, 나는, 난, 난…."

언제부터 이렇게 말더듬이였을까? 혀는 추위에 굳은 걸까?

무심코 입가를 만져 보고 디하는 겁먹은 눈을 치켜떴다. 노렸다는 듯이 차가운 공기가 몸에 스며들고 눈을 찍어 눌렀다. 얼얼해지는 눈을 감고, 디하가 말했다.

손이 떨린다. 들이쉬는 숨도 떨리고 있었다. 심장은 불안으로 질주한다.

무슨 말을 하려고 했었더라.

"난 사실 널 어떻게 대해야 할지 모르겠어. 지금 널 가까이 두는 게 힘든 건 맞아. 그래서 떨어져 있으려고 했어."

"안 들린다."

디하는 입술을 깨물었다. 숨을 깊게 들이쉬고, 좀 더 큰 목소리로 말했다.

"널 어떻게 대해야 할지 모르겠어!"

"안 들려, 몰라."

늑대의 청력을 가진 루진이 이 거리에서 디하의 말을 듣지 못할 리가 없었다. 고개를 들자, 역시나 귀를 틀어막고 있는 루진이 보였다. 거절의 표현에 디하는 또 망설였다.

하지만 거리를 좁히기 위해 이 거리를 걸어왔다.

도서관에서 집으로, 집에서 산림 경비소로, 산림 경비소에서 이 너럭바위까지. 마지막 거리를 좁히지 못할 이유는 없었다. 두려움으로 쿵쾅거리는 심장을 안고 디하는 한 걸음 다가갔다.

"난…. 잘 모르겠어. 나는 널 어떻게 생각하는 건지 아직도 모르겠어."

발을 들었다 내려놓았다. 가야 할까, 가지 말아야 할까? 고민하다가 드디어 들어 올렸다.

"있잖아 루진, 우리가 하는 것 같은 건 서로 좋아하고 사귀는, 그것도 아주 깊게 좋아하는 사람들이 하는 거야. 나는 내가 널 좋아한다고 생각했어. 사귀는 사이 같은 거 아닐까 생각했어. 그런데 너랑, 그, 하고 난 날에."

"다가오지 마라."

바스락. 이 잘게 깨어지는 나뭇잎과 나뭇가지 소리도 루진에게는 확실히 들릴 것이다.

두려움을 안고 디하가 한 걸음을 더 옮겼다.

"난 너랑 그걸 더 해야 한다는 게 싫었어."

"그만해라."

"그래서 나는 내가 널 사실 싫어하는 건가 생각했어."

"그만하라고 했다!"

쩌렁쩌렁한 목소리가 산을 타고 울렸다. 잠깐, 저 멀리 웅성거리던 일행과 늑대들의 기척도 잠깐 멎었다.

"루진, 나 지금 너한테 이야기하고 있어."

"듣기 싫다! 싫다는 이야기 안 해도 아니까 말하지 마! 그냥 내버려 둬라! 왜 와서 나 괴롭히냐? 디하 정말 나쁘다! 못됐다!"

"루진, 나 너랑 문제를 해결하고 싶은 거야."

"몰라, 됐다. 끝났잖냐! 그만해! 나 힘들다!"

"루진."

"그만해, 안 들린다. 몰라, 안 들려! 말하지 마, 나 안 들리니까! 아아아아아아아."

"루진…!"

한 걸음 다가서자 한 걸음 도망친다.

말하자 귀를 막고, 설득하자 고개를 젓고, 아니라고 해도 매도하고, 자기만 힘들다고 하고.

"루진!!"

폭발하지 않을 수 없었다.

"너만 힘든 게 아니잖아!"

디하는 빠른 걸음으로 다가가 루진의 어깨를 붙잡았다. 방심했는지, 드디어 루진은 디하의 손에 붙잡혔다. 하지만 손이 닿은 순간 루진은 불에 덴 듯 화들짝 놀라 디하의 손을 뿌리치고 다른 나무 뒤에 숨었다.

쫓아갈까? 발을 서둘러 앞세우던 디하는 갑자기 자신이 루진을 따라가야 한다는 게 너무 억울해졌다. 그래서 그 자리에 멈춰 서서 소리쳤다.

"너만 힘들어? 나도 고민했어! 고민했다고! 내 스스로가 싫어서 고민했어! 너를 장난감처럼 여기는 내가 싫어서 고민했어! 스스로 생각해 볼 시간이 필요했다고! 그런데, 너는, 힘든데 쫓아 와서 생각도 못 하게 만들고!"

벌컥 열린 입안에서 말이 쏟아져 나온다. 확 치솟아 오른 마음속 생각들이 혀끝에서 걸러질 틈도 없이 내달렸다. 내달린 말들이 찬 공기 속으로 마구 흩어졌다.

"넌 내가 싫어한다고 생각하면서 징징거리기만 하잖아! 넌 좋겠다, 연애라든가, 결혼이라든가 생각도 안 해도 되어서! 아예 생각도 하지 않겠지. 수호자라서 야성이 남아 있어서 그런 거 잘 모른다고 하면 끝 아냐!"

목소리가 산등성이를 타고 메아리쳤다. 말도 아니게 된 울림들이 웅성거리는 속에서, 디하는 울었다.

괜한 서러움에 그냥 이유도 없이 울었다. 왜 나만. 왜 내가 이런 고생을. 그런 생각에 억울하고 서럽고, 그저 갈 곳 없는 울분이 확 치밀고 올라왔다. 얼굴이 뜨거웠다. 소리치고 우는데도 아직 가슴에 쌓인 것들은 너무나 많이 남아 있었다.

"넌 아무하고나 자도 그게 뭔 의민지도 모를 거고 그게 나중에 어떻게 될지도 생각 안 해 봤겠지? 너랑 사귀는 건 별문제 아닐지도 몰라! 그래서 너랑 나랑 사귀다가 깨지면 어떻게 될 거 같아? 아침 안 먹을래? 넌 신경 안 쓰겠지! 하지만 내 기분은 어떨 거 같아? 넌 이런 거 생각도 안 해 봤지? 안 해 봤을 거야, 넌 그런 거 생각 못 하니까. 그렇게 되면 내가 집을 나가야 할까? 어떻게 이 마을에서 나 혼자 집을 구해? 어떻게 우리가 잘 보냈다고 쳐. 그래서 내가 나중에 사귀는 남자가 있으면 어떻게 할래? 결혼할 남자를 데려오면 넌 어떻게 행동할래? 네가 나중에 뭔 헛소리를 할지 어떻게 알아? 너 무신경하잖아! 난 계속 신경 써야 한다고! 지금도 나쁜 소리 하기 좋아하는 사람들이 이러쿵저러쿵 해대는데, 그래서 그게 무서워서 너랑만 사귀어야 하는 건…!"

억울하잖아. 나 아직 이렇게 젊은데, 연애도 몇 번 못 해 보고 너랑만 사귀다가 그대로 너랑 결혼해야 돼?

─그런 말을 하는 건 역시 이기적이지만,

그래도 그런 이기적인 마음 역시 자신의 마음이었다.

"물론 내 자업자득이긴 하지만, 애초에 이럴 거면 너랑 그러지 말았어야 하는 거지만, 너랑 나랑은 너무 가깝잖아! 사귀어도 상관없겠지만, 그 이후의 일을 걱정하지 않을 수 없고! 넌 멍청해서 왜 아민 오빠가 방 나누어 줬는지도 모르잖아, 바보야!"

"디, 디하야…."

갑작스레 기죽은 목소리가 들려왔다. 놀람이 섞인 그 목소리를 무시하면서 디하는 소리 질렀다. 아직도 분은 가슴속에 많이 남아 있었다.

"이 바보 멍청아, 너는 아무것도 모르잖아! 난 네가 날 좋아하는지 아닌지도 알 수 없고…!"

"나 디하 좋아한다…."

"좋아한다는 게 그 좋아한다는 게 아니야! 사랑하는 게 아니잖아!"

눈물을 급하게 훔쳐 닦고 고개를 드니, 나무 뒤에 숨어 있던 루진이 이쪽을 걱정스러운 눈치로 훔쳐보고 있었다. 그 모습에 괜히 화가 났다.

"너 같은 바보 멍청이라도, 그래도, 이제 터놓고 이야기하고, 괜찮으면 시작해 보자고, 그러려고 마음 준비 다 하고 집에 왔는데…!!"

루진의 눈이 반짝 뜨였다. 기대감이 가득한 눈빛이 이쪽을 향하고 있었다. 하지만 얼굴에는 걱정이 가득하고, 손발 끝에는 망설임이 가득했다. 화가 났다.

"넌 뭐야?! 도망치기만 하고 있고, 내가 싫어할 거라고 귀 막고 안 들을 거라고 빽빽거리고…!!"

"그, 그건 디하, 아무 말 안 하니까…."

"말하려고 해 보기는 했어? 말하니까 도망치는 건 뭔데?!"

―그건 사실 내가 할 말이 아니지 않나?

하지만 악을 쓴 디하는 생각할 여력도 없이 자리에 주저앉아 버렸다. 몸에 갑자기 힘이 끊겼다. 숨을 몰아쉬며 디하는 입술을 깨물었다.

흥분했다. 너무 흥분해서 그나마 조금 비축해 두었던 기력마저 툭 끊어진 모양이다. 온몸이 부들부들 떨림을 느끼며 디하는 숨을 몰아쉬었다. 어지러웠다.

"디, 디하야? 디하야!"

갑자기 주저앉은 디하를 보고 놀란 루진이 달려왔다. 기력이 떨어진 디하가 숨을 몰아쉬며 온몸을 떨자, 루진은 디하의 팔을 주무르고 얼굴을 들어 살폈다.

"디하야, 왜 그래. 괜찮나?"

루진이 디하의 우는 얼굴을 핥으며 끙끙거렸다. 대체 오늘따라 이 얼굴이 왜 이렇게 밉상일까? 이제야 제대로 보는 얼굴에 울긋불긋한 색이 칠해져 있는 건 신경도 쓰이지 않았다. 그저 밉고 짜증나서 싫었다. 디하는 젖 먹던 힘까지 다 해 손을 들어 루진의 얼굴을 밀어냈다.

"넌 이게 괜찮아 보여?!"

디하가 소리 지르며 루진을 밀어내자, 주저앉은 디하를 보고 놀라서 자리에서 일어나던 산림 경비원들은 다시 자리에 앉았다. 디하는 숨을 고르고 다시 목소리를 높였다.

"또 디하는 날 싫어한다고 징징대기만 해 봐!"

"대체 디하는…."

젖 먹던 힘을 다 해 밀어냈는데도 루진은 잠시 흔들거리기만 했지 넘어지진 않았다. 얼굴이 돌아가지도 않았다. 다만 힘을 다 해 밀어낸 디하의 자세가 휘청거리는 걸 붙잡아 바로 앉히고 물었을 뿐이다.

"대체 디하는 나에게 원하는 게 뭐냐?"

모르겠다.

알면 벌써 말했을 것이다. 디하는 헐떡거리며 눈물이 떨어지게 내버려 두었다. 그런 디하를 불안한 시선으로 루진이 쳐다보고 있었다. 루진은 신음하더니 조심스럽게 물었다.

"디하 내가 사랑해 주지 않는 게 문제인거냐? 사랑해 주는 거 원하는 거냐?"

또 울컥하고 치솟아 오른다.

치솟아 오르는 기운과 함께 퍼뜩 고개를 들었던 디하는 잠시, 이를 악물고 자신의 몸을 붙잡은 루진의 손을 내려다보았다.

"…사랑해 달라고 해서 해 주는 게 대체 무슨 의미가 있어?"

"그게 왜 의미가 없냐?"

"구걸하는 것도 아니고."

"모르겠다. 나 디하가 말하는 거 다 따랐다. 그게 나쁜 거고 의미 없는 거냐?"

"그거랑 달라."

"몰라. 난 모르겠다. 그러니까 디하는 내가 디하를 어떻게 해 줬으면 좋겠는지 그것만 말해라."

어떻게 그걸 말로 하나. 어떻게 그렇다고 할 수 있나. 부끄럽게. 낯간지럽게. 자존심이 있지 어떻게.

하지만 사실 아직 잘 모르겠다.

그게 진짜로 원하는 건지 아닌지도 잘 모르겠다. 심지어 '그게' 뭔지도 모르겠다. 길을 잘못 드는 거 아닐까? 실수하는 거 아닐까? 침묵만 길고 뜬 눈에 보이는 건 온통 새카맣다.

그래도 루진의 손은 보인다. 디하는 루진의 손을 붙잡고 가만히 입술을 깨물었다.

천천히 서로의 살갗에 머물던 냉기가 녹아들고 서로의 온기가 스며들었다. 따스함에 안도하며 디하는 눈을 감았다. 그 온기를 받아들였다.

자존심을 세울 때가 아니다. 자존심을 세울 상대가 아니다. 그런 말이 통할 상대가 아니다.

"루진."

"응, 디하야."

말로 하려니 혀끝에서 걸린다. 자존심 상한다. 그렇지만 왜 자존심 상해야 하지?

"너 나 좋아해?"

원하는 걸 원한다고 말하는 게 대체 뭐가 나빠서.

눈물은 겨우 멎었고 손발은 아직도 떨린다. 아직도 씨근대는 숨소리를 가라앉히지 못하고, 디하는 붙잡은 루진의 손 위에 또 자신의 손을 올려 감싸 쥐었다. 역시 너무 흥분했던 탓인지, 손이 부들부들 떨린다. 루진을 쥐는 힘을 가늠하질 못하겠다. 그래서 손마디가 하얗게 되도록 그저 움켜쥐었다.

"디하 좋아해."

"사탕만큼?"

"아, 아마…. 아냐, 그거 이상으로 좋아해. 응, 디하가 더 좋아."

애교 부리듯이 젖은 뺨에 입 맞춘다. 그래도 눈치가 없지는 않아서 기분 맞추는 말 정도는 할 줄 아는 멍청한 소꿉친구의 대답은 영 미덥지 않았다.

"…난 내가 너에게 가진 감정이 뭔진 모르겠지만, 그렇지만 앞으로 널 세상에서 제일 특별하게 여기도록 노력해 볼 거야."

"으, 응."

"너랑 이런 관계를 맺어서 돌이킬 수 없게 되는 건가 무섭지만 널 믿고 해 볼 거야."

"응."

"왜냐면 널 특별하겐 아니어도 보통 이상으로는 좋아하는 것 같으니까."

마치 달빛과 사탕처럼.

"네가 정말로 중요한 것 같으니까."

그런 중요한 뜻인데도 뭐 하나 제대로 아는 게 없는 바보개는 말하기를,

"응."

하며 진지하게 고개를 끄덕였다.

울컥한다. 하지만 세상에 속해 있지만 한 발자국은 동떨어져 있는 이 소꿉친구는 인간사의 배배 꼬인 감정을 알아차려 줄 만큼 속 깊지도 않았고 때 묻지도 않았다. 오히려 그런 감정에 상처 입기가 쉬운 상대였다.

무엇을 위해 여기 왔던가. 자신이 내고자 했던 답. 시도하고자 했던 결과.

"너 나 좋아한다고 했으니까, 할 거야."

"뭘?"

"나, 너랑 사귈 거야."

널 더 좋아할 수도 있으니까. 지금 이대로는 안 될 것 같으니까. 이런 상태 이상하니까. 한번 해 보는 것뿐이니까 너무 진지하게 생각하지 말고. 가벼운 교제도 있으니까.

등등, 생각했던 여러 가지 말들은 나오지 않았다. 할 필요도 없었다. 중요하지 않았다. 루진의 둥그레진 시선을 받는 순간 디하는 더는 말할 수 없게 되었다.

"사귀는 건 사랑하는 사람들이 하는 거잖냐. 디하 역시 나한테 사랑받고 싶냐?"

부끄럽다. 부끄러워서 죽을 것 같다. 대답해야 했다. 하지만 여기까지 쫓아온 주제에 그 말에 대답할 용기는 없어서 익은 얼굴로 힘겹게 고개만 떨굴 뿐이었지만.

"알았다."

루진은 소리 내어 그것을 받아 주었다.

서로의 이마가 맞닿았고, 둘이 서서히 겹쳐가며 서로가 주고받는 온기의 영역으로 스며들어 오는 바늘 같은 바람들도 녹아내렸다.

"나 그거 디하한테 해 줄 수 있다."

손끝이 떨렸다. 마음의 진동과 함께 떨리는 몸을 루진이 꼭 붙잡아 주었다. 맞닿은 가슴이 따뜻했다.

"하지만 나 디하가 말하는 사랑이 뭔지 몰라. 그게 뭔지는 안다, 하지만 디하가 원하는 거 몰라."

"그건…."

자신도 알 수 없는 일이다. 모르겠다. 기세 좋게 이렇게 저질러 버렸으면서, 사랑해 주기를 원한다고 하면서, 사랑이 뭔지 모르고 사랑하는 건지 아닌지, 어떻게 사랑받기를 원하는지 아무것도 모른다.

─그러니까, 앞으로 서로 알아가 보자.

그렇게 말하려고 했을 때, 자신에게서 말을 배운 소꿉친구가 말했다.

"그러니까 디하가 나한테 사랑하는 법 알려 줘라."

"어…"

왜일까, 눈가가 흐려지는 건. 심장이 거세게 뛰는 건.

감당할 수 없을 정도의 현기증은 이유가 없었다. 디하는 쓰러질 것 같은 머리를 루진의 가슴에 묻으며 말해 주었다.

"그러… 려고 온… 거였어…."

세상 속에서 살고 있다. 사람들과 다를 바 하나 없다.

하지만 결국 수호자인 자신의 소꿉친구는 어딘가가 사람들과 조금 달랐다.

자신이 그 다름을 답답하게 여기는 것처럼 어쩌면 루진은 보통 사람인 자신을 답답하게 여길지도 모른다. 상상 이상으로 자신을 답답하게 여길지도 모른다. 같은 것을 다른 언어로 말하고 있는 걸지도 모르고, 다른 것을 같다고 착각하고 있는 걸지도 모른다.

그러니까 그 아귀를 조금씩, 조금씩 맞춰 가는 거다.

아직도 무섭다. 하지만 열어 보지 않은 문 안에서 나쁜 일들이 일어날까 봐 두려워하는 것도 그만두기로 했다. 고민을 위한 고민도 내려놓기로 했다. 여기까지 달려온 이상, 자신이 이 덩치 큰 소

꿈친구가 사라지는 건 싫다고 외쳤던 마음속의 작은 목소리가 그
무엇보다 중요했다.

　그저 불안해하며 겁내지 말고, 잘될 거라고 믿으면서,

　평범한 기적과 행복이 있을 거라고 생각하면서,

　이 소중함이 모든 걸 덮을 때까지.

7. 겨울의 한가운데

디하가 대성통곡을 하다 지쳐 쓰러졌고, 루진은 놀라 난리법석을 피우며 디하를 사람들에게 데리고 갔다. 그 모습을 보고 있던 사람들은 차분하게 디하를 불가에 눕혔고, 대장은 디하의 옆에서 만지고 주무르고 부르고 흔드는 등 난리를 피우는 루진을 걷어차 떨어뜨리고 보온용으로 후긴과 무닌을 나란히 앉혔다.

한 30분쯤 지났을까, 디하가 퉁퉁 부은 눈으로 몸을 일으켰고, 격리되어 있던 루진은 역시나 디하가 일어나자마자 난리법석을 피웠다.

"디하야! 디하야, 디하야, 정신 들어? 안 아파? 이상한 데 없어?"

"으…."

"야, 조용히 좀 해! 이 아가씨 얼마나 피곤해했는지 알아?"

"디하야, 디하야, 나 보여? 이거 몇 개인지 보여?"

"후긴, 무닌, 너희 두목 좀 떼 놔라!"

이렇게 다시 떨어진 루진이 걱정 때문에 끙끙거리는 사이, 디하는 기력이 쭉 빠져 안개 낀 것처럼 막막한 머리를 짚으며 신음했다. 여긴 어디고 나는 누구인지. 다행히 옆에서 누군가가 사탕을 까서 입안에 넣어 주었고, 별생각 없이 사탕을 입안에서 굴리던 디하는 천천히 정신이 듦을 느끼며 흐리멍덩한 눈으로 주변을 살펴보았다.

"…얼마나 시간 지났어요?"

"오래 안 지났어. 한 30분?"

"아까 오면서도 잔 거 같은데…."

"그거 가지고 피로가 풀릴 리 있나. 이 아가씨 얼른 내려보내서 쉬게 해야겠어. 추위에 몸이 확 간 거 같아."

젬므가 어깨를 턱 치며 말하자 옆에 있던 대장도 고개를 끄덕거리며 자리에서 일어났다.

"그래, 뭐 청춘 소설도 다 썼고 이제 할 일 하러 가야지."

"어, 아, 자, 잠깐요. 아니, 아직 할 이야기가 좀."

아직 루진과 할 이야기가 남아 있었다. 디하가 휘청거리며 자리에서 일어나자 루진이 재빨리 휘청거리는 디하의 몸을 붙잡았다.

"디하 앉아서 쉬어라. 지쳤다."

"확실히, 팔다리 힘이 없긴 한데…."

[아이들아.]

신기한 목소리였다.

젊은이의 것도 늙은이의 것도 아니다. 남자의 것도 여자의 것도 아니다. 모든 것이 모호한 목소리는 척 들어도 도저히 사람의 것이 아니었다. 디하는 놀라 고개를 들었다.

[소란스럽구나.]

앞에는 바위로 만들어진 사람이 있었다. 그런데 그 모습이 루진과 매우 비슷했다. 디하는 놀라 바위로 만들어진 사람과 루진을 번갈아 살펴보았다.

[무슨 일인 게냐?]

[와, 할아버지다!]

[안녕! 안녕!]

"아이고, 바위 정령님."

늑대들이 먼저 달려들어 겅중대고, 대장이 나가서 양손을 붙잡고 허리 숙여 공손히 인사했다. 그 모습에 디하는 이 사람, 아니 정령이 대리자를 필요로 하는 정령이라는 사실을 알아차렸다.

"요즘 자주 뵙는 것 같구나."

[오, 늑대의 아이만 오는 줄 알았다만.]

젬므가 인사하자 바위 정령이 온화하게 웃으면서 대답했다. 루진과 비슷한 것이 도통 루진이 짓지 않을 듯한 표정을 짓고 있는 모습을 보는 디하의 기분은 조금 미묘했다.

"어쩌다보니. 그런데 정령님, 그 모습은 뭐요?"

[대리자를 앉히잖니? 그러니 비슷한 모습을 해야지.]

"아, 그렇구만. 이제 가시는 거요?"

[오면 내려가려고 했다만, 소란스럽기에 먼저 내려와 보았단다. 무슨 일이 있는 게냐?]

"그거 거기까지 들렸나? 별건 아니고 저 둘이 청춘 소설 한 편 써서."

젬므는 어깨를 으쓱하더니 루진과 디하를 곁눈질했다. 그 시선에 바위 정령도 둘을 발견했다.

[늑대의 아이는 준비를 잘했구나. 훌륭하다. 그런데 그 아가씨는… 오, 달빛을 준 게 그 아가씨니?]

"응."

디하를 받치고 있던 루진이 고개를 끄덕였다. 아직 조금 머리가 아프고 멍한 기운이 남아 있던 디하는 먼저 정령에게 인사했다.

"안녕하세요. 어… 어떻게 인사해야 할지 모르겠지만, 바위 정령님."

[고운 아이구나. 늑대의 아이가 좋아할 만해. 잘 돌보아 주길 바란다.]

"저, 그리고 죄송합니다만."

디하는 루진을 뒤로 물리고 바위 정령에게 다가갔다. 바위 정령이 옆으로 가볍게 고개를 기울이자 돌끼리 와그작거리며 부딪치는 소리가 났다.

[말할 것이 있는가 보구나.]

"네, 저, 그… 일단 대리자가 왜 필요한지 여쭤 봐도 될까요?"

[기운이 비잖니.]

"비면 무슨 문제가 생기나요?"

[흐음. 여러 가지가 있는데 먼저 자연의 여러 가지 것들이 순환하기가 힘들어진단다. 돌보고 바로잡는 이가 있어야지. 두 번째로 나쁜 것들이 자리 잡기 쉽지. 세 번째로 이렇게 마을이 가까운 경우 다른 것이 자리 잡았을 때 인간들을 괴롭힐 수도 있단다.]

하긴, 도시는 정령들의 양보로 생긴 공백 공간 아래에서 존재하는 것이다.

마지막 답을 듣는 순간 디하는 루진을 대리자에서 물려 달라는 소리를 꺼낼 수 없게 되었다. 만약 그저, 정말로 대리물이 필요한 것뿐이라면 물릴 수 없느냐고 하려 했는데….

"자, 잠깐. 바위 정령님께서는 무린 산의 나무 정령 수명이 다

해서 간다고 하셨죠? 그런데 왜 가야…."

[정령이 수명이 다 하면 자리가 비잖니? 마찬가지 일이란다, 아이야.]

"아."

멍청한 질문이었다. 머리가 안 돌아가는 모양이다. 이마를 짚으며 디하는 입술을 깨물었다.

어떻게 하지. 겨우 받아들이기로 했는데 5년간이나 떨어져 있어야 한다니. 디하는 또 갑작스레 서러워졌다. 실컷 울었으니 또 울지는 않으려고 했지만, 한순간 눈시울이 흐려지는 건 어쩔 수 없었다.

[아이야. 매우 슬퍼 보이는구나. 왜 그러는 건지 말해 줄 수 있겠니?]

"어, 저, 그, 그게요…."

[형이랑 누나랑 싸웠는데 금방 화해했다!]

[루진 형아가 홧김에 대리자 해 버린다고 했다!]

[호오. 그렇구나.]

"아, 아니, 조금 다르지만…."

옆에서 신나서 떠들어대는 후긴과 무닌을 보니 뭐라고 고쳐 말하고 싶지만, 고쳐 말하는 게 더 부끄럽다. 디하는 얼굴을 감싸며 고개를 숙였다.

[큰엄마 해야 하는데 형아 없으면 큰엄마 못한다!]

[짝짓기도 못하고!]

[애기도 못 본다!]

"야! 너, 너, 너희들!"

내버려 뒀더니 하는 말이 가관이다. 디하가 소리 질렀지만, 신나게 떠들어댄 후긴과 무닌은 '잘했지?'라는 표정으로 디하를 향해 웃었다. 이건 늑대의 종족적 특성인지, 대체 루진과 왜 이렇게 빼다 박은 걸까?

[으음, 서로 놀러 다니면 되지 않겠니?]

"네? 무슨…."

디하가 묻자 옆에서 보고 있던 대장이 끼어들었다.

"잠깐, 거, 아가씨. 뭔가 좀 오해하는 거 같은데."

"네?"

"거, 산에 놀러 오면 되잖아. 여기 후긴하고 무닌도 아가씨 따르니까 타고 와도 되고."

"올 때 타고 와 봤는데 그건 좀 무리인 거 같던데…."

"아니면 루진이 내려가도 되고."

후긴과 무닌을 걱정스레 곁눈질하던 디하의 눈동자가 한 바퀴 굴러 대장을 향했다. 눈동자가 마치 바퀴 구르듯 데굴데굴 굴러 자신을 쳐다보는 모습에 대장은 깜짝 놀라 움츠러들 수밖에 없었다.

"뭐, 뭐야."

"루진이…. 내려와도 된다고요?"

"어, 뭐 산 입구에서 만나도 되고…."

[한 달에 한 번 정도는 마을에 내려가도 별문제 없단다.]

디하는 천천히 대장을 쳐다보던 시선을 바위 정령을 향해 옮겼다. 바위 정령이 저토록 온화하게 미소 짓고 있는데도, 디하는 어쩐지 심사가 비틀리는 걸 막을 수가 없었다. 왜일까, 이렇게 속이 배배 꼬이는 것은.

[아이가 매우 바쁜가 보구나. 아쉽긴 하겠다만 그래도 한 달에 한 번 정도는 볼 수 있으니 크게 걱정하지 말거라.]

의문이 샘솟는다. 대체 이 잘못된 지식을 전파한 건 누구였을까? 자신의 마음고생은 대체 누가 보상해 주는 걸까. 디하는 대장을 쳐다보았다.

"아, 아니야. 난 그렇게 말한 적 없어, 아가씨."

디하의 시선이 젬므로 옮겨 갔다.

"어, 아, 왜 그래. 나도 그렇게 말한 적 없수다. 내가 뭐라고 했어, 내가 산을 제압할 수 없다고 했잖아. 마을에 못 내려가니까 싫다고 한 적 없다고?"

그때 루진이 태평하게 말했다.

"어, 못 내려가는 거 아니었냐?"

[자연의 흐름은 그렇게 각박하지 않단다, 늑대의 아이야.]

"루우우우지이이이이이이이이인!!!"

범인은 그렇게 멀지 않은 곳에 있었다.

———— ✾ ————

두 달쯤 지났다.

디하는 흔들리지 않게 잘 채워 넣은 바구니를 들고, 산 입구에서 어슬렁거리는 늑대들을 향해 다가갔다. 후긴과 무닌이었다.

[와! 큰엄마다!]

[바구니다! 맛있는 것 있다!]

"아아, 안 돼. 안 돼. 나중에. 올라가서 루진이랑 같이 먹자."

후긴과 무닌이 바구니에 달려들자 디하는 바구니를 뒤로 빼며 늑대들을 달랬다. 당장은 아니더라도 바구니에 있는 것들이 곧 자기 입에 들어올 걸 안 늑대들은 신나서 디하를 등에 태우고 잰걸음으로 걷기 시작했다.

아직도 디하는 늑대들을 타는 데에 익숙하지 못했다. 하지만 자기 발로 이 산을 걸어 올라가는 것도 힘들어서, 그저 늑대들에게 천천히 가자고 할 수밖에 없었다. 그래도 늑대들의 걸음은 빠르다.

[형아 저어기 있다.]

"어디? 냄새 나?"

[응, 조금만 더 가면 된다!]

"안 돼, 달리지 마. 나 넘어져."

[끼융.]

무닌이 조급하게 몸에 힘을 넣자 디하는 귀를 잡아당기며 무닌을 제지했다. 무닌은 곧 바짝 힘을 주었던 앞발에서 힘을 빼고 경쾌하게 걷기 시작했다.

"디하! 디하다!"

"루진."

"디~하아아아~."

루진이 달려와 무닌의 등 위에 앉아 있는 디하를 낚아채듯 끌어안고 한 바퀴 돌았다. 허공에서 돌아 그대로 지상에 내려앉은 디하가 잠시 휘청거렸다.

"디하야, 오늘 보여 줄 거 있다!"

"응, 편지로 말한 거?"

산의 중턱, 역시나 산림 경비대가 관리하는 작은 오두막을 향해 걸어가며 루진은 굉장히 들뜬 표정이었다. 그 이유를 대강이나마 디하도 알고 있었다.

디하는 오두막 문을 열었다. 하지만 오두막 안에는 아무것도 없었다.

"안에는 없다."

"그럼 어디에 있어?"

디하가 두리번거렸지만 주변에는 아무것도 보이지 않았다. 그 모습을 보고, 루진은 씩 웃더니 하늘을 향해 길게 목을 뺐다.

―아우우우우우.

늑대의 울음소리.

어떻게 사람의 목에서 저런 울음소리가 나올까, 잠시 생각하던 디하는 무닌과 후긴이 귀를 쫑긋거리며 주변을 둘러보는 걸 보고 같이 주변을 두리번거렸다. 그리고 곧 눈 쌓인 나무 덤불 한 구석이 들썩거리는 걸 발견했다.

"이리 와라!"

루진이 부르자, 곧 나무 덤불을 헤치고 조그만 강아지가 한 마리 나타났다.

아니, 얼핏 보기에는 강아지 같았지만 강아지는 아니었다. 파닥거리는 작은 새 한 마리를 입에 물고 나타난 백색의 털을 지닌 짐승은 새끼 늑대였다. 그것도 한 마리가 아니라 두 마리였다.

"와, 세상에!"

디하가 바구니를 놓고 오종종 달려오는 하얀 늑대를 향해 달려들었다가 뒷걸음질 쳤다. 듣기로 아직 저 아이들은 그냥 짐승이라고 했다. 섣불리 건드렸다가 물리기라도 하면 큰일이다.

"그 사이에 사냥한 거냐?"

루진이 묻자 어린 늑대는 사냥한 새를 내려놓고 뻐기듯이 고개를 치켜들었다. 그러자 옆에 있던 새끼 늑대가 뻐기던 늑대의 옆구리를 주둥이로 툭 쳤다. 둘이 투덕거렸고, 그 사이 기절해 있던 새가 갑자기 홰치기 시작했다.

"어라."

[어.]

[어.]

디하와 후긴과 무닌이 어라, 하는 사이 새는 갈팡질팡하며 재차 붙잡으려고 하는 새끼 늑대들의 다리 사이를 쪼르륵 빠져나가더니 힘겹게 날아올라 나뭇가지 위에 앉았다. 새끼 늑대들은 나무 밑에서 아웅거리며 나무를 긁어댔지만 새는 포르륵 날아 사라질 뿐이었다.

새끼 늑대들은 분하다는 듯이 나무를 긁어대더니 왜인지 자기들끼리 싸우기 시작했다.

"자, 자. 그만해라."

루진은 새끼 늑대들을 한 손에 한 마리씩 안고 디하의 옆으로 다가왔다.

디하는 통나무 위에 쌓인 눈을 치워 앉을 자리를 마련했고, 디하 주변에는 이미 후긴과 무닌이 배를 깔고 앉아 기대 가득 찬 눈빛으로 디하를 보고 있었다.

디하는 그 기대 가득한 눈빛에 어쩔 수 없이 사탕을 꺼내 후긴과 무닌에게 각각 한 개씩 나누어 주었다. 후긴은 입안에 넣고 날카로운 이빨로 으적으적 으깨 먹었고, 무닌은 바닥에 놓고 혀로 핥아서 굴리며 즐거워했다. 하지만 즐거운 것도 잠시였다. 자기 몫의 사탕을 다 먹은 후긴이 무닌이 사탕을 굴리는 순간을 파고들어 재빨리 무닌 몫의 사탕을 빼앗았다.

[크윙!]

[헤헹!]

무닌이 성을 내자 후긴은 뒤로 펄쩍 뛰며 도망쳤다.

[내놔라!]

[싫다!]

"후긴!"

디하가 후긴을 부르자 둘 다 움직임을 멈췄다. 그 사이 디하가 후긴의 등짝을 후려친 건 이제 익숙한 일이었다.

"누가 무닌 거 뺏어 먹으래?"

[끄웅.]

"자, 무닌. 여기 두 개."

[씨, 왜 무닌한테 두 개 주냐?]

"후긴이 잘못했으니까, 후긴에게 주는 벌이야."

[끄웅, 끙, 끄웅.]

배가 아픈지 후긴이 드러눕더니 뒹굴거리기 시작했다. 자기도 더 달라는 행동이겠지만, 디하는 고개를 돌려 무시했다.

"자, 디하야."

고개를 돌린 디하의 앞에 눈덩이처럼 새하얀 두 마리의 새끼 늑대가 들이밀어졌다. 디하는 잠깐 놀라 고개를 뒤로 젖혔다.

"안아 봐라."

"어…. 만져 봐도 돼? 아직 동물과 다르지 않다며. 물면?"

"그래도 정령이다. 그리고 내 말 잘 듣는다."

이 주 전쯤 루진이 말하길, 산에 갑자기 늑대 정령이 생겼다고 했다. 아민은 루진이 대리자가 된 영향으로 생긴 정령들일 가능성이 높다고 말했다.

루진이 이 새끼 늑대 정령들이 매우 조그맣고 귀엽다고 해서, 디하는 그 정령들을 한번 보고 싶다고 했다. 덕분에 오늘 드디어 이 갓 태어난 정령들을 만나게 된 것이다.

[이제 진짜 큰엄마다. 새끼들 더 생길지도 모른다.]

"아냐, 많이 생기진 않을 거라고 형이 그랬다. 사실 할아버지의 힘을 받아 태어났어야 하는 애들이 나 때문에 늑대로 태어났을 가능성이 높다고 했다. 애들은 무닌과 후긴의 동생 같은 거니까 잘 보살펴 줘야 한다."

뒹굴거리는 후긴을 내버려 두고 무닌이 고개를 끄덕였다.

품 안의 새끼 늑대는 아직 이목구비가 뚜렷하지 않아서인지 늑대보다는 개에 가깝다는 느낌이 들었다. 그래도 늑대는 늑대라고, 팔이며 발이 개보다는 탄탄하고 굵다. 귀도 훨씬 쫑긋하고 두상도 날렵하다.

루진이 디하의 무릎 위에 새끼 늑대들을 놓자, 늑대들은 디하의 무릎 위에서 뒹굴거리며 디하의 옷을 건드리기도 하고, 서로 물어대며 놀기 시작했다. 디하는 조심스럽게 새끼 늑대들의 등을 쓰다듬었다. 새끼라 그런지 아직 털이 폭신폭신했다.

"귀엽다아…. 애들, 먹을 거 줘도 돼?"

"응, 상관없다."

디하는 바구니에서 육포를 하나 꺼냈다. 그 순간, 뒹굴거리다가 그대로 늘어진 후긴은 물론 사탕을 핥던 무닌까지 고개를 벌떡 치켜들고 디하에게 달려왔다.

[고기다!]

[왜 걔들만 주냐!]

[큰엄마 나쁘다!]

"어? 어? 왜 이리 반응이…"

[줘줘줘줘줘줘줘줘!]

[나도나도나도나도나도!]

"아아, 그만, 들이대지 마, 들이대지 마! 알았어, 떨어져! 안 떨어지면 안 준다!"

디하가 말하기 무섭게 후긴과 무닌이 싹 뒤로 빠져 얌전하게 디하의 손길을 기다렸다. 이렇게 육포를 좋아할 줄이야. 물론 늑대니까 육식이 좋겠지만 이렇게 격렬한 반응일 줄은 몰랐다.

바구니를 뒤져 돼지 육포를 꺼내 반으로 갈라 나눠 준 디하는 두 늑대가 춤추며 육포를 씹는 모습을 구경했다.

[신난다! 고기다!]

[육포다!]

[어, 근데 네 게 더 큰 거 같다.]

[안 준다. 네 거나 먹어라.]

"하여간, 쟤들은."

디하는 한숨을 내쉬며 티격태격하는 무닌과 후긴에게서 고개를 돌렸다. 품 안에 있는 새끼들은 육포 몇 조각으로 벌써 배가 부른지 편안한 표정으로 뒹굴거리고 있었다.

"디하야."

"응?"

옆에 앉은 루진이 부르는 소리에 디하는 고개를 들었다.

그러자 루진의 얼굴이 다가오고 부드럽게 입술이 내려앉았다.

"어."

"이번 주 별일 없었냐?"

"…응."

디하는 가볍게 웃음 지으며 고개를 내밀어 루진의 입술에 키스했다. 기분 좋은 부드러움, 체온. 몇 번이고 만족할 때까지 기분 좋은 입술을 주고받으면 대화는 필요 없었다. 그것만으로도 모든 걸 알 것 같았다.

"으-응."

루진이 혀를 내밀어 입술을 핥자 디하는 작게 웃음 지으며 마지막으로 입맞춤하고 고개를 들었다.

"루진은 이번 주…."

[교육에 좋지 않은 것 같다.]

[그러게 말이다.]

말을 자르며 중얼대는 소리에 디하는 고개를 돌렸다. 보니, 후긴과 무닌이 자세를 낮추고 앞발 위에 턱을 올린 자세로 루진과 디하를 빤히 쳐다보고 있는 상태였다.

어쩐지 부끄러운 기분에 디하는 고개를 숙였다. 그런데 고개를 숙였더니 무릎 위에 두었던 새끼 늑대들과 시선이 마주쳤다. 늑대들이 고개를 치들고 둘을 빤히 쳐다보고 있었다.

뭐야, 이 상황은. 깨달으니 갑자기 얼굴이 뜨끈뜨끈해졌다.

[아, 아니다. 부모가 애정 관계가 깊으면 자식들이 잘 자란다고 했다.]

[그런가? 그럼 애기들 자라는 데도 좋은 건가?]

[그런 거 같다.]

"야, 무닌, 후긴, 너희들…."

디하가 익은 얼굴로 무닌과 후긴을 부르자 두 늑대들은 자리에서 일어나 처진 꼬리를 슬렁슬렁 흔들며 몸을 돌렸다.

[어쨌든 방해하면 안 되는 것 같다.]

[그러게. 피해 줘야 하는 것 같다.]

그러더니 크릉 하고 울며 고갯짓을 한다. 그러자 디하의 품 안에서 느긋하게 뒹굴거리던 새끼 늑대들이 짧은 사지에 힘을 주고 발딱 일어나 눈밭으로 쪼로록 굴러 내려갔다.

"아니, 쟤들이…."

"자리 피해 준 거 아니냐? 쟤들은 쟤들끼리 놀라고 해라. 애기들도 배워야 하는 게 많은 나이다."

"…대체 저런 말들은 어디서 배운 거야?"

"으음. 아마 저번에 온 형한테서?"

루진이 디하의 어깨를 감싸 안았다.

"형한테서 도망치느라 힘들었다…."

"자업자득이지. 누가 나한테 말 안하고 도망치래?"

"디하, 이럴 땐 위로해 주는 거다."

"싫어. 나도 고생했고."

"끄응."

오후의 햇살이 늘어지는 시간, 머리 위에선 겨울새들이 울고 바람은 멈춘 것만 같다. 디하는 조금 더 몸을 돌려 루진에게 기댔다.

왜 이렇게 편안한 걸까? 잘 모르겠지만 기쁨과는 다른 이 평안이 아마도 행복이겠지. 이 품 안에서 행복을 얻는다면 아마 나는 루진을 좋아하는 거겠지.

"루진."

"응."

"좋아해."

"나도 디하 좋아."

그게 어떤 의미인지, 어떤 것인지 따지지 않고, 그저 있는 것 그대로 받아들이면서.

그저 둘이 손을 잡고 있는 것만으로도 녹아서 사라지는 듯한 시간을 보냈다.

"근데 디하야. 오늘 좀 늦게 온 거 아니냐?"

"아, 저거…. 먹을 거. 오늘 조금 준비를 많이 하느라."

"뭐 해 왔는데? 음, 나 말했지만 산림 경비대에서 지원해 주고 있다."

"음, 그러니까…."

"산의 해는 짧으니까. 금방 보내야 하는데 아쉽다."

"으, 음. 그러니까 저녁에 먹을 것도 만들었는데."

"디하가 만들어 준 거 좋아하지만, 그것보다 같이 있는 게 더 좋다. 디하 냄새 좋다."

"그, 그러니까 루진."

쿵쿵거리는 루진을 밀어내고, 디하가 깊게 심호흡하더니 말했다.

"나 오늘 너랑 같이 저녁 먹을 거야."

"마을에 나가는 건 다다음주에 하기로 했다."

"아, 아니, 그러니까, 그게 아니라…!"

디하는 헛기침을 하더니, 또 한 번 깊게 심호흡을 했다. 그리고 루진을 똑바로 쳐다보았다.

"'놀이'하자."

"응?"

"예전에 우리가 밤에 한 거."

잠시 루진이 눈을 둥그렇게 떴다. 이해하는 데에 조금 시간이 걸린 것 같았다. 이해가 완료되자마자, 루진은 그 둥그렇게 뜬 눈을 불안하게 굴리더니 자리에서 벌떡 일어나려고 했다. 일어나는 데에 실패한 것은 디하가 손을 붙잡았기 때문이다.

"루진."

"디, 디하 또 그리고 나 외면하려고."

"아니야, 안 그래."

"나 무서워."

"안 그럴게. 약속할게."

보통 반대 아닐까? 생각하면서도 디하는 새끼손가락을 들어 루진에게 들어 올렸다. 루진은 그 손가락을 보고 불안하게 끄응거렸다.

"…나 디하랑 계속 같이 있고 싶어. 일주일에 한 번밖에 못 보는 거 너무 아쉽고, 그리고 예전처럼 디하 냄새 맡으면서 자고 싶다. 디하가 좋아하는 것도 좋고….”

“나, 나도.”

“그래도 역시 디하가 그런 적이 있어서 무섭다….”

“안 그럴 거라니깐. 이번엔 내가 말하는 거잖아.”

“무슨 생각이냐?”

“그, 그런 거에 생각까지 있어야 해?”

디하는 얼른 약속하라는 듯이 손가락을 흔들었다. 그 모습을
보고, 루진은 믿지 못하겠다는 듯이 앓는 소리를 냈다.

하지만 믿지 않았다면 이 관계는 시작되지도 않았을 것이다. 그
러니까,

“믿는다.”

“불안하게 하지 않을게.”

정말, 말하는 게 보통은 반대 아닌가.

어색하게 웃으면서 디하는 당연히 얽혀 오는 손가락을 힘주어
얽었다. 마치 떨어지지 않을 것처럼.

8. 온기를 나누는 방법

디하는 불안한 표정으로 침대 위에 앉아 있었다.

속옷은 깨끗하고 땀 냄새도 나지 않는다. 요즘 종이를 많이 만져 손이 텄지만 요 며칠간 집중적으로 보습버터를 발라 주었으니 괜찮을 거다. 손등을 쓰다듬으며 디하가 확인한 순간,

"디하야!"

벌컥 문이 열리며 들린 소리에 디하는 어깨를 떨었다. 하지만 바로 다가온 커다란 손은 디하의 떠는 어깨를 붙잡아 주었다.

"오늘 일 끝났다!"

"꺄!"

이어 기대 오는 루진의 무게에 디하는 뒤로 넘어졌다. 뽀송하게 마른 침대는 푹신하고, 누르는 루진의 몸은 단단하고 차갑다. 아직 겨울바람의 기운이 남아 있는 루진의 뺨에 자신의 따스한 뺨을 비비며, 디하는 루진의 몸을 휘감고 있는 겨울바람을 쫓아 냈다.

"일이라니 뭐 했어?"

"동쪽 계곡에 조그만 요정들이 있는데, 내가 있으니까 위험한 동물들이 많이 늘어난다고 화냈다. 그건 아니라고 했는데도 화내서, 안전한 구역을 만들어 준다고 약속해 주고 왔다."

"그런 것도 해?"

"자주 있는 일은 아니다. 보통은 다친 새들 도와주거나, 덤불 치워 주거나 한다. 산림 경비대 일이랑 다를 거 없다. 그래도 이번 일은 억울하다."

"그, 새하얀 늑대들이 너 때문에 태어난 거라고 하지 않았어?"

"그렇지만 동물들이 더 생겨나는 건 아니다. 정령들이 막 생겨 나는 것도 아니고."

"흐음."

그런 일도 있구나, 하며 디하는 루진의 두꺼운 겉옷 안으로 손을 넣어 루진의 몸을 끌어안았다. 금방 달려온 몸에서는 후끈한 땀 냄새가 올라왔다.

사람의 살냄새. 루진의 체취. 더우면서도 싸한 풀 냄새 같은 그 체취에 디하는 묘하게 야릇한 감정을 느꼈다.

끌어안고 있다. 침대 위에서.

"앗, 어, 저, 저기, 루진, 무거워서 그런데…"

"응?"

디하가 버둥거리며 루진을 밀어냈다. 하지만 밀려난 루진은 옆으로 누워 디하를 끌어안았다. 이래서야 밀어낸 의미가 없지 않은 가. 올려다보자 자신을 맑게 쳐다보는 루진의 눈동자가 보였다. 디하는 부끄럽고 불안한 기분에 이리저리 눈을 굴렸지만, 결국 그 맑은 눈동자를 다시 쳐다보게 되었다.

디하가 흘끔 올려다보자 루진이 싱긋 웃었다. 그리고 디하의 머리칼 사이에 코를 묻었다.

"역시 디하 냄새 좋아. 디하 좋다."

숨을 한껏 들이쉬고 내쉬는 루진의 숨결이 간지럽다. 몸을 부르르 떨고, 디하는 조금 불안한 듯이 물었다.

"무슨… 냄새 나?"

안 좋은 냄새가 나면 어쩌지? 약간은 그런 불안도 섞여 있었다. 하지만 루진은 기분 좋게 웃으며 대답해 주었다.

"단 냄새…. 달콤해. 새큼해. 짙어. 우유 냄새도 나. 약간 비리고, 약간 매콤해."

"뭐, 뭐야, 그건."

딴소리를 하고 있지만.

아아, 역시 신경 쓰인다. 굵은 목이라든가, 훅 올라오는 체취라든가. 전부 '그걸' 할 때의 뜨거운 체취가 연상되어서 도저히 견딜 수가 없다. 루진은 디하를 안고 마음껏 편안함을 즐겼지만 디하는 도저히 편안할 수가 없었다.

그건 자신이 곧 벌어질 일을 생각하고 있어서라는 것 정도야, 알고 있었다.

"루, 루진. 저기."

"응?"

"하, 하, 하, 할, 까?"

뜨거운 품에 안긴 탓이 분명하다. 얼굴이 뜨거워서 도저히 견딜 수가 없었다. 디하는 익어 버린 얼굴을 숨기듯이 고개를 숙이고 루진을 끌어안은 손에 힘을 주었다.

"에…. 그, 그거… 말이냐…?"

넓은 품 안에서 디하는 루진의 심장이 순간 엇박자로 뛰는 걸 들었다. 겁먹은 듯 자신을 끌어안는 손이 느슨해진다. 싫어하고 있다. 하지만 디하는 고개를 끄덕였다.

그때처럼,

첫눈이 내리던 날처럼 침묵이 가득하고 들리는 소리는 나무가 타는 소리밖에 없었다.

긴 고요가 흩어졌다. 침묵이라고 하여 소통하지 않는 건 아니다. 침묵으로 길고 느리게 서로를 주고받으며 신호를 보냈다. 긴 소통 끝에 디하는 루진을 안은 손에 힘을 주었다. 루진도 머뭇거리며 디하를 끌어안았다.

"디하, 괜찮은 거 맞냐…?"

"괘, 괜찮아."

"안 괜찮아 보인다…."

기어들어 가는 루진의 목소리에는 당장이라도 도망갈 것 같은 두려움이 묻어 있었다.

디하는 깊게 숨을 들이쉬고 루진의 품에 파묻었던 고개를 들었다. 몸을 일으킨 디하가 역시나 자신을 불안하게 쳐다보는 루진의 눈동자에 키스했고, 루진은 얌전하게 앓는 소리를 내며 불안함을 훑어 냈다. 남은 불안감은 디하가 루진의 뺨을 어루만지며 달래 주었다.

"—괜찮아."

조금씩 다가가서 조심스럽게 입 맞췄다.

예의 바르게 인사부터 시작하듯이 몇 번이고 고개 숙여 서로의 입술을 맞대며 살폈다. 그러기를 한참, 이제야 서로 조심스럽게 손 잡듯이 혀끝을 마주 댔다. 온몸으로 퍼지는 이 맛은 대체 무얼까? 달고, 그리고 짜릿하다.

숨이 조금씩 떠밀린다. 혀를 얽을 때마다 파도치듯이 밀려오는 숨이 가슴에 가득 찼다. 그런데도 얽은 혀를 떼지 않고, 상대가 숨을 겨우 뱉어 내면 혹시라도 도망갈까 봐 안달하듯이 달려들어 또 붙잡았다.

그러면서 천천히 서로의 몸을 살폈다. 오랜만에 만나는 몸이 기억과 같은지, 변한 것은 있는지, 변했다면 어떻게 변했는지 찾으려는 듯이 꼼꼼한 손길이었다. 변한 건 거의 없었다. 흩어졌던 것들은 모두 모여 있어 빈 곳이 없었다. 마지막으로 확인했던 흩어진 곳들조차도 어쩌면 그렇게 가득 차 있는지, 닿을 때마다 서로에게 어떤 상태인지를 알리듯 신호했다. 어색함은 순식간에 익숙함으로 변하고, 익숙한 신호를 따라 숙련된 연인들이 손을 움직였다.

"디하야…."

"아!"

강하게 빨아들이는 소리. 동시에 디하의 몸이 젖혀지자 루진은 디하의 허리에 팔을 감아 붙잡고 그녀를 달래듯이 등을 쓸어내렸다. 등을 쓸어내리던 손은 곧 어색하게 앞으로 다가와 옷의 여밈을 풀었고, 디하는 숨을 몰아쉬며 그 어색한 움직임을 도와주었다.

하얀 맨살이 드러났다. 루진은 그 광경을 보자 디하의 목에 깊게 남긴 흔적을 내버려 두고 고개를 숙였다. 디하는 맞이하듯이 몸을 일으켜 자신의 품에 얼굴을 파묻는 루진의 어깨를 쓸어내렸고, 단단한 어깨는 호흡에 맞춰 산처럼 높이 올라왔다 계곡처럼 깊게 내려앉았다.

솟아오른 어깨를 여린 손이 훑는다. 험준한 산맥 같은 어깨며 팔을 훑어 그것을 감싼 얇은 장막을 들어냈다. 그 아래에서 연인의 몸을 가득히 움켜잡고 싶어 힘이 잔뜩 들어가 있는 팔이 보였다. 하지만 그렇게 잡으면 고통스러워할 걸 알아 그것을 참는 커다란 손. 힘이 가득 들어 있는 굴곡들을 어루만지며 디하가 신음했다.

"루진. 웃, 루진⋯."

"응, 디하야."

오랜만에 맛보는 몸을 마음껏 핥고 있던 루진이 디하의 부름에 대답했다. 여전히 그 몸에서는 입술을 떼지 못한 채였지만 디하는 옅은 숨을 뱉어 내며 루진을 향해 고개를 숙였다.

"좋아해."

"으응, 나도. 디하 좋아⋯."

다시 입술을 붙이고, 이전과는 비교할 수 없을 정도로 서로를 얽매는 입맞춤을 했다.

순식간에 방 안의 공기가 짙어졌다. 열기도 그만큼 뛰어올라, 둘은 몸이 이끄는 대로 서로를 원하기 시작했다.

이미 서로에 대해서는 익숙했다. 어디를 만져 주면 반응하는지, 어떻게 만져 주면 더욱 좋아하는지. 채 벗지도 않고 더듬어대다 더 만져 주기를 원해서 스스로 거칠게 벗어던지고, 그 순간에도 입술을 붙이고 혀를 얽으며 더욱 원하고, 서로의 빈틈을 허락하지 못하겠다는 듯이 거칠게 얽혀 붙는다. 그러자 갑자기 끓어오른 충동만큼이나 빠르게 몸도 달아올랐다.

"디하, 아⋯."

디하를 부르던 루진의 입에서 말이 끊겼다. 디하의 손이 루진의 몸을 더듬어 내려가 그 끝에 있는 것을 붙잡았기 때문이다.

디하가 그것을 쥐고 조심스럽게 옷 위로 쓰다듬자, 곧 루진은 낮게 울며 디하의 팔을 붙잡았다. 하지만 곧 그것은 디하의 팔을 놓았다. 대신 자신의 아래 누운 디하의 가슴에 입 맞추고, 그 아래로 손을 뻗어 허벅지를 쥐었다. 거침없이 다가오다 허벅지를 쥔 순간 갑자기 멈추는 손길에 디하는 자신의 손으로 그 손을 이끌었다.

"괜찮아."

거친 손을 이끌어 그 위로 올렸다. 허리를 들어 올리자 곧 스커트 밑에는 아무것도 남지 않았다. 위로 말아 올려진 스커트를 벗을 생각도 들지 않았다.

디하가 루진의 허리띠를 풀자 그 역시 급하게 바지를 벗고 단단해진 것을 꺼냈다. 허벅지에 닿는 것을 보지 않으려는 듯이 입맞춤하며, 디하는 루진의 허리를 잡아끌었다. 기대와 불안이 한 번에 가슴속에 휘몰아쳤다.

디하는 잠시 숨을 가다듬으며 위를 올려다보았다. 자신과 마찬가지로, 조금 긴장한 표정의 루진이 있었다.

긴장한 얼굴을 어루만지며 디하는 루진의 입술에 가볍게 키스했다. 그리고 다시 말했다.

"괜찮아."

"으응…."

정욕과 망설임과 충동과 걱정이 그 눈동자 안에서 한 번에 일렁였다 사라졌다.

얕은 습지를 헤치고 묵직한 것이 다가온다. 깊은 입구 앞을 문

지르는 느낌에 디하가 눈을 감자, 묵직한 것이 입구를 꾹 압박했다. 쉽게 침입하지 못하는지 몇 번이고 입구를 두들기며 들어갈 틈을 찾았다. 그럴 때마다 묵직함은 점점 사라졌고,

"아."

갑자기 루진이 몸을 뒤로 뺐다.

"루진?"

자신을 감싸던 열기가 갑작스럽게 사라지자 디하는 눈을 떴다. 루진이 몸을 일으키고 당황한 듯 디하를 곁눈질하더니, 디하의 시선이 닿자마자 시선을 피했다.

"왜 그래?"

"모, 모른다…."

디하는 몸을 일으켰다. 루진은 왜인지 놀란 듯 안절부절못하고 있었고, 디하는 루진의 뺨을 어루만지고 뺨에 입을 맞추며 불안을 달래 주었다. 몸을 쓰다듬어 주자 루진은 그제야 불안이 멎었는지 불안하게 굴려대던 눈동자로 디하를 흘끔거렸고, 디하는 조심스럽게 물었다.

"왜?"

디하가 묻자 루진은 끄응, 신음 하더니 머뭇머뭇 말했다.

"아, 안 된다."

뭐가? 라고 물으려던 순간 디하는 안쪽 허벅지에 닿는 느낌이 방금 전과는 다르다는 걸 깨달았다. 봄비를 머금은 새싹처럼 힘차게 움트고 있던 루진의 몸이 그 사이 달리 물 한 모금 마시지 못한 것처럼 시들어 있었다.

대체 어떻게 된 걸까? 루진의 변화를 깨닫고 설마 자신이 무언

가 잘못했나 싶어 디하는 매우 당황했다. 그때 예전에 무라가 한 이야기가 머릿속을 스쳐 지나갔다.

"루, 루진."

디하가 더듬거리며 루진을 쳐다보았다. 서로 시선을 마주치지 못해서 어색했다.

그 엇갈림에 계면쩍어하면서도 디하는 조심스럽게 루진에게 물었다.

"…긴장했어?"

첫날밤에 긴장해서 잘되지 않은 부부의 이야기를 들은 적이 있다. 아무렇지도 않게 그런 이야기를 떠들어대는 무라가 부끄럽긴 했지만 기억에는 남았다.

"모른다…."

기어들어 가는 목소리로 루진이 대답했다. 그 목소리에 너무나 확실하게 묻어 있는 부끄러움과 긴장에, 디하는 순간 웃어 버렸다. 루진은 자신의 생각보다 더 긴장한 모양이었다.

"디, 디하 왜 웃어?"

"응, 아니."

루진의 얼굴이 붉어졌는지는 잘 보이지 않았다. 디하는 양손을 루진의 등 뒤로 뻗어 루진을 꼭 끌어안았다. 얼굴이 가까워졌고, 주름진 이마에 입 맞추며 디하는 작게 웃음소리를 냈다.

"루진이 귀여워서."

"으?"

좋은 건지 나쁜 건지 모르겠다는 듯한 소리를 내며 루진은 머리를 쓸어내리는 디하의 손길을 받아들였다. 품에 얌전히 안기는 루진에게서는 짙은 체취가 풍겼다. 약간 싸하면서도, 뜨겁게 달아오른 듯한 냄새. 디하는 숨을 깊숙이 들이마시고 루진의 등을 쓸어내렸다.

"계속하자."

"디하야, 나 그만…"

루진이 몸을 뺐다. 하지만 디하는 루진의 코끝에 키스하고 뺨을 비비며 천천히 신음했다.

"천천히 하자. 시간 많으니까."

디하가 속삭이자, 루진은 조금 고민하듯이 신음했다. 하지만 디하가 천천히 어루만져 주자 결국 꽃에게 날아드는 벌처럼 그 품 안으로 무너졌다. 짓누르는 듯한 무게감에 폐 속에 남은 숨을 토해내면서도 디하는 루진을 끌어안고 입 맞췄다. 따듯한 입술, 부드러운 혀. 짧은 머리카락. 전부 다 좋았다. 루진.

"루진."

"으응, 디하…"

"루진."

숨에 찬 목소리로 몇 번이고 사랑스러운 이의 이름을 속삭였다. 답하듯이 루진도 디하의 이름을 불렀다. 계속 부르면서 끊임없이 입 맞췄다.

천천히 껍질을 떼어 내고 태어난 그대로의 모습으로 서로 얽어붙는다. 주고받는 입속에서 피어나는 봄이 몸 안으로 천천히 퍼졌다. 손끝까지 겨울을 쫓아낼 수 있을 정도로 따뜻해져, 그 손으로 서로를 소중하게 어루만져 체온을 나누어 주면,

"루진…"

봄이 시작된다. 마른 피부 위에 울긋불긋하게 생명이 움튼다. 따듯해진 바람소리가 귓가에 맴돌며 풀린 몸 위로 싹이 다시 움트고 얼어붙은 물줄기가 흐른다. 조금도 급하지 않게 서로를 주고받아, 온기를 나누며 여유롭게 봄을 맞은 둘이 하나가 된 순간.

"아…."

묵직한 느낌에 숨이 멎었다. 아까 닿았을 때보다 더욱 단단해진 것은 마치 꽉 찬 나뭇가지 같다. 그 단단함이 몸속 가득히 차오른 순간, 디하는 자신도 모르게 루진의 등에 손톱을 세웠다.

"디하, 아파?"

바로 루진이 움직임을 멈췄다. 디하는 고개를 저으며 자신을 걱정스럽게 살피는 루진의 머리카락을 쓰다듬었다. 걱정하는 루진이 사랑스러웠다. 동시에 견딜 수 없었다.

"으응, 안 아파. 안 아프니까 계속해 줘…."

기분 좋아. 신경 쓰지 마. 하고 싶은 대로 해. 마음대로 해도 괜찮아. 속삭이며 루진에게 모든 걸 맡겼다.

둘이서 손을 맞잡고 어색하게 움직이며 봄을 연주한다. 아직은 어색한 봄. 병아리들이 삐악댈 것 같기만 한 아지랑이 피어오르는 나날.

"디하, 따듯하고… 좋아…. 디하 좋아해."

"으응, 루진, 나도 좋아, 으응, 좀 더."

기분 좋았다. 루진이 안에서 움직이는 게. 그 단단한 것이 안에서도 꿈틀거리며 자라나 몸 안을 쳐대는 것도, 물기가 잔뜩 올라 부풀어 오른 나뭇가지가 몸 안을 어색하게 비벼대는 것도.

"으응, 앗!"

"디하야?"

"아, 하아, 루진. 신경 쓰지 마. 계속…."

좋아서 그런 거라는 말은 아직 조금 부끄럽다.

"루진, 좋아서…. 좋아서 나는 소리니까, 신경 쓰지 말고, 예전에 하던 대로…. 응?"

나른한 눈빛으로 쳐다보며 노곤해진 입술로 속삭였다. 달콤한 목소리에 루진은 작게 크릉거리더니, 디하의 뺨을 비비며 크게 숨을 들이쉬고 내쉬었다.

루진도 흥분했다. 더, 이전에 하던 것처럼 하고 싶은데 디하가 미워할까 봐 참고 있다. 디하는 루진이 참지 않기를 바랐다.

"화내면 안 된다."

"화낼 거 같으면 말할게."

"디하야."

굵은 팔이 디하를 감싸 안았다. 아랫배가 딱 붙어서, 틈조차 없이 연결 부위가 맞닿고 두 다리가 얽혀 제일 깊은 곳까지 루진이 들어왔다.

"정말 좋아한다."

"앗, 아, 앗, 아, 하, 흣!"

자세를 낮춰 잡은 루진이 갑작스럽게 허리를 흔들었다. 전에 없이 익숙한, 그리고 격렬한 허리 놀림이 탁탁 박자를 맞추어 치고 올라왔다.

"꺄, 핫, 루진, 앗!"

"디하가 싫다고 할 때까지 그만두지 않을 거다…."

싫다고 할 리가 없다. 계속해 달라고 하지는 못하고 불렀다. 루진, 루진, 루진.

정말 좋아.

"꺄앗, 앗, 루진, 앗…."

"디하, 끄응, 아, 흐읏…!"

허술하게 만든 침대 틀이 흔들리는 것만 같다. 아래로 찍어 누르며 더 깊이, 더 깊은 안쪽까지 파고들어 오고 싶어 하는 루진의 느낌에 숨이 막혔다. 그런가 하면 뺄 때는 끝까지 뺀 루진을 삼키고 싶어 하는 몸을 애타게 한다. 하지만 다음 순간, 애타는 몸을 달래 주듯이 거칠게 끝까지 꿰뚫는다.

"아흣!"

허리를 튕기며 루진을 더욱 깊이 받아들였다. 루진의 몸이 즙이 떨어지는 과육의 틈새를 꿰뚫어 파내듯이 그 끝을 긁어댄다. 간지러운 듯, 소름끼치는 느낌에 디하는 허리를 들어 올리며 가쁘게 숨을 내쉬었다.

"루진, 핫, 으응…."

"디하 여기 건드리면, 엄청 좁아져…. 숨 막혀…."

"으응, 웃, 아…."

허리가 저절로 움직인다. 루진의 말대로, 그가 건드리는 부분에 묘한 느낌이 퍼질 때마다 아랫배에 힘이 들어가고 허리가 저절로 떨렸다. 꽉 붙잡히는 단단함. 놓고 싶지 않았다. 이렇게 하나가 되는 걸까? 하지만 부드럽게 녹아내리는 몸은 단단한 것을 꼭 물지 못했고 단단한 것은 부드러운 속을 마음대로 관통하며 자기 멋대로 들쑤셔댔다.

"하웃, 앗, 루진, 루진…!"

"디하, 하아, 하아, 아, 흐읍…!"

서로의 몸의 반응에 잠깐 신경 쓴 그 순간.

열이 올랐다. 어느 순간 갑작스레 여름이 되었다. 폭발할 듯한 열을 주고받으며 맘대로 몸을 달아오르게 했다. 아래쪽에서 마음 대로 관통하는 것은 마치 불덩이 같았다. 온몸에서 땀방울이 송골송골 솟아올랐다.

"디하야, 디하, 디하…!"

"하아, 하아, 루진, 아, 아!"

좀 더 이름을 부르고 싶지만, 격렬하게 아래에서 치고 올라오는 느낌에 차마 연인의 이름을 제대로 부를 수가 없다. 대신 끌어안고 입 맞추며 그 타오를 것 같은 마음을 전달했다.

"디하야…. 디하야, 나 디하 냄새 좋아."

"루진, 앗, 하앗, 으응! 너무 깊, 앗!"

"그래서, 디하 냄새가 나한테 나는 게 좋아. 디하 안에서 잔뜩 그 냄새를 묻혀 오는 게 좋아…."

"바보야, 그런 말 하지 마…. 아앗, 앙!"

마치 몸이 끓어오르는 것 같다. 그런 말을 듣는 귓가도, 자신에게 열중하는 루진도 폭발할 것처럼 달아올랐다. 열심히 관통당하며 데인 듯 뜨거운 것을 받아들이는 자신의 몸 역시 허리가 젖혀져 한참 달리고 난 것처럼 헐떡거리고 있었다.

어느 순간인가부터 숨소리도 나지 않고 몸만이 움직였다. 거의 다 왔다는 걸 육감적으로 느낀 그 순간,

"크윽!"

갑자기 루진이 자신의 몸을 뒤로 뺐다. 뺐다, 고 생각된 순간 허

벅지에 확 퍼지는 열기. 그리고 풀 냄새.

루진은 디하의 허벅지에 몇 번 몸을 문지르더니 숨을 몰아쉬었다.

"…으으…."

"…루진?"

"우…."

헉헉 숨을 몰아쉬면서 루진은 걱정스럽게 디하를 올려다보았다.

"디하…, 나…. 혼자 흥분해 버려서…."

"아, 아냐. 나도 즐거웠…. 아, 그러니까…."

사정하자마자 기가 확 죽어 버린 루진을 보고 놀란 디하가 몸을 일으켰다. 땀에 붙은 머리카락들이 거슬렸다.

"그, 좋았… 어."

그래서 그 머리카락들을 치우는 척하며, 조그맣게 말하고 루진을 흘끔 살펴보았다.

"디하, 좋았냐?"

"조, 좋았다고 했잖아. 너는?"

"좋았다. 디하랑 이런 거 하는 거 정말 좋다…."

그제야 루진은 허락을 받은 아이처럼 디하에게 몸을 기대 왔다. 루진의 몸무게를 버티지 못한 디하가 뒤로 무너졌고, 루진은 마음대로 디하의 가슴에 기대며 응석을 부렸다.

"왜 그래, 갑자기 애처럼."

"나, 술 취한 날에 처음 끈적한 거 나왔을 때."

"응?"

술에 취한 날, 자신의 허벅지에 비벼 사정했던 루진을 생각해 내고 디하는 살짝 얼굴을 붉혔다. 그때부터 지금까지, 소꿉친구가 연인이 되었다. 그 과정을 생각해 보면 흔히 말하는 정상적인 절차는 아닌 것 같지만….

아니, 과연 그런 '정상적인 절차'를 겪는 사람들은 얼마나 되는 걸까? 그리고 이게 정말 '정상적이지 않은' 걸까? 이건 그렇게 이상한 것도 아니다. 문득 그런 생각이 들었다.

"나 그때 기분 되게 이상했다. 뭔가, 굉장히…. 허전했다."

"그, 그래?"

남자들은 일을 마치고 난 후에 그렇다는 이야기를 들어 본 것 같기도 하다. 역시 무라에게서 들은 이야기지만 책에서도 봤던 기억이 있다. 디하가 책에서 본 이야기를 생각하는 사이, 루진은 아이처럼 디하의 품에 파고들어 디하를 끌어안았다.

"하지만 디하가 있으니까 괜찮았다…. 빈 곳에 디하가 흘러들어 오는 것 같았다."

정말로 아무렇지도 않게, 그런 이야기를 한다.

"따뜻했다. 정말 좋았다. 디하가 좋게 해 주는 것도 좋지만 그게 정말 편안했다. 디하로 꽉 차서 정말 좋았어."

얼굴이 간질간질한 기분에 디하는 잠시 눈을 굴렸다. 하지만 못 할 이야기가 아니다. 아직 익숙하지 않은 것뿐.

연인인데, 이 정도 이야기는 해도 좋은 것 아닐까? 예쁘다, 좋다, 귀엽다, 사랑스럽다, 너로 인해 내가 행복하다. 그런 이야기 정도는 얼마든지 해도 되지 않을까?

역시 사귀어 본 사람이 없어서 잘 모르겠지만.

"…좋아?"

"응. 좋다. 디하 아주 많이 좋아."

"나도."

가볍게 입술을 겹치고, 흐트러진 옷을 정리할 생각도 하지 않고, 연인이 웃었다.

"루진은 오늘 밤 좋았어?"

"응, 좋았다…. 디하도 좋았고 디하가 나 받아들여 줘서 좋았다. 디하는?"

"좋았어."

"어떻게?"

묻는 루진의 눈이 묘한 기대감에 흘끔 디하를 살폈다. 그 모습에 디하는 그만 웃어 버렸다.

귀여웠다.

"디하, 왜 웃어?"

"으응, 좋아서."

"디하야아."

"좋은걸."

의미 없는 대화, 의미 없는 행동. 그런 걸 주고받는데도 왜 이리 충만할까?

좋은지 나쁜지 궁금해서 안달 난 루진을 향해 손을 뻗은 디하는, 대답을 바라는 루진에게 장난스레 웃으며 요구했다.

"루진, 나 재워 줘."

"으응…."

"어서, 아무 노래나 불러 줘."

"디하야."

묻는 어투가 아니다. 뭔가 말하려는 표정에 디하는 잠깐 장난기를 거뒀다.

"응."

"한 번 더하면 안 돼?"

"헤?"

"나 좀 모자라다."

"어? 아, 음, 괜찮을까, 그거?"

"디하 싫으면 안 하고…."

싫은 건 아니지만 체력이 없다. 벌써 노곤해져 늘어진 디하가 곤란해하자 루진은 바로 디하의 눈치를 살폈다. 그 모습에 디하는 또 웃었다. 정말 별거 아닌 걸로 웃는구나.

"자고 일어나서. 내일 아침 하면 안 될까?"

"으음, 끄응…."

고민하던 루진은 디하를 한 번 쳐다보더니 낮게 한숨을 내쉬었다.

"알았다. 내 욕심만 부리면 안 된다. 디하 피곤할 테니까."

"안아 줘, 루진."

"알았다."

이불 안에서 꼼지락대며 작은 연인들이 서로를 끌어안았다. 이불 안에서는 실없는 웃음소리와 장난치는 소리가 들려왔다.

열기가 빠져나간 가을을 지나, 다시 조용한 겨울.

그건 두 사람이 체온을 나누기에 좋은 계절.

終

작품 설정

안녕하세요, 김휘빈입니다.

어찌저찌 자리가 마련되어 어떻게 이 이야기를 만들었나 이야기할 수 있는 기회가 주어졌습니다.

그리 대단할 것 없는 이야기지만 사실 이런 이야기도 썰은 풀면 나오기 마련이더라고요.

이걸 준비하고 있을 때는 연재 사이트에 연재를 준비 중이었고, 당시 해당 사이트의 동향과 대중의 취향(…)을 감안해서 '음 그래 이렇게 이렇게 짧고 편안한 이야기가 짱 좋지'라며 일필휘지로 기승전결을 써놓고 준비하고 있었지만…. 네, 다른 이야기를 쓰게 되었죠.

사실 판타지가 배경이면 아무래도 공주, 왕자, 기사, 귀족 아가씨, 이런 신분이 메인이기 마련입니다만…. 좀 평범하고 평범한 연애를 생각해서, 주인공들도 평범하고, 이야기도 평범한 '저자극 말랑말랑 일상물'을 메인 카피로 내세우게 되었습니다.

그리고 그리스 로마신화에 한국형 십진분류법이 그대로 나오지요(…).

여하간 그대로 묻힐 수도 있었지만 여러 가지 이유로 인해, 특히 HDD의 물리적 손상 문제로 인해 쓰게 되었네요. 결국 쓰일

놈은 쓰이는 모양입니다. 운인 것 같지만.

그럼 루진과 디하에 대해 이야기해 볼까요?

원래 루진—아민 형제의 이름은 늑대들의 이름인 무넌—후긴이었습니다.

오딘의 두 까마귀 이름으로 낮에는 전장을 돌아다니고 밤에는 오딘에게 돌아와 보고를 한다고 하죠. 근데 몇 번 쓰다 보니 영 쓰기 좋지 않은 이름이더라고요. 디하도 다른 이름이었습니다만 어감이 좋지 않아서 다 갈아 버렸다고 합니다. 사실 여러 번 갈았습니다.

바보개의 주요 등장인물 이름은 어느 나라든 발음하기 쉬울 것이라고 생각되는 이름들을 골라 붙였어요. 특히 한국식 성씨를 붙여도 부담스럽지는 않을 것 같은 이름들을 만드는 데 신경썼는데… 음, 강루진, 강아민, 이디하, 뭐 이런 느낌으로 말이죠. 순식간에 인터넷 소설이나 순정 만화, 시트콤 인물 같은 이름이 되었군요. 하여튼 그래서 애들에게 성을 따로 지어 주진 않았다고 합니다.

몇몇 캐릭터의 이름은 주변 분들께 추천받아서 지었습니다.

사실 루진의 성격은 일반적인 로맨스나 TL의 남주들과는 달리 카리스마가 있진 않죠. 그리고 매우 현실적으로 짜증나게 흐그 플이져…(으득으득).

뭐랄까요, 여자주인공과 같은 눈높이의 남자주인공을 만들고 싶었습니다. 이상적으로 완성되지 않은 남자, 아직 미숙하고 같이 발전해 나갈 수 있는 느낌의 캐릭터랄까요. 평범한, 갓 스물 된 남자가 보일 것 같은 미숙함요. 기대를 채워 줄 만한 캐릭터는 아니라 선호되긴 힘들지 않나 생각합니다만, 나름대로 예뻐해 주시는 분들이 많으셔서 다행입니다.

루진은 모델이 되는 자작 캐릭터가 있습니다. 뭐 어릴 때 구상하던 대하 판타지인데…. 투 탑 주인공을 중심으로 여러 그룹이 이전투구하는 이야기로 그 이야기의 조금 중요한 조연 정도입니다. 뭐 근데 그냥 지금의 루진과 아주 판박이에요.

모델 캐릭터와 마찬가지로 본래 루진은 우월한 전투능력이 있습니다만 일상물에서 전투를 하면… 평화롭지가 않잖아! 절정쯤에서 전투를 넣어 볼까? 라는 구상도 했습니다만 절정에 나타날 적의 당위를 만들면 이야기 자체가 평화롭지 못하므로 기각했습니다. 그래서 루진은 단 한 번도 폼을 잡지 못했다고 합니다….

하여간 제멋대로에 별로 멋지려는 노력조차 안 하는 지나치게 솔직한 애 같은 녀석이죠. 때문에 표지를 보고 이렇게 생각했습니다.

'이 표지는 분명 2015 표지 낚시 리워드감에 사기 주의 리스트에 올라갈 거야.'

일러스트를 보고 내용을 뜯어고칠까 심각하게 고민했다고 합니다. 어쩌죠 루진이 너무 잘생겼어요. 일러스트가 멋지게 나와서 큰일이라니 이 무슨 망발인가….

물론 처음에는 아무래도 늑대니까, 보편적인 이미지답게 고독한 늑대 상위 포식자 이런 느낌으로 간지나게 뽑을까 생각한 적도 있었습니다. 하지만 루진은 길들여진 동물이니까요, 네(…). 그것도 디하가 패서(여주인공 이래도 되는가) 길들여 놓았으니.

이 부분도 솔직히 고민했습니다. 사실 사람들에게 동물의 생태는 생각처럼 잘 밝혀져 있지가 않거든요. 늑대도 알려진 것과 많이 다르고 다양한 생태를 가지고 있어서요. 사실 '서열' 부분도 불확실합니다. 자연 상태의 늑대는 소규모의 가족무리 형태를 취한다는 이야기도 많고요. 뭐 근데 루진같은 경우 인간과 오래 함께 했으므로 개과에 가깝지 않을까 생각하기도 하고…. 해서 그렇게 되었습니다.

초보 커플인 탓에 야성적인 속성을 크게 살리지 못한 것은 아쉽지만, 그래도 이 둘에게 벌써부터 강한 건 아무래도 힘들지 않나 싶네요. 그래도 역시 개과인 이상 사정할 때까지 빠지지 않는다거나 충분한 양이 나온다거나 하는 건 해 보고 싶었는데 말이죠.

하지만 저거 하면 정말 수인물이 되어 버리기도 하고 딱히 피임 도구도 등장하지 않는데 그러면 임신 확정일 것 같고 그러면 처음 연애하는 아이들 같은 느낌이 사라지잖아, 같은 거나 생각하면서 '그래서 안 돼'라는 결론을 내리는 작가란 생물은 참으로 안쓰럽네요…. 거기 상상하면서 흐뭇해하시는 분 저에게도 전송 좀.

그러고 보면 초안에 산장 장면은 두 사람이 폭설로 며칠 갇히는 걸로 되어 있었는데, 여기서 원래 루진이 계속 자기를 피하는 디하와 좀 강압적으로 관계를 가지는 장면을 구상했었습니다. 하지만 임신하면 어쩔거냐는 디하의 말에 눈을 반짝이면서 '아기 가지는 거냐?'라고 묻다가 맞는 루진 퀄리티. 좋네요, A+ 드려요.

디하는 역시 평범한, 20대 초반의 아직 덜 핀 꽃 같은 아가씨를 구현해 보려고 했어요. 사서+안경+땋은 머리 조합은 순전히 제 취향입니다. 가슴에 와 닿는 조합이네요…. 생각해 보니까 이것도 은근히 마이너한 조합이군요. 운명….

만약 바보개가 긴 이야기였다면 디하의 시점에서 루진과의 어린 시절 이야기가 좀 더 길게 나왔을 것 같습니다. 지금은 안 그렇지만 루진은 어렸을 땐 정말 야생동물이었으니깐요. 거기다가 전염병도 있었고, 생계를 책임져야 했고, 돌봐야 하는 대상도 있고 정말 딥한 이야기를 줄줄 쏟아 낼 수 있었겠지만 바보개는 한 권을 쓰겠다고 생각하고 만든 이야기니까요, 네. 다 쳐냈습니다. 머릿속에만 있습니다. 중요한 건 아니니까요!

비슷한 이유로 정령과 수호자, 인간에 대한 것들이나 관계도 꽤 생략이 되었습니다. 뭐 중요한 건 아니니까요(2)!

원래 루진은 전쟁터로 가는 걸 회유받는 걸로 설정되어 있었어요. 디하의 고백도 아예 도시를 떠나는 중인 대로변에서 이루어질 예정이었고요. 수호자는 정령의 힘 또는 주술 사용이 가능하고 동물들을 컨트롤 할 수 있습니다. 거기다가 작중 세계관에서 모든 대지는 기본적으로 정령들의 관할이어서 인간들은 거길 침범하거나 허락을 받아서 거주하기 때문에 군부대의 움직임에도 필요하다, 뭐 이런 거거든요.

그런데 전쟁을 하느라 차출당하는 도시면 아무래도 분위기가 어수선하겠죠…. 군역이 간다 만다 맘대로 할 수도 없는 것이다 보니, '나 안가!' 한다고 '그래 뭐 어쩔 수 없지'라고 할 수는 없는 노릇. 이 루트대로라면 정말 루진은 여자친구랑 깨지고 군입대로 도피하는 20대 청년의 흔하디 흔한 실상을 적나라하게 보여 주게 되겠지요…. 물론 이미 그렇게 보입니다만.

하여튼 평화로운 분위기를 해치지 않기 위해 아예 공익으로 만들어 버렸습니다… 가 아니고, 좀 편한 분위기를 유지하기 위해 이렇게 저렇게 했네요. 초반 설정대로 갔으면 이름(후긴―무닌) 때문에 북유럽 신화도 섞였을 것 같고 좀 더 분위기가 어두웠을 것 같아요. 어쨌든 밝고 가볍고 무난한 이야기를 위해 힘썼습니다.

참, 등 떠밀어 주는 무라는 좀 더 직접적으로 밝히는 언니(…)였습니다. 약간 욕구불만에 휩싸인 것 같은…. 뭔가 남자가 좀 궁한 상태인 것 같은 빈곤한 언니였죠. 디하에게 '좋겠다! 끝내주니?'같은 소리밖에 안 하는. 그래도 등 떠밀어 준다는 건 나름의 통찰력이 있단 소리겠죠.

원래 형인 아민의 이야기도 구상하고 있었고, 쓰는 와중에는 무라나 젬므의 이야기도 몽실몽실 생각나긴 했습니다만…. 아아, 지금 써야 하는 것도 벅차요. OTL 안 쓸 거라고 생각하고 있지만 모르죠, 이 이야기처럼 언젠가는 또 기회가 닿을지.

하여튼 별것 없는 이야기입니다만 역시 풀어 두니 이것저것 나오네요.

조금 더 이야기를 풍족하게 즐기는 데 도움이 되셨으면 좋겠습니다.

김휘빈

(ex)

타이트홈줄
루즈다넘

턴

망토

턴

벨트

둥곳
각속

프릴

레이스

전통모리
(꽃)

부츠

부츠

→ 무트

디하의 평상복

루진의 평상복

디하
(21)

TL 여주인공으로
조궁드레시 하게
땋은머리
(너무 쫑쫑
땋으면
클스러움!)

동그란
중세풍안경

히상큼
모드가봉

안경안진여주

앨리스노블 작품 대부분의 여주인공 신분이 귀족이었던 데 비해,
평민인 여주인공 디하. 그에 맞춰 옷차림을 수수하게 묘사하긴 했으나,
여주인공인 만큼 아기자기한 맛을 더했다.

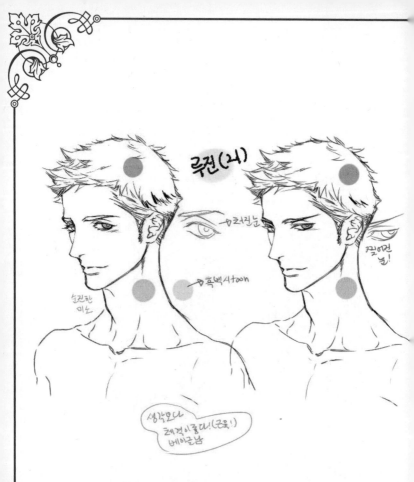

루젼(리)

러전눈

흑백시toon

찢어진 눈!

순진한 미노

생각보다
레견이졸다!(근육!)
베이글남

루진의 강아지 같은 면을 돋보이게 하기 위해, 처음엔 처진 눈으로
설정을 잡았다. 그러나 얼핏 보면 「세계 평화를 위한 유일한 방법」의
아셔와 캐릭터가 겹치는 것 같아 찢어진 눈으로 변경했다.
그 결과, 늑대 같은 면모가 강조되었다.

첫 표지 시안.

루진의 눈빛이 계략남 같아 보인다는 지적을 받아,
시선은 디하를 향하게 하고 뺨에는 살짝 홍조를 띠게 했다.

바보개와 아가씨

초판 1쇄 발행   2015년 2월 28일

저자 김휘빈
그림 Ciel

발행인 원종우
발행처 이미지프레임

주소 (427-060) 경기도 과천시 용마2로 3, 1층
영업부 02-3667-2653   **편집부** 02-3667-2654   **팩스** 02-3667-2655
메일 alicenovel@naver.com   **웹** alicenovel.com

ISBN 978-89-6052-424-8 02810